HEYNE <

Inhalt

Zanksucht. Kriselnde Gereiztheit. Namenlose Ungeduld. Eine allgemeine Neigung zu giftigem Wortwechsel

1
Ich, die Gender-Terroristin

Zuerst hagelte es Beschwerden am Telefon. Dann kamen böse Mails, danach beleidigte Briefe mit der Post, und es hörte nicht auf. Wut, Enttäuschung, Frust schlugen mir entgegen, manchmal sogar Hass. Von alten und sehr alten Doktoren, Professoren und Adligen wurde ich streng belehrt, nicht selten heruntergeputzt wie ein Schulmädchen und ultimativ aufgefordert, endlich aufzuhören mit dem Terror.

Zuletzt erhielt ich auch noch Päckchen. Nein, nichts Ekliges oder Gefährliches drin. Nur Bücher. Bücher, die ich allein oder zusammen mit meinem Mann geschrieben hatte. Die aber mussten sich in den Regalen ihrer Besitzerinnen über Nacht in etwas Gefährliches oder Ekliges verwandelt haben. Darum mussten sie raus, zurück an mich.

Was war passiert? Nicht viel. Eigentlich fast nichts. Wenn ich in den Nachrichten von bestimmten Gruppen sprach, sagte ich nicht mehr, wie ganz früher: Lehrer, Schüler, Sportler, Hörer, Leser, Zuschauer.

Auch nicht, wie früher und gelegentlich noch heute: Lehrer und Lehrerinnen, Leser und Leserinnen …

Sondern jetzt: Lehrer*innen, Leser*innen, Zuschauer*innen. Weil die Zeiten, in denen Männer draußen in der Welt ihrem Beruf nachgingen, während drinnen im Hause die züchtige Hausfrau waltete, schon sehr lange vorbei sind. Und weil die binäre Geschlechterordnung – entweder Mann oder Frau – nicht der Realität entspricht. Es gibt in Deutschland rund 2,5 Millionen Menschen, die sich weder mit dem Attribut weiblich noch männlich identifizieren.[1] Sie bezeichnen sich selbst als »nonbinär«, »divers« oder »Trans-Personen« und sagen, dass sie sich nicht angesprochen fühlen von »meine Damen und Herren« oder »Zuschauer und Zuschauerinnen«, von Zuschauer*innen aber schon.

Der Genderstern ist also ein Inklusionssymbol und Platzhalter. Wo immer er steht, steht er für Männer, Frauen und Diverse.

Deshalb »gendere« ich jetzt. Das ist ein Wort, das viele bis vor Kurzem noch nicht einmal in ihrem aktiven Wortschatz hatten. Nun aber sprechen sie schon routiniert von »Gender-Gaga«, »Sprachpolizei« und »Gedankenkontrolle«. Und ich bin jetzt so etwas wie eine Gender-Terroristin. Dagegen klingt die »feministische Zimtzicke«, wie ich früher einmal von einem berühmten, viel älteren Kollegen genannt worden war, schon fast wie eine Schmeichelei.

Nun also Terroristin. Wegen des Terror-Sternchens im geschriebenen Wort. Und wegen der Terror-Zehntelsekunde im gesprochenen Wort. So lange oder so kurz dauert schätzungsweise die kaum wahrnehmbare Sprechpause zwischen »Lehrer-« und »-innen«. Die gleiche Pause machen wir auch im Wort Bäcker-Innung und in vielen anderen deutschen Wörtern. Sie ist also im Grunde nichts Neues. Neu daran ist nur, dass diese kaum wahrnehmbare Pause jetzt halt auch gemacht wird, um inklusiv zu sprechen. Es ist ein Akt der Höflichkeit und des Respekts, weiter nichts.

Trotzdem muss ich mich unentwegt fragen lassen, ob ich Wörter wie »Pflegekräft*innen«, »Papierkörb*in«, »Mitglieder*innen«,

»Christ*innenheit« oder »Bürger*innenmeister*innen« wirklich toll finde. Oder ob Mannheim jetzt in Mann*frauheim und der Herr Neumann in Neumann*frau umbenannt werden müsse? Ob ich Student*innen auch Student*innenfutter verabreichen wolle. Nein, will ich nicht, fordere ich nicht, fordert auch sonst niemand, soweit ich weiß. Und ich erkenne sie als das, was sie sind: Parade-Beispielwörter, die extra zu dem Zweck erfunden wurden, das geschlechtergerechte Sprechen lächerlich zu machen.

Das Problem vieler Gender-Gegner*innen ist, dass sie sich lieber absurde Beispiele ausdenken, als sich ernsthaft der Frage zu stellen, ob sie sich tatsächlich noch auf der Höhe ihrer Zeit befinden, wenn sie Lehrkräfte einfach weiter »Lehrer« nennen, auch wenn 75 Prozent von ihnen Frauen und einige auch Transpersonen sind. Und sie weichen der Frage aus, warum man denen, die um ein bisschen Anstand, Höflichkeit und Solidarität bitten, diese Solidarität und dieses bisschen Höflichkeit verweigern soll.

Die als »Terror« empfundene Zehntelsekunde zwischen »Lehrer-« und »-innen« ist weniger als ein Hauch, eigentlich ein Nichts. Dieses Nichts hatte ich meinem Publikum in den »heute«-Nachrichten des ZDF nur selten mehr als zweimal pro Sendung zugemutet. Aber es verursachte geradezu »körperliche Qualen«, wie mir ein befreundeter Professor schrieb, und bei vielen anderen Abscheu und Aggressivität und den Drang, mir per Wut-Post meine Bücher zurückzuschicken.

Weil ich mit diesem Sternchen die deutsche Sprache verhunze. Weil ich »eigenmächtig« und »willkürlich« das »Kulturgut Deutsche Sprache« beschädige. Weil ich »unsere Sprache vergewaltige und damit unser Gemeinwesen zerstöre«. Weil ich das Lesen, die Verständlichkeit und das Erlernen der deutschen Sprache erschwere. Weil ich meinen wehrlosen Zuschauer*innen mit meinem »Sprachterrorismus« meine Meinung aufzwinge. Weil ich mich durch mein Gendern als »moralisch besser« darstellen und alle anderen »erziehen« will. Weil ich damit meinen Job als Nachrichtenmoderatorin missbrauche. Und weil ich im Verein mit Claus Kleber, Anne Will und dem ganzen öffentlich-rechtlichen System meinem Publikum das Gendern »zwangsweise verabreiche«.[2]

»Was haben Petra Gerster, Claus Kleber und Anne Will gemeinsam?«, fragte der Mainzer Historiker Andreas Rödder in der Zeitung.[3] Nun ja, sie gendern, lautete seine Antwort und brauchte dann nur vier Absätze, um aufzuzeigen, wohin das führt: über die »fluide Geschlechtlichkeit« der US-Philosophin Judith Butler zum Transgender-Verband Iglyo (International Lesbian, Gay, Bisexual, Transgender, Queer & Intersex Youth and Student Organisation), der Geschlechtsumwandlungen von Jugendlichen erleichtern will. Und das erinnere ihn »an die sorglose Verharmlosung von Sex mit Minderjährigen in den achtziger Jahren«.[4]

Es sind schwere Geschütze, mit denen da auf Menschen geschossen wird, die sich einfach nur höflich und respektvoll ausdrücken möchten. Walter Krämer, im Hauptberuf Statistikprofessor an der TU Dortmund, im Nebenberuf Vorsitzender der *Stiftung Deutsche Sprache* und des *Vereins Deutsche Sprache,* beteiligt sich lustvoll an diesem Schützenfest, mit Wortgranaten wie »wahre Pest« und »Krebsgeschwür«.[5]

Und ist damit nicht allein. Seinen im Januar 2021 initiierten Aufruf *Rettet die deutsche Sprache vor dem Duden* haben mittlerweile Zehntausende unterschrieben.[6] Die Zahl der Unterschriften zu dem im März 2021 vom selben Verein veröffentlichten Aufruf *Schluss mit dem Gender-Unfug* nähert sich der 100.000er-Grenze. Zahlreiche bekannte Persönlichkeiten haben unterschrieben: Peter Hahne, Didi Hallervorden, Katja Lange-Müller, Sibylle Lewitscharoff, Hans-Georg Maaßen, Dieter Nuhr, Rüdiger Safranski, Bastian Sick, Peter Sloterdijk, Cora Stephan, Uwe Tellkamp, Wolfgang Thierse und viele andere. Es ist eine seltsam anmutende Gruppierung, deren politische Bandbreite von sozialdemokratisch bis weit ins rechte Milieu reicht.[7]

Das tägliche Beleidigungs- und Protestbriefpaket – so kurz vorm Ende meiner aktiven Zeit im ZDF – hat mich zermürbt. Es hat Kraft und Zeit gekostet, die vielen Mails zu beantworten. Nicht alle hatten ja in so unflätigem Ton geschrieben, dass sich eine Antwort erübrigte. Viele waren höflich oder zwar polemisch, aber mit ernsthaften Argumenten versehen.

Vor allem ihretwegen habe ich mich natürlich gefragt: War es ein Fehler, in den Nachrichten zu gendern? Sollte ich besser wieder damit aufhören, wenn so viele Zuschauer*innen, die ja das ZDF finanzieren, dagegen Sturm laufen? Habe ich das Recht, gegen den Widerstand der Gebührenzahler*innen, der öffentlichen und der veröffentlichten Meinung meinen Sprachgebrauch so zu ändern, wie ich ihn für richtig halte? Oder habe ich sogar die Pflicht dazu?

Meine Entscheidung, im Fernsehen »eigenmächtig« zu gendern, wird von vielen als eine private Willkürmaßnahme, als Regelverstoß, ja fast schon als Gesetzesverstoß empfunden. Oder als ideologische Verirrung. Aber haben sich die Genderkritiker*innen schon einmal gefragt, wie ihre Entscheidung, nicht zu gendern, von vielen Frauen und Trans-Personen empfunden wird? Zählen deren Empfindungen nichts? Sollen die sich gefälligst an die seit Jahrhunderten geltenden Gepflogenheiten halten und nicht so ein Gewese um ihr Anderssein machen? Wer kann von mir mit welchem Recht verlangen, den immer nur Mitgemeinten das generische Maskulinum »zwangsweise zu verabreichen«?

Ein paar Wochen lang waren die Reaktionen auf mein Gendern tägliches Thema beim Abendessen mit meinem Mann. Bis er schließlich sagte: »Wenn das die Leute dermaßen aufwühlt, dann musst du ihnen begründen, warum du tust, was du tust. Das Thema birgt Stoff für ein ganzes Buch. Also schreib es. Wirst ja bald Zeit haben dafür.«

Und dann verblüffte er mich. In meine gedrückte Stimmung hinein brummte er voller Trotz: »Ab sofort werde ich jetzt auch gendern.« Ich lachte und antwortete: »Na, also aus Solidarität mit mir musst du das jetzt nicht tun. Du hast doch erst kürzlich wieder diesen ›Genderquatsch‹ in Grund und Boden verdammt.«

Er, weiter brummend: »Ja, habe ich. Aber jetzt eben nicht mehr. Dieses nicht enden wollende Gezeter um ein harmloses Sternchen geht mir noch mehr auf die Nerven als die Genderei selbst. Außerdem hast du recht. Warum soll man unhöflich sprechen, wenn man auch höflich sprechen kann?«

Dann drehte er auf: »Weißt du, worum es da *eigentlich* geht? Nicht um Sprache. Sondern um Politik. Der Genderstern ist ein Geschenk des Himmels für all jene, die seit Jahren besinnungs- und orientierungslos durch die Gegend taumeln und nicht mehr wissen, was liberal, konservativ, rechts oder reaktionär ist. Jetzt wissen sie es wieder. Konservativ ist, gegen das Gendern zu sein. Der Stern ist die Fahne, um die sich die Leute von Mitte-rechts bis ganz rechts scharen, um wieder Orientierung zu finden. Dein Gendersternchen ist deren Fixsternchen.«

Schließlich sagte er: »Auch du hast dich doch lange Zeit gegen den Genderstern gewehrt.«

Stimmt. Aber dann bekam ich diesen Preis des Journalistinnenbundes, die Hedwig-Dohm-Urkunde für »mein frauenpolitisches Engagement« – obwohl ich noch gar nicht mit Sternchen genderte, sondern bei meinen Moderationen einfach immer nur darauf geachtet hatte, die Frauen nicht zu vergessen. Nun aber fing ich an, gründlicher darüber nachzudenken und mich zu fragen, was eigentlich gegen das Gendern spricht. Als ich bei Claus Kleber erstmals beobachtete, wie beiläufig und normal sich das anhörte, merkte ich: Es geht. Es tut nicht weh, erfüllt seinen Zweck und spart Zeit. Also begann auch ich mit dem Gendern in den Nachrichten.

Dann kam der Shitstorm. Nicht sofort, sondern erst, nachdem ich der taz ein Interview gegeben hatte. Es verbreitete sich in Windeseile über die sozialen Medien und landete auch in einschlägigen Foren aus dem Dunstkreis der AfD. Weshalb ich vermute: Vor allem von dort kamen die eifernde Empörung, aggressive Gereiztheit und Kübel von Hass, von Leuten, die kaum ZDF gucken, also gar nicht »mein« Publikum waren.

Für diese Vermutung spricht auch, was danach geschah. Es kam meine letzte »heute«-Sendung im ZDF. Norbert Lehmann verabschiedete mich mit einem Blumenstrauß. Danach begann ein sich über Tage hinziehender Lovestorm, gefühlt hundertmal größer als der Shitstorm zuvor. Da sprachen *meine* Zuschauer*innen. Und die Kolleg*innen. Den Rest erledigte die »heute-show«.

Von ihr erhielt ich eine Vorladung, um mich dort vor einem Tribunal namens Oliver Welke für mein Gendern zu rechtfertigen. Welke machte es gnädig. Ich kam kaum zu Wort. Alles, was ich mir zurechtgelegt hatte, sagte er selber. Zuletzt überreichte er mir ein Buch, auf dessen Umschlag mein Name und mein Gesicht prangten. Dazu der Titel: »Warum es keine Strafe für mich ist, wenn man mir meine Bücher zurückschickt, weil man hat sie ja schon bezahlt.«

Mein Mann veröffentlichte das Cover auf Facebook. Es meldeten sich die Sprachkritiker und monierten das falsche Deutsch.

2
Wird den »Zwangsgebührenzahler*-innen« das Gendern »zwangsweise verabreicht«?[8]

Ich bin nicht »von oben« zum Gendern gezwungen worden.

Die Verantwortung dafür lag allein bei mir, und dafür, dass mir diese Freiheit gewährt wurde, bin ich den Verantwortlichen des ZDF dankbar; den Kolleg*innen, die mich bestärkten, aber auch den anderen, die mir freimütig sagten, dass sie mein Gendern blöd fänden und mich dafür milde, aber liebevoll bespöttelten. Die gegenseitige Sympathie und die Kollegialität haben darunter nicht gelitten. Auch dafür bin ich dankbar. Und lernte im ZDF: Man kann den Streit ums Gendern ganz gelassen und in freundschaftlicher Atmosphäre führen. Das Fernsehen bildet, ganz seinem Auftrag entsprechend, plurale Wirklichkeit ab: Die einen gendern, die anderen nicht, und alle haben ihre Gründe dafür.

Dann aber wurde doch noch Druck ausgeübt. Von außen. Und zwar von jenem schon erwähnten Statistikprofessor Walter Krämer. Er intervenierte im Namen der Stiftung Deutsche Sprache bei zahlreichen Mitgliedern der Aufsichtsgremien von ARD, ZDF und Deutschlandradio gegen das Gendern. ZDF-Intendant Thomas Bellut antwortete ihm: Man habe sich in der Geschäftsleitung zu dem Thema beraten und sich darauf geeinigt, »für die schriftliche Kommunikation ab sofort den Genderstern (Asterisk) zu verwenden«.

Für journalistische Beiträge jedoch gebe es »keine Vorgaben der Geschäftsleitung«. Den Redaktionen des Hauses sei empfohlen worden zu diskutieren, wie eine Ansprache aller Zuschauer*innen gelingen kann. Für die jungen Mitarbeitenden von »funk« sei das Gendern von Anfang an selbstverständlich gewesen, genauso wie für die Zielgruppe der 14- bis 29-Jährigen. »Hier wird deutlich, dass Sprache einem Wandel unterliegt und nicht festgeschrieben werden kann und auch nicht sollte. Es macht aber auch den Spagat deutlich, den wir als Sender leisten müssen, wenn wir alle Menschen mitnehmen wollen.«[9]

Die einzelnen Redaktionen, Moderator*innen, Redakteur*innen, Sprecher*innen haben also im ZDF die Freiheit, selbst zu entscheiden, ob sie in ihren Sendungen gendern oder nicht. Anders beim WDR: Die Mitglieder des Programmausschusses votierten nach kontroverser Diskussion mehrheitlich dafür, dass vor allem in Nachrichtensendungen des WDR diese Sprechweise – gemeint ist das Gendern – »nicht eingeführt werden dürfe«. Es wurde jedoch eine Arbeitsgruppe gegründet, die klären soll, welche sprachlichen Möglichkeiten es gebe, um der Geschlechtervielfalt gerechter zu werden.[10]

Das beweist: Die Unzufriedenheit mit der alten Sprechweise wächst. Nicht bei allen, aber doch bei einer wachsenden Schar von Menschen, vor allem bei Jüngeren, Frauen und nicht-binären Menschen. Das sah ich auch an den Zuschriften, die mich erreichten. Nicht alle waren negativ, es gab auch positive, allerdings fast alle von jüngeren Frauen. Die bedankten sich für mein Gendern.

Positive und negative Reaktionen bekomme ich auch jetzt noch, nach meinem Abschied vom ZDF. Das Thema beschäftigt die Menschen. Ich selbst wollte es eigentlich abhaken, hatte den Wunsch, erst mal ein bisschen auszuspannen. Muße wollte ich haben, reisen, über einen Hund nachdenken. Und: bloß kein Buch jetzt.

Als ich schon dachte, »mein Buch« sei noch einmal an mir vorbeigegangen, kam mein Mann wieder damit an. Nun sprach er aber plötzlich von »*unserem* nächsten Buch«. In dem es zwar auch ums Gendern gehen sollte, insgesamt aber um etwas Größeres.

Die Wutbriefe und Hassmails, die ich ihm täglich aus dem ZDF mit nach Hause gebracht hatte, hatten ihn zuletzt fast mehr beschäftigt als mich. »Da rumort etwas in den Köpfen«, sagte er. Von diesem Rumoren wird unser Buch handeln.

Daher verlassen wir im nächsten großen Abschnitt das Thema Gendern und weiten den Blick auf das Ganze dessen, was gegenwärtig unter dem Begriff Identitätspolitik verhandelt wird. Erst zum Schluss greifen wir das Gender-Thema wieder auf und gehen auf die Argumente der Gender-Gegner*innen ein.

3
Kampf um Wörter, Zeichen, Bilder und ein unaufhörlicher Reigen von Entschuldigungen

Im Jahr 2021 entstand in Deutschland ein neues Phänomen: der öffentliche Entschuldigungsreigen. Zum Zeitpunkt der Abfassung dieses Buches war die vorläufig Letzte in diesem Reigen die grüne Kanzlerkandidatin Annalena Baerbock, »wegen des ›N-Worts‹«.

Baerbock wollte eigentlich nur anprangern, dass an einer Schule im Unterricht noch das N-Wort verwendet wird, machte aber den Fehler, das N-Wort auszusprechen. Sie erzählte von einer Bildergeschichte, »wo das Wort ›Neger‹ drin vorkam«. Daraufhin wurde Baerbock von ihrer eigenen Basis gerüffelt, und die Aufregung über das zitierende Aussprechen des N-Worts war dann größer als die über die Verwendung des N-Worts an einer Schule. Dass Baerbock in aufklärender und rassismuskritischer Absicht zitiert hatte, ging in der Empörung unter, und ihr blieb nichts anderes mehr übrig, als sich dafür zu entschuldigen, dass sie das Wort »reproduziert« hat.[11]

Eine andere Grünen-Politikerin, Bettina Jarasch, hatte auf die Frage nach ihren Berufswünschen als Kind »Indianerhäuptling« gesagt und gelacht. Und wurde gerüffelt. Tags darauf entschuldigte sie sich für ihre »unreflektierte Wortwahl« und »unreflektierten Kindheitserinnerungen«.[12] Die RTL-Moderatorin Katja Burkard wiederum hatte in einer Livesendung das Wort »Zigeunerleben« verwendet. Der Rüffel ließ nicht lange auf sich warten und kam vom Vorsitzenden des Zentralrats Deutscher Sinti und Roma, Romani Rose, höchstselbst. Burkard entschuldigte sich. Das Z-Wort geht natürlich auch nicht mehr.[13]

Ex-Nationaltorwart Jens Lehmann hatte den Ex-Nationalspieler Dennis Aogo als »Quotenschwarzen« bezeichnet. Als er sich bei Aogo entschuldigte, hatte Lehmann schon seinen Job im Aufsichtsrat von

Hertha BSC Berlin verloren, und die Sender Sky und Sport1 verkündeten, Lehmann nicht mehr als Studiogast haben zu wollen.[14]

Kaum hatte sich Lehmann entschuldigt und war gefeuert worden, musste sich Aogo entschuldigen und ließ seinen Experten-Job ruhen, noch bevor man ihn feuern konnte. Es war herausgekommen, dass er seinerseits Juden beleidigt hatte und obendrein auch noch Sinti und Roma.

Der Radsportdirektor Patrick Moster rief bei den Olympischen Spielen in Tokio einem seiner Radrennfahrer während des Wettkampfs zu: »Hol die Kameltreiber!« Gemeint waren damit zwei sportliche Konkurrenten: Azzedine Lagab aus Algerien und Amanuel Ghebreigzabhier aus Eritrea. Moster wurde nach Hause geschickt und vom Radsport-Weltverband UCI suspendiert.[15]

Fünf Weiße bekundeten im Fernsehen, nichts Anstößiges an der »Zigeunersoße« und dem »Mohrenkopf« zu finden. Danach tobte ein Shitstorm, und nicht nur die geladenen Talkgäste, sondern auch die Verantwortlichen im Sender entschuldigten sich.[16]

In verschiedenen Städten wird heftig, leidenschaftlich und hoch emotional über die Umbenennung von »Mohrenstraßen«, »Mohren-Apotheken« und Gasthäusern, die »Zum Mohren« heißen, diskutiert. Die einen sind für eine Namensänderung, die anderen sehen keine Notwendigkeit dafür, da das Wort doch von den Mauren komme und daher nichts Beleidigendes an sich habe.

Immer wieder lösen Wörter, Bilder, Karikaturen oder gar nur ein typografisches Zeichen wie der Genderstern einen Shitstorm aus, dem fast regelmäßig eine Entschuldigung folgt. Nur fürs Gendern hat sich bisher noch niemand entschuldigt, obwohl gewiss viele meinen, das wäre längst genauso fällig. Und vermutlich meinen das die, die es übertrieben finden, sich für den Gebrauch des N- und Z-Worts zu entschuldigen.

Die einen finden das Gendern und den Entschuldigungsreigen gut, die anderen regt das alles wahnsinnig auf, und eine vermutlich schweigende Mehrheit weiß noch nicht so recht, was sie von all dem halten soll, fragt sich aber vielleicht: Hätte die Grünen-Politikerin »Indigenenhäuptling« sagen sollen? Und: Ist es noch verhältnismäßig, wenn Jens Lehmann wegen eines einzigen Wortes alle seine Jobs verliert? Muss wegen irgendeines Wortes, das plötzlich als tabu gilt, tagelang berichtet werden?

Die einen beschleicht das Gefühl, es würden ihnen bestimmte Wörter verboten und damit werde ihre Meinungsfreiheit beschränkt. Die anderen haben verstanden, dass es sich bei den bestimmten Wörtern um Beleidigungen handelt, und verstehen daher nicht, warum so viele so sehr an ihnen hängen – als ob es ein Grundrecht auf Beleidigen gäbe. Die wiederum, die Versteher, verstehen dann aber auch nicht mehr, dass man sich, wie Annalena Baerbock, schon fürs bloße Zitieren entschuldigen muss, noch dazu in einem antirassistischen Kontext.

In den USA ist diese Rigidität schon so weit fortgeschritten, dass es nicht einmal mehr hilft, sich zu entschuldigen. Da war Donald McNeil, einer der bekanntesten Wissenschaftsjournalisten der USA, unter massivem Druck der Belegschaft zurückgetreten, weil er vor Jahren bei einer von seiner Zeitung veranstalteten Schülerreise das N-Wort nicht als N-Wort benannt, sondern ausgesprochen hatte. Man muss dazu allerdings sagen, dass in den USA mit dem »N-Wort« meist nicht »Negro« gemeint ist, sondern das schlimmere Wort, das umschrieben wird mit »dem Wort, das sich auf bigger« reimt. McNeil hatte es nicht so umschrieben, sondern ausgesprochen, allerdings auch nur als Zitat, wie Baerbock, und wie diese in rassismuskritischer Absicht. Sein Chef zwang ihn, sich dafür zu entschuldigen. McNeil entschuldigte sich.

Das hat aber 150 der weit über tausend Angestellten der Zeitung nicht genügt. Sie forderten seine Entlassung, weil er mit seiner Äußerung ihnen allen »den Respekt verweigert« habe. McNeil, der seit 1976 für die »New York Times« arbeitete und kurz davor war, den Pulitzerpreis zu bekommen, blieb schließlich nichts anderes übrig, als zu kündigen.[17] Die Zeitung, für die McNeil gearbeitet hatte, ist »woke«

geworden während der letzten Jahre, so erschreckend woke, dass sie seit 2019 sogar auf den Abdruck von Karikaturen verzichtet, weil sich ja doch immer irgendwer sexistisch, rassistisch, antisemitisch oder religiös verletzt, angegriffen, beleidigt fühlt.[18]

Wegen solcher Geschichten rumort es in den Köpfen, und die Öffentlichkeit fragt sich, ob hier eine hyperempfindliche »Generation beleidigt«[19] nur mächtig überzieht oder ob es an der Zeit ist, sich endlich einmal ernsthaft mit Antisemitismus, Rassismus, Sexismus und unserer kolonialen Vergangenheit und der Sklaverei auseinanderzusetzen. Die richtige Lektüre dafür wären, zum Beispiel, die Bücher von Alice Hasters: *Was weiße Menschen nicht über Rassismus hören wollen, aber wissen sollten*. Oder: *Der weiße Fleck: Eine Anleitung zu antirassistischem Denken* von Mohamed Amjahid. Oder: Reni Eddo-Lodge: *Warum ich nicht länger mit Weißen über Hautfarbe spreche*. Oder: Fatma Aydemir/Hengameh Yaghoobifarah (Hrsg.): *Eure Heimat ist unser Albtraum*. Oder die literarischen Bestseller *Identitti* von Mithu M. Sanyal und *Mädchen, Frau etc.* von Bernardine Evaristo. Oder die wiederentdeckten Essays von Audre Lorde: *Sister Outsider*.

Solche Bücher, alle zwischen 2019 und 2021 in Deutschland erschienen, sind so etwas wie Zeichen der Zeit. Sie stehen in engem Zusammenhang mit anderen Zeitzeichen, wie gendernden TV- und Radiomoderator*innen, dem Phänomen des Entschuldigungsreigens und gefeuerten TV-Promis. Die hoch emotionalen Debatten, die von solchen Zeichen ausgelöst werden, sind selbst wieder ein Zeichen der Zeit und ebenso die Tatsache, dass das alles jetzt geschieht, nahezu gleichzeitig.

Aber was bedeuten diese Zeichen? Scheinbar geht es dabei um fast nichts, nämlich bloße Wörter. Oder um noch weniger, um ein Sternchen, ein typografisches Zeichen. Wer davon nur am Rande etwas mitbekommt, hält das alles für eine Luxusdiskussion, fragt, ob wir keine anderen Probleme haben, und befasst sich nicht weiter damit. Wer sich näher damit beschäftigt, erkennt: Es geht nicht nur um bloße Wörter, sondern um Geschichte, Herkunft, Hautfarbe, Geschlecht, Ethnie, Religion, Sexualität, und der gemeinsame Nenner ist: Identität, Diskriminierung, Benachteiligung, das Fehlen von Chancengleichheit. Und: Die einen verfügen über Macht, Besitz, Einfluss, die anderen nicht.

Das wird jetzt nicht mehr, wie früher, hauptsächlich in den klassischen Medien gefiltert dargestellt und kontrolliert diskutiert, sondern ungefiltert und unkontrolliert in den sozialen Medien, in denen es schnell ganz hoch hergeht. Deshalb erleben wir in letzter Zeit so oft, dass es kracht und ein bloßes Wörtchen genügt, riesige Shitstorms auszulösen, denen regelmäßig ein Entschuldigungsreigen oder gleich eine längere Debatte folgt. Oder eine Kaskade von Fake News, Halbwahrheiten, Verdrehungen, Hetze und Desinformation.

In ihrer Summe markieren diese Ereignisse, Debatten und Entschuldigungen etwas historisch Neues, das aber an etwas Altes anknüpft: Ein seit Jahrhunderten währender Kampf geht in die nächste Etappe – der Kampf um Gleichberechtigung und Emanzipation. Und weil das wirklich ein Kampf ist, wird es eben von Zeit zu Zeit laut. Blessuren und Verletzungen gehören dazu.

Warum das alles jetzt geschieht, hat unseres Erachtens zwei Gründe: Viele der ehemals Machtlosen, Diskriminierten und von Teilhabe Ausgeschlossenen verfügen inzwischen über eine universitäre Bildung, und ihre Zahl hat eine kritische Masse erreicht. Der zweite Grund ist das Internet. Es ermöglicht den ehemals Machtlosen, sich zu organisieren, eine eigene Diskursmacht aufzubauen, die Macht der klassischen Medien zu brechen, und denen, die in den klassischen Medien das Sagen haben, die eigene Sicht entgegenzusetzen, die oft radikal subjektiv und interessengeleitet ist. Aber, so wird dadurch offenbar, die Sicht derer, die bisher die Diskurse bestimmten, ist auch nicht immer so objektiv, wie sie gerne glauben machen wollen, sondern ebenfalls interessengeleitet. Und sie haben nicht vor, Macht abzugeben oder zu teilen.

Die Zeichen dieser Machtverschiebung sind schon länger wahrnehmbar, kommen überwiegend aus US-amerikanischen Universitäten, also von weit her, aber nähern sich jetzt rasch dem Alltag der bundesdeutschen Bevölkerung und lehren sie das Staunen. Oder das Fürchten – je nachdem. Meistens erschrickt man, wenn man hört oder liest, wie gnadenlos und streng jeder kleinste Verstoß gegen die sogenannte Political Correctness geahndet wird.

Da erzählt etwa der Hollywoodstar Matt Damon selbstkritisch, dass er das »F-Wort« (Faggot = Schwuchtel) nicht mehr benutze, seit ihm seine Tochter eine »sehr lange, wunderbare Abhandlung«, von ihr selbst geschrieben, überreicht habe, in der sie erklärte, warum das Wort gefährlich sei. Daraufhin habe er gesagt, er gebe die homophobe Beleidigung auf – »ich habe verstanden«.

Man könnte dazu sagen: Da hat einer was gelernt, zwar ein bisschen spät, aber immerhin. Und es ist ja nie zu spät, um zu lernen. Und er hatte die Größe, die Belehrung von seiner Tochter anzunehmen. Noch bis vor Kurzem hätte man ihn dafür gelobt. Jetzt aber wird stattdessen schulmeisternd gefragt, warum der 50-Jährige erst den Hinweis seiner Tochter brauche, um ein homophobes Schimpfwort als solches zu erkennen.[20]

Bei uns, in Europa, hat das auch schon angefangen. Vor allem in England: Da soll man nur noch von »menstruierenden Personen« sprechen, nicht mehr von Frauen, sonst fühlen sich Menschen beleidigt, die zwar allmonatlich ihre Menstruation haben, sich aber nicht als Frauen fühlen. Joanne K. Rowling, die Erfinderin von Harry Potter, hatte sich mit der Trans-Community angelegt, indem sie mehrfach Zweifel am non-binären Geschlechtermodell äußerte und sich mokierte: »›Leute, die menstruieren.‹ Ich bin sicher, dass es für diese Leute mal ein Wort gab.« Danach brach eine Empörungswelle los; manche gingen so weit, ihr den Tod zu wünschen.[21]

»Mann« und »Frau«, »Vater« und »Mutter« sollen nun Wörter sein, mit denen man diejenigen beleidigt, stigmatisiert, traumatisiert oder diskriminiert, die nach der Zeugung oder Geburt von Kindern das Geschlecht gewechselt haben. Und wehe, man kritisiert das, widerspricht, karikiert es gar, dann ist der Shitstorm garantiert. Ein kritischer Einwand, ein provokantes Argument, eine satirische Zuspitzung – früher allgemein anerkannte Mittel in jeder Debatte – können heute schnell als homophob, sexistisch, transphob, rassistisch, islamophob etc. von der Debatte ausgeschlossen werden.

Häufig sind es kleine, aber gut organisierte elitäre Zirkel, Diskurswächter*innen, linke und rechte Aktivist*innen in den sozialen Medien, die schnell ihr Urteil darüber fällen, wie eine bestimmte Bemerkung, Meinung, Haltung oder manchmal auch nur ein Wort einzuordnen ist. Wie dabei Maß genommen wird, hängt von der eigenen ideologischen Position ab.

Kritik an der Religion beispielsweise ist in linken Kreisen willkommen, wenn sie sich gegen die katholische Kirche richtet. Dann wird sie »Religionskritik« genannt. Richtet sich die Kritik aber gegen den Islam, ist es »Islamophobie«.

Oder nehmen wir die Rechten. Sie sind nicht gerade bekannt dafür, dass sie auf den Feminismus große Stücke halten. Aber wenn es ihnen gerade in den Kram passt, mutieren sie zu Feministen. Dann nämlich, wenn es um Ressentiments gegen Muslime geht und sie sich aufgerufen fühlen, »unsere Frauen«, allerdings nur die deutschen, vor der islamischen Macho-Kultur zu beschützen.

Linke wie rechte Ideolog*innen perfektionieren die Kunst, gegnerische Positionen wie nützliche Idioten vor den eigenen Karren zu spannen. Rechten Antisemiten sind die Palästinenser in der Regel ziemlich egal. Diese erfreuen sich aber immer dann herzlicher Zuneigung durch Rechte, wenn man sie dazu benutzen kann, den eigenen Antisemitismus in die Form von Israelkritik zu kleiden. Oder man bedient sich linker Kapitalismuskritik, um das Treiben der »internationalen Hochfinanz« – sprich: Rothschild, George Soros, »das Weltjudentum« – anzuprangern.

Die Linke wiederum ruft nach dem Staat und nach der Polizei gegen die Hetze von rechts. Kommen Hetze, Zynismus und Menschenverachtung aber von links, soll sich der Staat gefälligst heraushalten, denn da geht es um Meinungsfreiheit und Satire, wie im Fall der taz-Kolumnistin Hengameh Yaghoobifarah, die Polizisten auf der Müllkippe entsorgen wollte.[22] Und wenn daraufhin wieder von rechts gehetzt und die linke Kolumnistin bedroht wird, muss die soeben auf der Müllkippe entsorgte Polizei zurückkommen und die linke Kolumnistin vor dem rechten Mob schützen.[23]

Es ist heute nicht mehr so leicht, Wörter und Meinungen richtig einzuordnen und zu bewerten und Satire von Hetze zu unterscheiden. Oder Antisemitismus von Kritik an israelischer Politik. Es ist nicht mehr eindeutig klar, ob es sich bei bestimmten Äußerungen um Meinungen handelt, die von der Meinungsfreiheit gedeckt sind, oder um »Meinungen«, die den strafrechtlichen Tatbestand der Beleidigung oder Hetze erfüllen. Und was als eindeutig sexistisch, rassistisch, homophob, transfeindlich, islamophob zu klassifizieren ist, darüber gehen die Meinungen so weit auseinander wie noch nie in der Geschichte der Bundesrepublik. Auch die Unterscheidung zwischen Information und Desinformation, Aufklärung und Propaganda fällt vielen Menschen zunehmend schwer.

Um hier zu einigermaßen klaren Urteilen zu kommen, muss man sich immer sehr genau anschauen, wer spricht, als was er oder sie spricht und in welcher Situation und in welchem Kontext gesprochen wird. Außerdem sollte man den Zynismus professioneller Diskurs-Anheizer*innen mitbedenken. Politik, Medien und oft sogar die Wissenschaft sind heutzutage ein Geschäft, in denen so mancher und manche heftiger für das eigene berufliche Fortkommen arbeitet als für den Fortschritt von Wahrheit und Erkenntnis. Heerscharen von Kolumnist*innen, Blogger*innen und Kommentator*innen aus Politik, Kultur, Medien und Wissenschaft bewirtschaften ein Meinungsgeschäft, in dem nicht unbedingt immer alle sagen, was sie wirklich denken, sondern Meinungen nach Marktlage designen, Meinungen verstärken, die sowieso im Trend liegen oder ihm bewusst zuwiderlaufen oder gemeindebildend wirken. Oft geht es dabei mehr um die neue »Währung Aufmerksamkeit« als um Aufklärung und Information, und auch hier ist es für Informationssuchende nicht immer leicht, das eine vom anderen zu unterscheiden.

Star in diesem Geschäft ist, wer es schafft, sich den Titel »umstrittene Persönlichkeit« zu erarbeiten. Das geht am einfachsten, indem man Gedanken verbreitet, die von gewissen Kreisen vorhersehbar als »intolerabel« gebrandmarkt werden. Das Beste, was einer »umstrittenen Persönlichkeit« passieren kann, sind Boykottaufrufe, Protestversammlungen, Ausladungen und gesprengte Veranstaltungen – und neuerdings das Stichwort »Cancel Culture«. Gecancelt zu werden ist heutzutage ein todsicheres Rezept für Aufmerksamkeit, Talkshow-Einladungen, Buchverträge und massenhafte Belobigungen für bewiesenen Gratismut. So erlebte beispielsweise der AfD-Mitgründer Bernd Lucke, um den es in letzter Zeit etwas still geworden war, ein unverhofftes Comeback, weil ihm linke Studentengruppierungen den Gefallen getan hatten, seine erste Vorlesung in »Makroökonomik II« an der Uni Hamburg zu sprengen und die zweite zu stören.[24]

Es ist das in Deutschland derzeit wohl berühmteste Beispiel für »Cancel Culture«, das regelmäßig bemüht wird, obwohl Luckes Vorlesungen längst störungsfrei stattfinden. Im Pulverdampf ergraute Alt-68er finden es völlig normal, dass Studenten mal auf den Putz hauen. Andere, auch darunter alt gewordene Alt-68er, finden das höchst alarmierend.

Es tobt ein Streit darüber, wer was über wen sagen darf. Worüber jemand sprechen darf. Ob Weiße die Texte von Schwarzen übersetzen dürfen. Ob ein Sohn über seine Mutter schreiben darf. Ob ein weißer Historiker die Geschichte Afrikas erforschen darf. Ähnlich disparat werden andere Zeichen gedeutet, wie etwa abgesetzte Opern-Inszenierungen (Gefahr der religiösen Beleidigung), mit Warnhinweisen versehene Filme (Achtung: sexistisch!), von anstößigen Wörtern bereinigte Bücher (N-Wort raus aus »Pippi Langstrumpf«).

Über das N-Wort und seine rassistische Geschichte führt eine direkte Linie in Europas koloniale Vergangenheit. Da geht es nicht mehr nur um Wörter und Sprache, sondern um Geschichte, Politik, Anerkennung erlittenen Unrechts, Wiedergutmachung und die öffentliche Auseinandersetzung über damit zusammenhängende Fragen: Warum weigern sich europäische Museen so hartnäckig, ihre »Raubkunst« an die rechtmäßigen Besitzer zurückzugeben? Waren Hegel und Kant Rassisten? Warum sind deutsche Straßen nach deutschen Kolonialisten benannt? Ist es richtig, dass große Männer, auf Denkmalsockel gestellt und über Jahrhunderte als glorreiche Herrscher, Philosophen, Helden und Genies verehrt, nun wegen solcher Fragen von ihren Sockeln geholt werden – im wörtlichen wie im übertragenen Sinn, weil sie von bestimmten Gruppen nicht mehr länger als Helden gefeiert, sondern als Rassisten, Sklavenhändler, Kriegstreiber zu verurteilen seien?

Auch um Moral geht es: Die Werke von Künstlern, die sich angeblich oder tatsächlich moralischer Verfehlungen schuldig gemacht haben (Woody Allen),[25] sollen nicht mehr gezeigt oder nicht mehr veröffentlicht werden. Oder ein Schauspieler (Kevin Spacey) wird wegen angeblicher oder tatsächlicher sexueller Übergriffe aus einem ganzen Film (von Ridley Scott) komplett herausgeschnitten und der Film mit einem neuen Schauspieler nachgedreht.[26] Wenn schließlich Theaterintendanten wegen Sexismus und Vergewaltigungsvorwürfen zurücktreten oder sich gegen Vorwürfe des Mobbings oder Machtmissbrauchs wehren müssen, wird erkennbar, worauf alle sprachlichen Debatten abzielen: die herrschenden Machtverhältnisse, die ermöglichen, dass alltäglich Menschen diskriminiert und marginalisiert werden.

Dies alles, die Summe dieser höchst unterschiedlichen Ereignisse und Vorkommnisse, wird nun unter dem wenig tauglichen Begriff »Identitätspolitik« diskutiert. Lange war die Debatte darüber nur eine rein akademische.[27] Dann überschritt sie die Grenzen der universitären Spielwiese, sickerte in die Feuilletons und erreicht nun eine breitere

Öffentlichkeit, die verständnislos fragt: Habt ihr sie noch alle? Sonst habt ihr keine Sorgen? Gibt's keine anderen Probleme? Darf man denn in Deutschland nicht mehr reden, wie einem der Schnabel gewachsen ist? Muss man jetzt vor der Verwendung irgendeines normalen Worts immer erst bei der Sprachpolizei anrufen und fragen, ob es noch erlaubt oder schon verboten ist? Sollen wir uns wirklich vorschreiben lassen, wie wir zu sprechen und zu schreiben haben?

Dazu kommt dann noch die passende Umfrage des Instituts für Demoskopie Allensbach, derzufolge 44 Prozent der Deutschen die Meinungsfreiheit in Gefahr sehen.[28] Bei Themen wie »Muslime, Islam«, »Vaterlandsliebe, Patriotismus« und »Emanzipation, Gleichberechtigung der Frau« müsse man aufpassen, denn da könne man sich leicht den Mund verbrennen.

Das ist wiederum Wasser auf die Mühlen konservativer Kommentator*innen und politischer Scharfmacher*innen, die schon lange die Angst vor einem angeblich »immer enger werdenden Meinungskorridor« befeuern und die Wut darüber anheizen mit verbalen Knüppeln wie »Genderwahn«, »Gender-Gaga«, »Gedankenkontrolle«, »Cancel Culture«, »Gesinnungsfuror«, »Zensur«, »Erziehungsdiktatur« – Ende des Rechts auf freie Rede und Meinungsfreiheit. Da sind sie wieder, die schweren Geschütze.

Ist das alles nur »AfD-Sprech«, rechtspopulistisches Gerede, rechte Propaganda, oder ist da was dran? Und warum debattieren wir in letzter Zeit hauptsächlich über linke Sprechgebote und -verbote, die doch eigentlich harmlos sind im Vergleich zu der jahrelang im Dunstkreis der AfD gepflegten Gewaltsprache? Die hat nun schon mehrfach zu Toten und Verletzten geführt, wie zuletzt in Halle (Anschlag auf die Synagoge, zwei Tote) und Hanau (elf tote Hanauer*innen, acht mit Migrationshintergrund, eine deutsche Romni, die Mutter des Täters und er selbst). Oder zum Mord am Regierungspräsidenten Walter Lübcke in Kassel. Zu den NSU-Morden. Zu der kaum noch überschaubaren Reihe von Gewalt und Mord an Flüchtlingen, Migrant*innen,

Schwarzen. Zu der Notwendigkeit, jüdische Einrichtungen polizeilich zu beschützen.

An der hohen Zahl von Toten durch Gewalt von rechts, befeuert durch die Sprache rechter Politik, wird klar, dass linke und rechte Identitätspolitik nicht gleichzusetzen sind. Beschäftigen müssen wir uns aber mit beidem. Linke Identitätspolitik kann nerven, aggressiv sein, manchmal auch spaltend, aber sie ist nicht gewalttätig.

Wer (noch) unsicher ist, wer mit dem Begriff Identitätspolitik nicht wirklich etwas anfangen kann, ist hier richtig. Für die Verunsicherten schreiben wir dieses Buch. Wir schreiben es für die verständnislos Fragenden, die manchmal denken, es sei tatsächlich so, dass man in unserem Land mit Meinungsäußerungen vorsichtig sein müsse. Wir schreiben es für die, die sich fragen, was daran so schlimm sein soll, wenn man sich an seine Kindheit als »Indianerhäuptling« erinnert.

Wir schreiben es aber auch für die Diskurs-Elite, die schon im Schlaf aufsagen kann, wofür die Zeichenfolge LGBTQIA*[29] genau steht. Die sich selbst genau erklären kann, was man sich unter »fluider Geschlechtlichkeit« und einer »Cisgender-Heteronormativität« vorzustellen hat. Aber kaum einen Versuch macht, das alles auch einer breiteren Öffentlichkeit verständlich zu erklären, so als ob es dieser Elite egal wäre, ob die Ingenieurin oder der Manager noch mitkommen. Es ist aber in einer Demokratie unabdingbar, dass auch Verkäuferinnen, Handwerker, Krankenschwestern, Naturwissenschaftler*innen in die Diskussion einbezogen werden. Deshalb werden hier Dinge erklärt und gelegentlich »reproduziert« werden müssen, die für die Diskurs-Elite alte Hüte sind.

Schließlich schreiben wir dieses Buch vor allem in der Hoffnung, eine Brücke bauen zu können zwischen denen, die sich vor moralischem Rigorismus und Meinungs-Unfreiheit fürchten, und denen, die glauben, dass es nicht um »Gesinnungsterror« gehe, sondern nur um eine gesteigerte Sensibilität gegenüber Diskriminierungen aller Art. Um mehr Gleichheit und Gerechtigkeit. Um Respekt und eine neue

Höflichkeit. Um Rücksichtnahme und den Willen, niemanden zu verletzen. Und vor allem um die Einlösung eines alten Versprechens: Alle Menschen sind gleich. Daher plädieren wir dafür, dass beide Seiten ihre Schützengräben verlassen und einander erst einmal eine Weile nur zuhören, statt immer gleich die stärksten Geschütze aufzufahren und loszuballern.

Niemand kann diesem Mega-Thema ausweichen. Es kommt ganz von selbst auf uns zu. Uns erinnert das an die Stimmung, die Thomas Mann im *Zauberberg* beschreibt: »Zanksucht. Kriselnde Gereiztheit. Namenlose Ungeduld. Eine allgemeine Neigung zu giftigem Wortwechsel, zum Wutausbruch, ja zum Handgemenge.«

Hoch oben, im Lungensanatorium auf dem Zauberberg, weit weg von »der Ebene«, mühte sich eine kosmopolitische Gesellschaft von Tuberkulose-Kranken, im Angesicht von Krankheit, Atemnot und nahem Tod zu feiern, so lange wie irgend möglich. Es war jeden Tag Party. Das gemeinsame Leiden wirkte gemeinschaftsstiftend. Dann schien es auf einmal, als ob über Nacht der Teufel in die Feiernden gefahren wäre. Die Einzelnen wurden sich ihrer Verschiedenheit gewahr – deutsch, russisch, italienisch, jüdisch, christlich, atheistisch, bürgerlich, adlig, hetero, homo, bi – und plötzlich hassten sie einander, fielen übereinander her. »Man erblaßte und bebte. Die Augen blitzten ausfällig, die Münder verbogen sich leidenschaftlich. Man beneidete die eben Aktiven um das Recht, den Anlaß, zu schreien.«

Die Gesellschaft löste sich auf. Sie gingen zurück in die Länder ihrer Herkunft, zu ihren Nationen, hinunter in die »Ebene«, wo bald darauf der »große Donnerschlag« erfolgte, der Erste Weltkrieg.

Und heute? Sind wieder Menschen mit einer Überdosis Hass unterwegs und suchen ihr Recht und den Anlass, zu schreien. Aber es ist alles viel unübersichtlicher und komplizierter als auf dem Zauberberg, daher muss man sehr genau hinschauen, um destruktiven Hass von berechtigter Wut, sektiererische Exzesse von konstruktiven Entwicklungen und notwendige Konflikte von unnötigen zu unterscheiden.

Gendern, Sexismus, Rassismus, Antisemitismus, koloniale Vergangenheit, Raubkunst, neue Tabus, gebrandmarkte Wörter, Meinungsfreiheit, Freiheit der Forschung und Lehre, Grenzen der Toleranz und Grenzen des Sagbaren – also alles, was derzeit so viele Gemüter erregt und entzweit, ist nichts Nebensächliches. Wer die abwehrende Frage stellt, ob es denn nichts Wichtigeres gebe, verkennt die Brisanz dieser Konflikte, auch deren Berechtigung. Angst und Überforderung sprechen aus dieser Frage, und der Unwille, sich den Problemen zu stellen.

Die einzige Möglichkeit, diese Ängste und dieses abwehrende Unbehagen loszuwerden, besteht darin, die Konflikte zu benennen und zu versuchen, sie offen und fair auszutragen, aber auch wahrhaftig. Das bedeutet: in aller Härte, Verletzungen sind fast unvermeidlich. Es bedeutet aber auch: in versöhnlicher Absicht, mit dem Willen, Verletzungen zu heilen und sie, wo immer möglich, zu vermeiden. Dieses Buch soll ein Versuch dazu sein.

Zeichen der Zeit – aus der Nähe betrachtet

4
»Was wir gerade erleben, ist Aufklärung!«

Einer hat bereits die Nerven verloren und ist abgehauen, nach Wien: der Schriftsteller Matthias Politycki. Mitten im Corona-Sommer 2021 hat er seiner Heimat Deutschland einen Abschiedsbrief geschrieben, in dem sinngemäß steht, dass es ihm jetzt reicht. Die Vorkommnisse, Ereignisse und Diskussionen, von denen im vorigen Kapitel die Rede war, sind ihm offenbar zu viel geworden.

Er empfinde »Überdruß an unserem öffentlichen Gespräch, wenn man die Artikulation wechselweiser Ab- und Ausgrenzungen noch als solche bezeichnen will«, und dieses Missvergnügen scheine nicht nur ihn, sondern »inzwischen weite Teile der Bevölkerung erfaßt zu haben, die Mitte der Gesellschaft. Wir halten uns selbst nicht mehr aus.«[30]

Er fragt: »Wie konnte es so weit kommen, daß selbst die, die zwischen den Extremen vermitteln und sie womöglich versöhnen könnten, auf Durchzug geschaltet haben? Und nur noch eines wollen: nichts mehr von all dem mitbekommen, gar nichts?«

Ihm sei es auch so ergangen. Nichts mehr habe er davon noch hören wollen. Irgendwann hat er dann aber offenbar eingesehen, dass das auch keine Lösung ist. Daher der Entschluss: Auf nach Wien. Auf Abstand gehen, »um aus einem anderen Gesichtswinkel zu verstehen suchen, was mit meinesgleichen seit einigen Jahren los ist, was uns so emotionalisiert und rabiatisiert hat«.

Als Schriftsteller frage er sich: »Kann man in der Sprache, wie sie der Zeitgeist fordert, überhaupt noch – aus dem Vollen schöpfend, nach Wahrhaftigkeit strebend – literarische Texte verfertigen?«

Was er mit der »Zeitgeist-Sprache« meint, sind die üblichen Verdächtigen: »Bürgerinnenmeisterinnen«, »Störchinnen und Störche«, »Autofahrende, Radfahrende und Fußgehende«, die »achtsam mit querendem Getier« umzugehen sich mühen. Reflexhaft frage er sich schon: »Und was ist mit Fröschinnen und Fröschen, Krötinnen und Kröten und all den andern Tierinnen und Tieren?« Angesichts solcher Verrücktheiten sei er »drauf und dran, selbst verrückt zu werden«.

Schwer zu schaffen mache ihm das Gefühl, sich bei jedem hingeschriebenen Wort und Satz fragen zu müssen, ob das nun gegen ihn verwendet werden könnte. Kann man ihn wegen irgendeines Satzes absichtlich missverstehen? Ihm Sexismus unterstellen? Rassismus vorwerfen? Homophobie, Transphobie, Misogynie?

Sah der »jakobinische Eifer der Sprachreiniger« für ihn anfangs nur aus »wie die Selbstbeschäftigung universitärer Eliten«, so entpuppte er sich aber im weiteren Verlauf als »systematisch betriebene Umerziehung«. Mittlerweile betätige »sich jeder Dritte von uns bei geringstem Anlaß als Fundamentalpädagoge«. Was »gestern noch als Weltoffenheit geschätzt wurde, könnte heute als kulturelle Aneignung empfunden« werden, oder «als strukturell rassistisch«. Und weil dies so sei, könne er nicht mehr frei schreiben. Seine künstlerische Freiheit, sie sei dahin, meint er.

Ganz grundsätzlich sehe er »seit Nine-Eleven« die »Intoleranz auf dem Vormarsch, dies freilich im Zeichen der Toleranz«. Inzwischen sei das ehemals linke, emanzipatorische Denken »pervertiert zur Herrschaftsform einer Minderheit, die sich anmaßt, gegen den Willen der

Mehrheitsgesellschaft die Welt nach ihrem Bilde neu zu erschaffen. Und dies mit aller Gründlichkeit.«

Deshalb jetzt: Wien. Das sei sein Versuch, »durch Ortsveränderung einen anderen Blick auf die deutschen Debatten zu bekommen und, vor allem, die Freude an der Sprache zurückzugewinnen«, denn in Wien »ticken die Uhren anders« und klinge vieles noch so, »wie es früher in Deutschland klang«. Schon im »Süden Deutschlands, wo der Katholizismus noch als Kulturkatholizismus überlebt«, werde der »sprachreinigende Furor des protestantischen Nordens kräftig gemildert; in Österreich kommen der Schmäh und der Schlendrian Kakaniens dazu, der noch jede Ideologie durch Wortwitz und Wurschtigkeit kleingekriegt hat«.

Damit spricht Politycki bestimmt vielen Deutschen aus der Seele. Aber hat er damit auch recht? Dass einer wegen Bürgerinnenmeisterinnen, Störchinnen, Krötinnen und anderen Tierinnen sein Land verlässt, will man ihm nicht so recht abnehmen. Gendersprache mag ihn nerven, aber wer könnte ihn zwingen, sie auch zu benutzen? Er lässt sich ja bis heute noch nicht einmal zur neuen Rechtschreibung zwingen und setzt konsequent sein »ß«, wo wir längst »ss« schreiben. Er schreibt »Anlaß«, »Überdruß«, »daß«, »erfaßt«, und niemand hindert ihn, die FAZ druckt es verständnisinnig.

Auf seine Frage, »ob man in der Sprache, wie sie der Zeitgeist fordert, überhaupt noch – aus dem Vollen schöpfend, nach Wahrhaftigkeit strebend – literarische Texte verfertigen« kann, würden wir antworten: Käme auf einen Versuch an. Auf den Willen, es auszuprobieren. Macht aber nichts, wenn der Wille dazu fehlt. Keine Macht der Welt, nicht einmal linke Bürgerinnenmeisterinnen, wird einen Schriftsteller daran hindern können, weiterhin Literatur zu produzieren, die ganz ohne Genderstern, Krötinnen und Tierinnen auskommt.

Und dass es für einen freien Geist besser auszuhalten sei in Wien, in Österreich, wo Rechtsradikale wie der FPÖ-Chef Herbert Kickl oder der rechtspopulistische Kanzler Sebastian Kurz das politische

Klima bestimmen, verwundert. Man fragt sich: Was kann er in Wien schreiben, was er in Karlsruhe nicht schreiben darf?

Gut, seine Krötinnen stehen bei ihm nur Pars pro Toto. Es ist klar, dass es ihm um das ganze Paket aus Political Correctness und dem ganzen identitätspolitischen Furor geht, um die Summe der Fälle, von denen im vorigen Kapitel die Rede war. Es bleibt trotzdem die Frage, ob die Realität wirklich so schlimm ist, wie er sie empfindet und beschreibt. Oder ob auch er nur einer von diesen Intellektuellen ist, die jammern, weil ihnen ihre Diskursmacht streitig gemacht wird.

Um darauf eine Antwort zu finden, wäre es nötig, jeden Einzelfall näher zu prüfen. Das würde den Umfang dieses Buches sprengen. Daher wollen wir in diesem Teil B des Buches »Zeichen der Zeit« ein paar exemplarische Beispiele herausgreifen und einer näheren Betrachtung unterziehen. Daran wird man sehen, dass es so einfach, wie sich jeder Fall zunächst darstellt, nicht ist.

Im konkreten »Einzelfall Politycki« müssen wir dessen nähere Betrachtung gar nicht selbst vornehmen, weil es schon ein anderer getan hat, und zwar nicht einer aus dem gegnerischen Lager, sondern ein Freund Polityckis. Martin R. Dean, einer der wenigen »nicht weißen« Autoren der Schweiz, wie er sich selbst bezeichnet, antwortete auf Polityckis »Abschied von Deutschland« mit »Ade, du weiße Selbstverständlichkeit« und schlägt dabei genau den Ton an, den wir meistens bei diesen emotionalen Auseinandersetzungen vermissen.[31]

Der Schriftsteller Dean mit »schweizerisch-indisch-karibisch-deutschen Vorfahren« spricht aus, was ihn von seinem Freund Politycki trennt: Herkunft. Den Unterschied erzählt er am Beispiel dessen, was zu einem Schriftstellerleben gehört: Lesereisen.

In »all den Jahren, als Hoyerswerda und Lichtenhagen die Schlagzeilen bestimmten«, habe er keine Einladungen zu Lesungen nach Deutschland in die neuen Bundesländer angenommen, »um nicht in unangenehme, sprich: feindselige Umstände zu kommen. Ich bin in den Städten, in denen ich gelesen habe, nachts nie allein unterwegs gewesen, es sei denn mit Herzklopfen und einem Kloß im Hals. Ich habe die angesagten Bars von Berlin bis Konstanz nie allein betreten. Und ich habe mich auf Lesungen mit der Neugier des Publikums, woher ich ›denn eigentlich‹ käme, bis zur Routine herumschlagen müssen. Eine Lesereise als einheimischer Autor ist nicht dieselbe wie die eines ›farbigen‹ Autors.«

»Hoyerswerda«, »Lichtenhagen«, das sind so Chiffren, die für Erfahrungen stehen, die nicht-weiße Menschen in unserem Land gemacht haben. Weiße kennen sie nur aus der Zeitung und dem Fernsehen. Es ließe sich eine ganze Schlange weiterer deutscher Ortsnamen dranhängen, die für das stehen, was Dean meint. Und man könnte ergänzen: Nicht nur die Lesereise eines weißen Autors ist anders, das ganze Leben jedes weißen Menschen ist anders als das eines Schwarzen, auch dann, wenn es sich um einheimische, hier geborene und aufgewachsene Schwarze handelt. Meistens ist es von Benachteiligung, Diskriminierung, geringeren Chancen gekennzeichnet. Und oft genug, zu oft, kommt Verletzungsgefahr hinzu – seelisch, körperlich, bis hin zur Lebensgefahr.

Die meisten weißen Deutschen haben den Namen Amadeu António Kiowa vermutlich schon wieder vergessen, wenn sie ihn überhaupt jemals gehört haben sollten. Den meisten hier lebenden Schwarzen dagegen dürfte der Name etwas sagen, denn Kiowa war 1987 als angolanischer Vertragsarbeiter in die DDR gekommen. Drei Jahre später, in der Nacht vom 24. auf den 25. November 1990, ging das Leben des 28-Jährigen zu Ende. Jugendliche Neonazis in Eberswalde hatten sich zum »Neger klatschen«[32] verabredet.

Ihre Opfer wurden Kiowa und zwei Männer aus Mosambik. Die zwei mit Messern angegriffenen Mosambikaner konnten schwer verletzt flüchten. Kiowa wurde brutal zusammengeschlagen. Einer der Täter sprang dem am Boden liegenden Kiowa mit beiden Füßen auf den Kopf. An den schweren Kopfverletzungen ist er elf Tage später gestorben. 20 voll ausgerüstete Polizisten in der Nähe hatten nicht eingegriffen.[33]

Kiowa war eines der ersten Opfer rechtsextremistischer Gewalt im Nachwende-Deutschland, vielleicht das erste, aber so genau weiß man das nicht. Bis heute weiß man nicht genau, wie viele Morde und Körperverletzungen nazistische Gewalttäter zu verantworten haben. Die Bundesregierung zählt derzeit 109 rechtsextreme Tötungsdelikte seit 1990. Zeitungen, private Stiftungen, NGOs zählen mehr und kommen bis Januar 2021 auf eine Mindestzahl von 213 rechtsextremen Morden in Deutschland seit 1990.[34] Jeder Mord, jeder Angriff gräbt sich natürlich wesentlich tiefer ins Bewusstsein eines schwarzen Menschen ein als ins Bewusstsein eines Weißen, und daher haben beide auch unterschiedliche historische Ereignisse als »Meilensteine« im Kopf.

Politycki zum Beispiel nennt in seinem Artikel »Nine-Eleven« als prägendes Ereignis. Seitdem ist für ihn die Intoleranz auf dem Vormarsch. Dean dagegen bezieht sich auf »Hoyerswerda«. Seitdem ist das Leben für Nicht-Weiße in Deutschland lebensgefährlich. Er setzt dem aber einen neuen Bezugspunkt entgegen, den Sommer 2020. Auch da gab es ein besonderes Ereignis: In jenem Sommer 2020 erstickte der Schwarze George Floyd qualvoll unter dem Knie eines weißen Polizisten. Es dauerte neun Minuten 29 Sekunden lang.

Der Name »George Floyd« markiert aber nun nicht nur ein weiteres Ereignis in einer endlosen Kette rassistischer Vorfälle und Morde in den USA, sondern einen Wendepunkt. Durch »George Floyd« wurde die »Black Lives Matter«-Bewegung weltweit sichtbar und durch die plötzliche Sichtbarkeit eine weltweite Macht. Der Mord, so schreibt Dean, habe daher die Wucht eines sozialen Naturereignisses entfaltet, das auch in Europa Hunderte von »People of Color« (PoC) auf die Straße brachte, um sich mit »Black Lives Matter« solidarisch zu zeigen. Denn auch »hierzulande ging vielen farbigen Menschen die Luft aus vor der dauernden Verharmlosung und Leugnung des Rassismus«.

Seitdem ändere sich was, meint Dean. Schon immer habe er in seinen Büchern »Themen des Rassismus zur Sprache gebracht«, aber erst jetzt, seit dem Sommer 2020, sei seine weiße Umgebung dafür empfänglich geworden. Auf einmal werde er von weißen Freundinnen und Freunden nach seinen Erfahrungen befragt, »auf einmal wundern auch sie sich, warum es in den Redaktionsstuben der Medien und Feuilletons kaum Menschen mit einer migrantischen Perspektive gibt. Erst jetzt bemerken sie, dass in den Schulen gut ein Drittel der Schülerinnen und Schüler eine Migrationsgeschichte haben, und fragen sich, warum auf deren Erfahrungen weder im Lehrplan noch im täglichen Unterricht eingegangen wird.«

Seit dem Sommer 2020 rücke »jener Teil der Gesellschaft ins Licht, der bis jetzt mehr schlecht als recht im Schatten gelebt hat. Oder um eine Metapher des afroamerikanischen Autors Ralph Ellison aufzugreifen: Die Unsichtbaren, die unter uns weilen, werden sichtbar.«

Diese Sichtbarwerdung tritt für Nicht-Weiße möglicherweise deutlicher hervor als für Weiße. Dean meint schon eine therapeutische Wirkung zu erkennen, die weitgehend gewaltlos, fast geräuschlos solche Gifte wie den »Mohrenkopf« und das N-Wort aus der weißen Mehrheitsgesellschaft entfernt.

Er schätze es, wenn jetzt »jemand beim Wort ›Rasse‹ zögert, um es durch ›Ethnie‹ zu ersetzen. Wenn also einer nach Wörtern sucht, weil ihm die verletzenden und kolonialistischen Begriffe nicht mehr selbstverständlich über die Lippen gehen.« In einer Runde mit Weißen sei er »froh, wenn sie von sich aus über Rassismus diskutieren – auch kontrovers«. Zufriedenheit ergreife ihn, »wenn in einem Gespräch über Diskriminierung Ewiggestrige etwas weniger laut auf ihr Recht pochen, so reden zu dürfen, ›wie ihnen der Schnabel gewachsen ist‹«.

Und so bricht der indisch-karibisch-deutsche Schweizer fast schon in Jubel aus, wenn er seinem deutschen Freund zuruft: »Was wir gerade erleben, ist Aufklärung!« Und all das Unangenehme, das Politycki und viele andere so aufregt, sind halt die üblichen Exzesse und Sektierereien, die jeden Fortschritt begleiten. »Wie aufregend, dabei sein zu dürfen!«

Der Schriftsteller Dean versteht selbstverständlich, dass es seinem Schriftstellerfreund Politycki nur so graut vor Kürzeln wie PoC,

LGBTQ, der Gendersprache, der Cancel Culture und ätzenden Sprachreinigern. Auch ihm, Dean, blute das Herz angesichts mancher sprachlicher Exaltationen und kultureller Provokationen. Und er gebe zu, aus solchen Kürzeln lassen sich keine ästhetischen Funken schlagen. Vielmehr pflasterten sie »den Raum zwischen den Zeilen, von dem literarische Texte leben, arg zu«.

Aber, so fragt Dean: »Hatte nicht auch die Französische Revolution, ohne deren Errungenschaften wir nicht leben möchten, ihre Jakobiner und die Guillotine?«

Was aber die gewöhnungsbedürftige Sprache betrifft, die lieber gerecht als schön sein will, da, so meint Dean, solle man einfach ein wenig Geduld haben und warten, denn die Literatur werde aus den Widersprüchen zwischen dem sprachlich Schönen und Hässlichen »eine neue Sprache entwickeln, deren Wahrheit auch ihre Schönheit sein wird«.

In diesem Ton, schrieb Dean uns in einer E-Mail, wollen er und sein Freund die Diskussion konstruktiv fortsetzen.

5
Darf man heute noch »Mohrenkopf« und »Zigeunersoße« sagen?

Von der neuen Aufklärung, die Martin R. Dean am Horizont aufziehen sieht, muss am 30. November 2020 in Köln und eigentlich in ganz Deutschland noch nichts zu sehen gewesen sein. Denn der WDR hatte an jenem Tag eine skandalöse Sendung ausgestrahlt. Alle Aufgeklärten hätten sich sofort aufregen müssen. Aber alles blieb ruhig.

Acht Wochen später jedoch, am 29. Januar 2021, sendete der WDR exakt dasselbe noch einmal. Nun war die Aufregung plötzlich da. Und sie war groß.

In der Zwischenzeit musste die Aufklärung also in Köln und drum herum angekommen sein. Ein Thema, das bis Ende 2020 offenbar noch keines war, ist Anfang 2021 plötzlich eins geworden. Und blieb es. Und wird es noch lange bleiben: Rassismus.

»Das Ende der Zigeunersauce: Ist das ein notwendiger Schritt?« so lautete der Titel der WDR-Talksendung »Die letzte Instanz«, und diese Instanz hatte befunden, nein, dieser Schritt sei nicht notwendig, schon die Frage sei im Grunde überflüssig.

Die Instanz setzte sich zusammen aus: dem weißen Autor und Moderator Micky Beisenherz, dem weißen Entertainer Thomas Gottschalk, der weißen Schauspielerin Janine Kunze, dem weißen Schlagersänger Jürgen Milski und dem weißen Moderator Steffen Hallaschka.

Der Medienkritiker Alex Grantl fasste den Inhalt der Sendung so zusammen: »Treffen sich fünf Menschen im Fernsehen. Sagt der eine Weiße: ›Wir haben größere Probleme als Rassismus!‹ Sagen die anderen Weißen: ›Finden wir auch.‹« Und was sagt der Schwarze? Nichts. Weil: Der ist ja gar nicht da.[35]

Moderator Hallaschka las zu Beginn eine Stellungnahme des Zentralrats der Sinti und Roma vor, in der es heißt: »›Zigeuner‹ ist eine von Klischees überlagerte Fremdbezeichnung der Mehrheitsgesellschaft, die von den meisten Angehörigen der Minderheit abgelehnt wird.«

Hallaschka hatte noch nicht mit dem Lesen begonnen, als Gottschalk, Kunze und Milski beim bloßen Wort »Zentralrat« schon ärgerlich erregt die Köpfe schüttelten, die Augen verdrehten und mit abwehrenden Handbewegungen bekundeten, jaja, klar, hör mir doch mit diesem Zentralrat auf. Hallaschka ließ sich nicht beirren, las den Text zu Ende und fragte in die Runde: »Haben die kein Recht, selber zu entscheiden, wie sie genannt werden wollen?«

Während er noch fragte, hob Janine Kunze schon aufgeregt den Finger und antwortete, als der Moderator noch nicht ganz fertig war, sehr laut, sehr selbstgewiss, sehr entschieden und unter dauerbestätigendem Nicken von Jürgen Milski: »Doch sicherlich. Ich mein, wenn ihnen was nicht passt, da sitzen wahrscheinlich zwei, drei Leute, die haben vielleicht auch nichts Besseres zu tun und fangen mit – in meiner Welt: Quatsch – an, das tut mir leid, ich möchte auch niemandem zu nahe treten, aber ich find's nervig. Ich habe sehr viele – was soll ich jetzt sagen? … farbige? … afroamerikanische? – Freunde. Und die haben noch nie in ihrem Leben darüber nachgedacht, ob sie sich beleidigt fühlten, weil einer sagt: Kann ich nen ›Mohrenkopf‹ essen?« So wuchs gleich zu Beginn zusammen, was nicht zusammengehört: »Zigeunersoße« und »Mohrenkopf«.

Später sagte sie eifernd, fast zornig: »Hier sitzt eine blonde Frau mit relativ großer Brust. Was meinst du denn, was wir uns anhören müssen. Also wenn wir jetzt so anfangen. Wenn ich mich jetzt für jeden Mist beleidigt fühlen soll, dann hab ich ein echt bescheidenes Leben.«

Milski: »Wird alles viel zu sehr auf die Goldwaage gelegt.« In seinem Freundeskreis habe er sehr viele Ausländer, »ob das Araber, Italiener, Türken sind, egal was, die machen sich darüber überhaupt keine Gedanken, die lachen das weg«. Gottschalk: »Weil es eben auch krampfig wird. Wenn ich heute mit 'ner Frau essen gehe, muss ich ja schon sagen, gib mir bitte die Salzstreuerin rüber.« Da war der Dreiklang vollendet: »Zigeuner«, »Mohr« und Gender-Gaga.

Gottschalk weiter: »Ob ich einen Schwarzen Menschen einen ›Mohr‹ nenne, das hat nichts damit zu tun, dass ich auch nur ansatzweise den Respekt ihm gegenüber vermissen lasse.« Kunze war sich gewiss, dass »Menschen mit internationaler Geschichte … ganz andere Probleme haben als das. Das interessiert die überhaupt nicht, was wir da sagen.« War nur zufällig gerade kein »Mensch mit internationaler Geschichte« da, den man hätte fragen können. Aber immerhin: Sie sagte nicht »Mensch mit Migrationshintergrund«, sondern »Mensch mit internationaler Geschichte«. Da war sie schon up-to-date.

Gottschalk erzählte von seinem »Erweckungserlebnis«: Er habe sich mal als Jimi Hendrix verkleidet, inklusive Blackfacing, natürlich aus reiner Verehrung für Hendrix. Und sei in dieser Verkleidung zu einer Party gegangen, auf der nur weiße Banker waren. Da habe er zum ersten Mal gewusst, »wie sich ein Schwarzer fühlt«.

In diesem Ton, auf diesem Niveau, mit erhobenen Stimmen, aufgeregt gestikulierend, bestätigten die vier weißen Menschen einander eine knappe Stunde lang, dass die »Zigeunersoße« bleiben kann, der »Mohrenkopf« auch, das »Zigeunerschnitzel« sowieso, und eine »Salzstreuerin« brauche man eher nicht. Und es gehe ja schließlich um Meinungsfreiheit.

Die Wiederholung der Sendung Ende Januar 2021 löste ein Twitter-Gewitter aus. Daraus entwickelte sich binnen 24 Stunden ein Shitstorm gegen die Sendung und gegen den WDR. Weitere 48 Stunden später hatten die WDR-Oberen eine plötzliche Erkenntnis: Es wäre vielleicht keine schlechte Idee gewesen, das Thema »Mohrenkopf mit Zigeunersoße« nicht nur von Weißen, sondern auch mit einem Sinto oder einer Romni zu erörtern und die Frage des Mohrenkopfs und des Blackfacings vielleicht mit einer Person of Color.

Die Sendung wäre vermutlich ziemlich anders verlaufen.

Wer sie in der WDR-Mediathek sucht, wird sie nicht mehr finden. Einen dreiminütigen Zusammenschnitt der »Highlights« gibt es auf Uebermedien.de.[36] In voller Länge ist sie auf Youtube zu sehen.[37] In der WDR-Mediathek findet sich nur noch eine schuldbewusste »Anmerkung der Redaktion«, in der es heißt:

»Diese Folge der ›Letzten Instanz‹ steht unter starker Kritik – und das zu Recht. In der ›Letzten Instanz‹ sollen kontroverse Themen auf unterhaltsame Weise diskutiert werden, und dabei darf natürlich jeder Gast seine Meinung äußern. Aber rückblickend ist uns klar: Bei so einem sensiblen Thema hätten unbedingt auch Menschen mitdiskutieren sollen, die andere Perspektiven mitbringen und/oder direkt davon betroffen sind. Wir lernen daraus und werden das besser machen.«[38]

Zwei Tage nach der Sendung entschuldigte sich Moderator Hallaschka auf Facebook. Er habe zwar an problematischen Stellen in die Diskussion eingegriffen, »Mein Einschreiten war aber nicht immer entschlossen genug«.[39]

Micky Beisenherz twitterte: »Eine Sendung, in der vier Kartoffeln sitzen und mittels Karten über Rassismus abstimmen, hat ein Problem. Und auch meine Rolle in der Show war keine gute. Ich habe die Kritik aufmerksam gelesen und finde sie auch berechtigt. Ganz klar mein Fehler. Sorry.«[40]

Janine Kunze schrieb auf Instagram: »Mir ist klar geworden, dass ich Menschen, insbesondere die der Sinti-und-Roma-Community, mit meinen unbedachten Äußerungen zutiefst verletzt als auch diskriminiert habe.« Als »Mutter von drei Kindern« sollte sie aufgeklärter sein. Sie werde künftig ihre Wortwahl überdenken. »Mein Wunsch ist es, dass wir voneinander lernen.«[41]

Thomas Gottschalk ließ sich Zeit. Er kam erst spät mit seinem Statement. Das aber war mehr als eine Entschuldigung, viel mehr, nämlich eine Einsicht, der man anmerkte, dass Gottschalk die Zeit zum Nachdenken genutzt hatte. Denn was er am 15.02.2021 in der Welt am

Sonntag sagte, kann man im Grunde als endgültiges Statement zum N- und Z-Wort in Stein meißeln:

> »Gerade musste ich lernen, dass man Menschen auch dadurch enttäuschen kann, dass man sie nicht versteht. Man kann sich auch nicht damit herausreden, dass man eine ›andere Sprache‹ spricht, zu der Vokabeln gehören, die, in der eigenen Wahrnehmung, weder etwas mit Diskriminierung noch mit Rassismus zu tun haben.
>
> Was das Z-Wort aus der ›Letzten Instanz‹ betrifft, habe ich für einen Ausdruck grünes Licht gegeben, dem ich in Zukunft die Rote Karte zeigen werde, und ich verspreche, das unselige Wort nie mehr zu benutzen.«

Überhaupt werde er künftig »gewisse Begriffe nicht mehr benutzen«, aber nicht, weil es die Political Correctness verbiete, »sondern weil einem Menschen mit meiner Eloquenz unzählige Worte zur Verfügung stehen, die weder missverständlich sind noch aus einer Denkschule kommen, die ausgedacht hat«.

Es gebe Momente, da müsse man einfach zur Kenntnis nehmen, dass es so, wie es immer ging, eben nicht mehr gehe. »Weil Menschen sich verletzt fühlen, die man nicht verletzen will.«

Und schließlich die altersweise Einsicht: »Ich war und bin ein Showmaster, dessen größte Sorge es immer war, einen Gag liegen zu lassen. Den Ernst der Lage habe ich nie zur Kenntnis nehmen wollen und müssen.«

Eigentlich hätten danach in Deutschland die Glocken läuten müssen, denn wie steht es geschrieben bei Lukas 15, Vers 7: Über einen reuigen Sünder herrscht im Himmel mehr Freude als über 99 Gerechte.

6
Rassistisch? Wir doch nicht!

»Wir lernen daraus und werden das besser machen«, sagten die WDR-Oberen nach der Skandalsendung. Und: Sie hielten Wort. Sie brachten eine aufschlussreiche Doku über Rassismus in Deutschland[42] und eine sehr informative Diskussion[43] zum selben Thema, diesmal mit Nicht-Weißen und mit dem WDR-Programmdirektor Jörg Schönenborn, der sich sehr zerknirscht, betroffen und schuldbewusst gab. Das Gute war: Man sah ihm an, dass er seine Betroffenheit nicht mimte, sondern dass sie echt war und ihm noch die Schreckfrage – wie konnte das passieren? – in den Gliedern steckte.

In beiden Sendungen kam zur Sprache, was die deutsche Mehrheitsgesellschaft lange Zeit entweder nicht richtig ernst genommen, ignoriert oder aggressiv abgewehrt hat in der festen Überzeugung: Wir sind doch keine Rassisten! Die Amerikaner sind Rassisten, wie man weiß und wie man eben erst wieder am Beispiel des von einem US-Polizisten getöteten George Floyd gesehen hat. Aber wir weißen Deutschen? Wir erschrecken, wenn man uns Rassisten nennt.

Jedoch: Rassismus gibt es auch in Deutschland. Und die davon Betroffenen sind es allmählich leid, das immer wieder zu benennen. Es ermüdet sie zunehmend, sich immer wieder erklären und ständig neue Belege dafür liefern zu müssen, dass sie wirklich rassistisch beleidigt, benachteiligt, bedroht, diskriminiert werden. Daher werden sie auch zunehmend empfindlicher und hören oft aus Worten von Weißen etwas heraus, was diese gar nicht so meinen. Aus den Worten »nicht weiß« beispielsweise hören sie das »nicht« heraus, das klingt wie etwas Fehlendes, wie ein Defizit. Daher möchten sie lieber als Schwarze oder als »People of Color« bezeichnet werden. Zugleich aber auch als Deutsche, wenn sie Deutsche sind.

Bundeswehr-Leutnant Nariman Hammouti zum Beispiel. »Ich bin deutsche Soldatin muslimischen Glaubens, meine Eltern stammen aus Marokko«,[44] schrieb sie 2019 in einem Buch. »Für diese ›Merkmale‹ muss ich pausenlos Erläuterungen liefern, mich sogar rechtfertigen.« Zwei Jahre später hat sich daran nichts geändert.

In der WDR-Doku sieht man sie, wie sie gerade ihre Sachen packt. Für einen Einsatz im Sudan. Im Gepäck: den Koran und ein Spielzeugauto. Das hat ihr der kleine Sohn ihrer Freundin mitgegeben, als sie sich von ihrer Familie und ihren Freunden verabschiedete. Sie war auch schon in Afghanistan. Sie hat mehrere solcher Abschiede hinter sich, immer sind sie besonders emotional, weil man ja nie weiß, ob man sich nicht vielleicht zum letzten Mal sieht.

Die in Hannover Geborene hält im Ausland für uns ihren Kopf hin. Und muss sich hier fragen lassen, woher sie komme, ob sie denn wirklich eine Deutsche sei, und auch noch Soldatin, Offizier ...

Klar, der normale »Biodeutsche« staunt, wenn er so etwas hört. »Biodeutsch« ist übrigens auch so ein Wort, an dem sich ablesen lässt, wie sehr unsere Sprache in Bewegung ist. Erfunden haben es ursprünglich nämlich Menschen mit Migrationshintergrund, als Scherzwort für ethnische Deutsche. Dann übernahmen es besagte »Biodeutsche« als ironische Selbstbeschreibung. Inzwischen aber hat es sich die Neue Rechte angeeignet und benutzt es als Kampfbegriff für eine angeblich existierende genetisch-biologische Herkunft aller »echten« Deutschen.[45] Die »Unechten« dagegen, die nur einen deutschen Pass haben, werden von den Rechten »Pass-Deutsche« genannt. Das ironische Wort für »Biodeutsche« wurde dann von »Kartoffel« abgelöst.

Der »Biodeutsche« oder die »Kartoffel« also fragt vielleicht ganz unschuldig, staunend und aus echtem Interesse, »wo kommst du her«, und die Frage an sich ist ja nicht schlimm. Und als Bundeswehr-Leutnant Nariman Hammouti zum ersten Mal so befragt und bestaunt wurde, war das für sie vermutlich auch noch ganz normal, auch nach dem zweiten, dritten und vierten Mal. Aber nach dem dreißigsten Mal, das können wir uns als Weiße mit ein wenig Fantasie durchaus vorstellen, nervt es eben. Und mit jedem weiteren Mal wird ihr, der in Hannover Geborenen, immer eindrücklicher signalisiert, dass Menschen wie sie, Menschen mit dunkler Hautfarbe, irgendwie noch immer keine Normalität sind in Deutschland, nichts Selbstverständliches, noch immer als »nicht richtig dazugehörend« betrachtet werden, sondern als: »Migranten«. Dieses »immer wieder« und »noch immer« belastet, und irgendwann fängt es an zu schmerzen.

Die dunkelhäutige, in der Bundeswehr dienende Düsseldorferin ist natürlich etwas Besonderes in Deutschland, wird darum herumgereicht, belobigt und bekannt gemacht. So kam es, dass sie zur Bundesversammlung eingeladen wurde, um den Bundespräsidenten zu wählen. Dass sie sich an »diesem höchst demokratischen Akt beteiligen durfte«, darauf ist sie besonders stolz. Andere Kamerad*innen heften sich gerne Orden und Abzeichen an die Brust. Ihr schönster Orden ist das Foto, das sie in Uniform mit Bundespräsident Steinmeier zeigt.

Eines mit der Kanzlerin hat sie auch. Ebenfalls in Uniform. Als sie die Kanzlerin ein zweites Mal traf, hatte sie keine Uniform an, ging auf Merkel zu, erinnerte sie ans erste Treffen. Und Merkel stellte die deutsche Soldatin den Umstehenden vor mit den Worten: »Das ist unsere Vorzeige-Migrantin.« Tat weh. Klar, hat die Kanzlerin nicht böse gemeint. Trotzdem tat es weh. Sie sagte auch nichts, schluckte es runter. Tut immer noch weh.

So gut wie jeder dunkelhäutige Mensch kann eine ähnliche Geschichte erzählen – in Deutschland geboren, aber nicht als deutsch anerkannt. Das ist noch die harmloseste Variante. Schon schmerzlicher ist der Fall: Deutsche Professorin, deutscher Arzt, aber dunkelhäutig, »fremdländisch aussehend« – da ist die Wohnungssuche schwierig, und noch schwieriger, wenn man »nur« Altenpflegerin ist und sich um alteingesessene, weiße Deutsche kümmert, deren Enkel einem vielleicht eine Wohnung vermieten könnten, es aber nicht tun.

Auch das ist noch steigerungsfähig: An der Grenze, im Zug, bei Verkehrskontrollen sind die »fremdländisch Aussehenden« immer die Ersten, die »herausgegriffen« werden. Je öfter das passiert, umso verletzender ist es. Erst recht, wenn man in zweiter oder dritter Generation in Deutschland lebt. Und man noch immer als »Mensch mit Migrationshintergrund« gilt. Bei weißen Ausländern, die nicht einmal hier geboren sind, sondern nur vorübergehend zum Arbeiten hierherkommen, sagt man das nicht. Da sagt man Brite, Engländer, Franzose, Däne, Schwede ....

Und dann natürlich die Blicke, die Dunkelhäutigen zugeworfen werden. Die Pöbeleien, die sie sich anhören müssen. Der Hass, der ihnen aus dem Netz entgegenschwappt. Die Gewalt, die ihnen angetan wurde und immer noch angetan wird. Die lange Reihe der Städtenamen, die daran geknüpft sind – Hoyerswerda, Lichtenhagen, Rostock, Hanau ...

Solche Erfahrungen begleiten sie während ihres ganzen Lebens. Und sie kulminieren in einem Wort: »Neger«. Oder: »Zigeuner«. Auch »Mohr«.

Und noch immer – im Jahr 2021 – muss weißen Deutschen erklärt werden, dass und warum diese Wörter rassistisch und verletzend sind.

7
Warum soll man denn gewisse Wörter nicht mehr sagen dürfen?

Es ist noch gar nicht so lange her, als Bayerns Innenminister Joachim Herrmann etwas Positives über Dunkelhäutige sagen wollte und dabei gründlich scheiterte, indem er sagte: »Roberto Blanco war immer ein wunderbarer ›Neger‹, der den meisten Deutschen wunderbar gefallen hat.«[46]

Man wusste zu der Zeit natürlich längst, dass dieses Wort nicht mehr geht. Aber die bundesdeutsche weiße Mehrheit war davon eher amüsiert als entsetzt. Heute wäre das Entsetzen größer, aber noch lange nicht bei allen. Viele würden auch heute noch diskutieren und sagen, das Wort sei doch gar nicht rassistisch. Wer es benutzt, wolle doch niemand beleidigen. Es komme ja auch vom lateinischen »niger«. Auf Deutsch: schwarz. Was soll daran falsch sein? Das Wort beschreibe nur zutreffend und völlig wertfrei eine Hautfarbe. Also könne man doch nicht von Respektlosigkeit oder gar Beleidigung sprechen, wenn es jemand benutzt. Das habe mit Rassismus nichts zu tun.

Dunkelhäutige Menschen selbst aber lehnen das N-Wort ab. Denn daran klebt das Blut ausgepeitschter Sklaven. Weiße Kolonialherren, Sklavenhändler und Rassisten haben das Wort für die unterjochten Menschen angewandt. Es ruht auf den Knochen zu Tode geschundener Menschen. Die Geschichte von »Völkerschauen« hängt daran, bei denen Menschen aus den Kolonien als »primitive Rassen« ausgestellt und einem weißen Publikum zur Betrachtung freigegeben wurden wie Tiere im Zoo.[47]

Mit dem Wort ist der weiße Glaube an die eigene Überlegenheit verknüpft und spiegelbildlich dazu die Überzeugung, dass Schwarze minderwertig, böse, angsteinflößend, schmutzig seien. »Wer hat Angst vorm Schwarzen Mann?« haben wir nichts ahnend als Kinder gespielt.

»Schwarzfahrer werden bestraft« heißt es heute noch. »Schwarzarbeit ist Betrug.«

Mag es tausendmal im Gesetz stehen, dass alle Menschen gleich sind, mögen weiße Liberale tausendmal beteuern, dass sie keine Vorurteile gegenüber Schwarzen dulden, und mögen Weiße tausendmal betonen, dass für sie Hautfarbe keine Rolle spiele: Bevor das alles gesagt wird, bevor das schwarze Kinder zum ersten Mal hören, haben sie längst die Erfahrung gemacht, dass das nicht stimmen kann. Nein, es muss ein Makel sein, schwarz zu sein, dachten die Kinder und fragten ihre Eltern, ob man »das abwaschen« kann, probierten es selbst. Das ist geradezu ein Topos in fast jeder Geschichte, die Schwarze erzählen.

Die ZDF-heute-Moderatorin Jana Pareigis, die sich in ihrer Doku *Afro.Deutschland* auch an das Spiel vom *Schwarzen Mann* im Kindergarten erinnert, wo sie das einzige schwarze unter lauter weißen Kindern war, erzählte uns, wie sehnlichst sie sich damals wünschte, weiß zu sein wie die anderen. »Mir wurde von klein auf das Gefühl eingeflößt, dass Schwarzsein ein Makel ist.«

Die ehemaligen Weltklasse-Fußballspieler*innen Steffi Jones, Erwin Kostedde und Shary Reeves erzählten in der ZDF-Doku »Schwarze Adler« dieselbe Geschichte. Kostedde: »Ich hatte mich vier Stunden lang mit Kernseife abgeschrubbt, aber es ging nicht weg.«

Und später, als Erwachsene, sagten ihnen nicht alle Weißen, dass Hautfarbe keine Rolle spiele, sondern gaben ihnen zu verstehen: Wir verachten euch. Gerald Asamoah, ehemaliger Fußball-Nationalspieler, berichtet in der ZDF-Doku, wie bei einem Spiel in Cottbus die Zuschauer auf den Rängen »Neger raus« brüllten und sie bei jedem Ballkontakt, den er hatte, Affengeräusche machten. Alle schwarzen Fußballspieler können solche Geschichten erzählen.

Schwarze Menschen nicken wissend, wenn die britische Publizistin Reni Eddo-Lodge sagt: »Als ich vier war, fragte ich meine Mutter, wann ich weiß werden würde, weil alle guten Menschen im Fernsehen weiß waren und alle bösen dunkelhäutig. Ich betrachtete mich als guten Menschen, deswegen dachte ich, dass ich irgendwann weiß werden würde. Meine Mutter erinnert sich immer noch an den enttäuschten Ausdruck auf meinem Gesicht, als sie mir die schlechte Nachricht mitteilte.

Weiß ist neutral. Weiß ist die Norm. Weil wir in ein bereits existierendes Drehbuch hineingeboren werden, das uns sagt, was wir aufgrund ihrer Hautfarbe, ihres Akzents und ihres sozialen Status von Fremden zu erwarten haben, ist die gesamte Menschheit weiß codiert. Schwarzsein ist das ›andere‹, und deshalb verdächtig. Diejenigen, die in unserer kollektiven Vorstellung eine Gefahr darstellen, sind nicht weiß. Diese Botschaften sind von so durchschlagender Wirkung, dass mein vierjähriges Ich sie dank des Fernsehens bereits entschlüsselt hatte und wusste, dass alle, die aussahen wie ich, schlimmstenfalls Verbrecher und bestenfalls aufsässige Nebenfiguren waren.«[48]

Darum zucken schwarze Menschen jedes Mal zusammen, wenn sie Weiße das N-Wort aussprechen hören. Und darum fängt Rassismus nicht erst an, wenn Schwarze beschimpft, bespuckt, körperlich angegriffen oder ermordet werden, sondern schon viel früher: dann, wenn in abwertender Sprache mit ihnen oder über sie gesprochen wird. Auch das Wort »Mohr« verursacht bei Schwarzen diesen Schmerz, weil dieselben rassistischen Zuschreibungen daran hängen. Daher sind Mohrenstraßen und Mohrenapotheken ein Problem, auch wenn diese Namen nicht »böse gemeint« oder in rassistischer Absicht verwendet werden.

Das alles ist eigentlich längst bekannt. Das alles könnten eigentlich alle wissen, und trotzdem wird in Deutschland noch immer und fast ungläubig erstaunt gefragt: »Wieso darf man heute nicht mehr ›Neger‹ sagen?« Oder: Wieso dürfen kleine Minderheiten der Mehrheit vorschreiben, wie sie ihre Straßen zu benennen hat?

Wer so fragt, merkt offenbar nicht, dass er oder sie die Verhältnisse umkehrt. Es geht plötzlich nicht mehr um die durch das N-Wort beleidigten Schwarzen, sondern um die sich gegängelt fühlenden Weißen.

Sie sehen ihre Meinungsfreiheit davon bedroht, dass ihnen ein Wort genommen werden soll, an dem sie so hängen, als ob es sich um ein unaufgebbares Kulturgut handle. Den Appell oder auch nur die Bitte, auf das Wort zu verzichten, empfinden sie als Zumutung.

Zu fragen wäre also eigentlich: Warum muss man ein solch belastetes Wort eigentlich benutzen dürfen? Warum ist das so wichtig? Warum soll der Verzicht darauf eine Zumutung sein? Und warum soll weiterhin und für alle Zeit unwichtig bleiben, was über Jahrzehnte hinweg denen zugemutet wurde und wird, die mit dem Wort bezeichnet werden? Es wird so getan, also ob mein schwarzes Gegenüber überhaupt nicht das Recht habe, sich beleidigt zu fühlen, weil »ich es ja gar nicht böse meine«. Wenn eine schwarze Person trotzdem stur darauf beharrt, beleidigt zu sein, dann, so denken immer noch zu viele, tue sie das entweder irrtümlich oder nur, um mich ins Unrecht zu setzen und mir Vorschriften zu machen. Also: Ich, der oder die Weiße, bin in Wahrheit das Opfer.

Das Ressentiment, das dahintersteckt und von manchen ohne Scheu offen ausgesprochen wird, lautet: Zuerst lassen wir sie zu uns herein, und kaum sind sie da, schreiben sie uns vor, wie wir zu sprechen haben.

Davon abgesehen, dass nicht nur Eingewanderte oder Geflüchtete beleidigt werden, sondern auch nicht-weiße hier Geborene, so bleibt das Rätsel, warum seit so vielen Jahren so leidenschaftlich über ein Wort debattiert wird, das niemand braucht.

Man könnte ja als normal vernünftiger weißer Mensch einfach sagen: Wie, schwarze Menschen fühlen sich von dem Wort beleidigt, empfinden es als rassistisch? Na, dann verzichten wir doch darauf. Und das Problem wäre gelöst.

Wie einfach wäre es, wenn Weiße sich zu der Erkenntnis durchringen könnten, die Thomas Gottschalk sinngemäß so formuliert hat: Auch wenn ich in der Vergangenheit das Wort in aller Unschuld benutzt habe und wirklich niemanden beleidigen wollte, so muss ich dennoch zur Kenntnis nehmen, was mir von schwarzen Menschen gesagt wird.

Und wenn die sagen, dass sie sich zutiefst verletzt fühlen, dann richte ich mich eben danach und streiche das Wort aus meinem Wortschatz. Das tut mir nicht weh. Mir wird nichts fehlen.

Die Meinungsfreiheit ist davon überhaupt nicht tangiert. Es hat für Weiße keinerlei negative Folgen. Aber es hat positive Folgen für alle People of Color. Sie werden endlich respektiert und als Gleiche unter Gleichen wahrgenommen. Das Wort tut ihnen umso weniger weh, je seltener sie es noch zu hören bekommen.

Und all das, was hier über das N-Wort gesagt wurde, gilt auch fürs Z-Wort. Sinti und Roma haben sich nie selbst als »Zigeuner« bezeichnet. Ausgegrenzt wurden sie als solche schon immer, von den Nazis aber sind sie ausgebürgert, enteignet, deportiert und ermordet worden. »Wiedergutmachung nach 1945 erlebten die wenigsten, im Gegenteil: Akten aus der NS-Zeit, in der Sinti und Roma etwa von sogenannten Zigeunerreferaten erfasst wurden, wurden von den Behörden der BRD weiter verwendet, teilweise von denselben Mitarbeitern, die zuvor die Verfolgung betrieben hatten.«[49]

Und heute? Haben wir den Bericht der »Unabhängigen Kommission Antiziganismus«. Darin steht: Antiziganismus stelle »ein massives gesamtgesellschaftliches Problem in Deutschland dar«.[50] Ausgrenzung, Mobbing von Kindern und Jugendlichen in der Schule, Benachteiligung bei der Job- und Wohnungssuche gehörten zum Alltag von Sinti und Roma. Dazu das Klischee, dass alle »Zigeuner stehlen«, häufige Verfolgung durch Kaufhaus-Detektive, Bespitzelung durch Nachbarn.

Und: Das Bewusstsein für deren Geschichte und deren Diskriminierung ist noch kaum vorhanden in europäischen Köpfen. Das wurde wieder einmal deutlich, als sich im tschechischen Teplice ein ähnliches Drama abspielte wie in Minneapolis. Dort ließ ein Polizist am 25. Mai 2020 den unbewaffneten Afroamerikaner George Floyd neuneinhalb Minuten lang unter dem Druck seines Knies ersticken. Das Verbrechen erregte weltweit Aufsehen, löste weltweit Demonstrationen aus und machte aus »Black Lives Matter« eine transnationale Bewegung.

Rund ein Jahr später kniete im tschechischen Teplice ein Polizist auf dem Genick eines Mannes, der wild schreit, sich aufzubäumen versucht und nach vier Minuten verstummt. Zwei weitere Polizisten saßen auf dessen Oberschenkeln und Rücken. Danach wurde Stanislav Tomáš in einen Rettungswagen geschoben, in dem er starb. Der Tote war ein 46-jähriger Rom.

Eine Zeugin hatte die Tat gefilmt und das Video ins Netz gestellt. Es erregte erst ein gewisses Aufsehen, als es eine Roma-Organisation auf ihre Plattform stellte und es von dort hinaus in die Welt ging. Die Welt aber nahm es kaum zur Kenntnis. Nicht einmal in Tschechien und nicht in der EU war die Geschichte ein Thema. Und als Roma und Romnija in Teplice, Wien, Budapest, Barcelona demonstrierten, sind sie weitgehend unter sich geblieben. Nirgendwo schlossen sich in größerer Zahl Demonstrierende aus der Mehrheitsgesellschaft an.[51]

Sinti und Roma, so erzählt diese Geschichte nebenbei, haben keine andere Lobby als sich selbst. Noch scheint ihnen niemand helfen, niemand Aufmerksamkeit schenken zu wollen. Das Mindeste, was man tun kann, ist, sich vom Z-Wort zu verabschieden.

Ob N-Wort, M-Wort oder Z-Wort – für alle drei gilt: Man braucht diese Wörter nicht. Ein bloßer Abschied davon verändert natürlich noch nicht das Leben der Betroffenen. Selbstverständlich braucht es Gesetze für Gleichstellung, Bildung, Chancen, Jobs. Das alles wird dauern. Aber das N- und Z-Wort aus dem eigenen Wortschatz streichen, das kann jeder und jede sofort. Es könnte der Anfang einer großen Veränderung sein, der erste Schritt auf einem noch langen Weg.

8
Es kracht, ein Politiker lernt mühsam, zwei Fußballspieler lernen schnell

Das M-, N- und Z-Wort kurzerhand aus dem eigenen Wortschatz tilgen, und schon ist der Rassismus erledigt? So einfach ist es dann leider auch wieder nicht. Wie kompliziert es ist, zeigen beispielsweise die Geschichten von Jens Lehmann, Dennis Aogo, Boris Palmer und Annalena Baerbock. Die vier haben scheinbar kaum etwas miteinander zu tun, hängen aber doch auf vertrackte Weise miteinander zusammen.

Jens Lehmann, das haben wir schon erzählt, hatte Dennis Aogo rassistisch beleidigt, sich entschuldigt und seine Jobs verloren. Aber auch Aogo hatte sich entschuldigt. Oder entschuldigen müssen. Weil er nämlich als Experte beim Sender Sky davon sprach, dass die Spieler von Manchester City »bis zum Vergasen« trainieren würden.[52]

Noch bevor ihn Sky dafür feuern konnte, hatte Aogo sich schon für das Wort entschuldigt und von sich aus bekannt gegeben, seinen Experten-Job »ruhen« zu lassen.[53] Doch nun stand er im Fokus der Diskurswächter, und da kam auch noch raus, dass er mal in einem älteren Video gesagt hatte, er wolle nicht »rumreisen wie die Zigeuner«.[54]

Ein Schwarzer, der sich darüber empört, rassistisch beleidigt worden zu sein, beleidigt also seinerseits eine andere Minderheit mit dem rassistischen Z-Wort, wenn auch unabsichtlich. Und fliegt dann auch noch mit diesem Wort von der »Vergasung« auf, das er vermutlich unwissend, also ohne böse Absicht gesagt hatte. Nicht alle in Deutschland wissen, dass im Ersten Weltkrieg Giftgas eingesetzt wurde, um die feindlichen Soldaten zu töten. Schon wegen dieses Zusammenhangs ist das Wort, gelinde gesagt, problematisch. Vollends zum No-Go wird es aber wegen der sechs Millionen Juden, die von den Deutschen in den Gaskammern der Konzentrationslager ermordet wurden.

Vielleicht hatte Aogo das alles nicht gewusst oder nicht bedacht, als er so sprach.

Die Medien hatten ihre Geschichte. Sie ist nichts Neues und für sich genommen nichts, was irgendetwas rechtfertigen oder irgendwen entlasten oder entschuldigen könnte. Das bloße Faktum wäscht weder die Benutzer des N- und Z-Worts rein noch die Benutzer der Vergasungsmetapher. Man könnte es also mit dem Registrieren des Faktums bewenden lassen und hoffen, dass etwas gelernt wurde.

Und das Beste, was sich daraus lernen ließe, wäre die Einsicht, dass diese Geschichten um Lehmann und Aogo nichts mit Meinungsfreiheit zu tun haben. Lehmann und Aogo hatten keine Meinung geäußert, sondern haben – vermutlich unwissend und ungewollt – Menschen verletzt, die zu Recht sensibel auf gewisse Wörter reagieren. Und damit das künftig nicht mehr passiert, dass man mit seiner Sprache Menschen verletzt, wird diese Debatte um Wörter geführt. Daher könnte die Debatte damit zu Ende sein.

Aber wann immer ein Anlass dafür geliefert wird, dass sich Empörte und Das-wird-man-wohl-noch-sagen-Dürfer bekriegen, ist Boris Palmer nicht weit. Und so meldete sich der Oberbürgermeister aus Tübingen auch im Fall Lehmann/Aogo zu Wort und postete auf seiner Facebook-Seite den Satz: »der aogo ist ein schlimmer Rassist. Hat Frauen seinen n*-schwanz angeboten.«[55]

Als er gemerkt hatte, was er angerichtet hatte, erklärte er es mit »Satire« und mit »Kontext«. Mit dem »Stilmittel der Ironie (einen Schwarzen zum Rassisten zu erklären)« habe er doch nur »abstrusen Provokationen« entgegnen wollen. Und das mit dem »Schwanz« sei ein Zitat.

Das aber stammte offensichtlich aus einem Fake-News-Account, der kurz danach nicht mehr auffindbar war. So blieb als Tatsache übrig: Palmer hatte ungeprüfte Vorwürfe ungeprüft weitergeleitet und ein rassistisches Zitat verwendet, ohne es als Zitat zu kennzeichnen. Statt die hitzige Debatte zu entschärfen oder wenigstens einmal für einen Moment den Mund zu halten, hat er sie weiter angeheizt. Und blieb bei seiner Meinung, dass er sich nicht für irgendetwas entschuldigen müsse. Daraufhin leiteten die Grünen ein Parteiausschlussverfahren gegen Palmer ein.

Als dann Annalena Baerbock sich wegen ihres N-Wort-Zitats entschuldigte, ließ Palmer es sich nicht nehmen, Baerbock genüsslich zu loben. »Ich finde, dass sie dieses Mal alles richtig gemacht hat in der Kommunikation zu dem Thema.«[56]

Man könnte darüber lachen, wenn es nicht so traurig wäre. Traurig daran ist, dass ein Politiker Eigenmarketing auf Kosten von Minderheiten betreibt. Traurig daran ist aber auch, dass im Fall Lehmann/Aogo, wie in 101 anderen Fällen, Fehler nicht mehr verziehen und nicht mehr durch Nachdenken und Gespräche hinter verschlossenen Türen korrigiert werden, sondern sofort aus allen Rohren öffentlich auf die Übeltäter gefeuert wird. Jeder Streit über geringste Anlässe erreicht dadurch in kürzester Zeit die höchste Eskalationsstufe. Jeder und jede kann für ein falsches Wort angeprangert werden. Das ist der Fluch der sozialen Medien – erst schießen, dann denken.

Dennis Aogo zum Beispiel hätte versuchen können, die Sache im persönlichen Gespräch mit Jens Lehmann zu klären, zumal von Anfang an klar war, dass er Aogo wirklich nicht persönlich beleidigen wollte, denn der beleidigende Satz »Ist Dennis eigentlich euer Quotenschwarzer?« war eigentlich an den Sender Sky adressiert.[57] Lehmann schickte ihn versehentlich an Aogo. Vielleicht hätten die beiden die Sache aus der Welt schaffen können, ohne dass die Welt etwas davon erfahren hätte.

Aber Aogo hatte die Beleidigung durch Lehmann sofort öffentlich gemacht, und zwar, wie er sagte, ganz bewusst. Er habe zeigen wollen, »dass diese kleinen Floskeln, die man hier und da im Alltag gebraucht, eine starke Wirkung entfalten können«.[58]

Das, so muss man sagen, hat dann besser geklappt, als er dachte. Lehmann verlor innerhalb von Stunden seinen Job bei Hertha BSC. Und beide waren über Tage ein Thema in allen Medien.

Dass Lehmann von Hertha sogleich gefeuert wurde, tat Aogo dann leid, fand er völlig übertrieben. Das habe er nicht gewollt. Da hätte er sich gewünscht, dass man erst einmal miteinander redet und darüber nachdenkt, »ob eine Zusammenarbeit noch möglich ist oder eben auch nicht. Aber von vornherein zu sagen, man wolle mit dem nichts mehr zu tun haben, finde ich nicht in Ordnung. Wie sagt man heute? Das ist Cancel Culture.«[59]

Aogo hatte das gesagt, nachdem er selber von allen Seiten beschossen wurde und Morddrohungen erhielt, einmal weil Lehmann »seinetwegen« seinen Job verloren hatte, zum anderen wegen seiner eigenen rassistischen Äußerungen. Das löste bei ihm einen Denkprozess aus, der zu einem interessanten Ergebnis führte:

Debatten seien wichtig, aber sie erforderten Zeit und Ruhe

> »… ohne diese krassen Emotionen. Nicht immer direkt ›Gib ihm‹ und ›Macht sie fertig!‹ Das ist mir zu schnell. … Wenn wir als Gesellschaft an einen Punkt kommen, an dem jeder direkt von allen Ämtern und Positionen enthoben wird und sich alle von einem distanzieren, dann führt es dazu, dass niemand mehr in Zukunft dazu bereit sein wird, öffentlich für etwas einzustehen. Das kann nicht der richtige Weg sein.«[60]

Identitätspolitische Konflikte müssen ausgetragen werden. Es würde dabei ruhiger, sachlicher und menschlicher zugehen, wenn die Konfliktparteien künftig Aogos Einsicht beherzigen würden. Da diese Einsicht meist fehlt, kracht es eben. Das ist dann allerdings immer noch besser, als wenn Konflikte unter den Teppich gekehrt würden. Denn nicht nur Aogo hat durch den Krach etwas gelernt, die ganze Öffentlichkeit hatte die Chance dazuzulernen.

Auch Jens Lehmann geriet durch die Sache in einen interessanten, wenn auch schmerzlichen Lernprozess, der vielen Weißen noch bevorsteht. In einem langen Interview mit der ZEIT erzählte er, was diese

Geschichte mit Aogo in ihm auslöste.[61] Zunächst war da seine Einsamkeit. Öffentlich war ihm niemand beigesprungen, im Netz wurde er fertiggemacht, nur privat habe er viele Anrufe und Nachrichten bekommen. Der »Großteil dieser Leute sagte: War zwar nicht gerade schlau von dir, aber wir sind alle total verunsichert. Wir wissen nicht mehr, wie wir was sagen sollen, obwohl wir es gut meinen.«[62]

Das klingt nach dem typischen Selbstmitleid von Weißen, die »in aller Unschuld« jemand beleidigen und dann, wenn sie des Rassismus geziehen werden, selber beleidigt sind. Aber so meinte Lehmann es nicht. Er wurde gefragt, wie es »danach« war, und hatte geantwortet: einsam. Und er zitierte die vielen Menschen, die »es gut meinen«, aber dauernd signalisiert bekommen, dass sie es schlecht machen. Daher die Frage, was man denn noch sagen darf.

Er selbst, sagte Lehmann im Interview, sitze nicht hier, um Mitleid zu erheischen. Vielmehr treibe ihn die Frage um, ob er denn wirklich ein Rassist sei, nur weil er zwar unbedacht, aber ohne böse Absicht etwas Rassistisches gesagt habe? Das ist eine Frage, die sich in der jüngsten Vergangenheit schon viele Weiße gestellt haben und künftig noch stellen werden. Es ist eine Frage unserer Zeit. Was ist Rassismus? Sind alle Weißen, wie gelegentlich schon behauptet wird, »von Natur aus« Rassisten, weil sie gar nicht anders können?

Lehmann fand darauf im Interview natürlich keine Antwort, aber erzählte, dass er sich gefragt habe, wie oft er wohl schon in der Vergangenheit etwas gesagt hatte, was heute nicht mehr ginge. Und ging in Gedanken seine Zeit beim FC Arsenal London durch. Da sei er manchmal der einzige weiße Spieler im Team gewesen. »Wäre ich ein Rassist, hätte das nicht funktioniert.« Als Fußballspieler lebe man doch Inklusion, Respekt und Toleranz, vor allem wenn man etwas gewinnen will. Trotzdem habe er mit vielen schwarzen Mitspielern von damals gesprochen und gefragt: »War da was? Eine Geste? Ein dummer Spruch? Meine Selbstwahrnehmung muss ja nicht stimmen. Alle haben mir bestätigt, dass das nie der Fall gewesen ist. Eher das Gegenteil, Respekt und

Unterstützung.« Gerald Asamoah habe ihm gesagt: »Jens, wir haben uns zwar mal gestritten, aber das war nie rassistisch. Sonst hätte ich dich nicht zu meinem Abschiedsspiel eingeladen.«[63]

Dass die Sache für ihn damit noch nicht abgehakt ist, wird auch daran deutlich, dass er jetzt ein ganzes Buch liest zum Thema: *Was weiße Menschen nicht über Rassismus hören wollen, aber wissen sollten* von Alice Hasters. So tiefgreifend habe er sich noch nie auseinandergesetzt mit systemischem Rassismus und Kolonialismus.

Und noch etwas habe ihn beschäftigt: »Wie komme ich dazu, den Begriff ›Quotenschwarzer‹ zu verwenden?« Vielleicht weil er ihn früher in anderen Zusammenhängen gehört oder gelesen hatte? Im Spiegel zum Beispiel? Der habe vor mehr als zehn Jahren über Condoleezza Rice, die erste schwarze Außenministerin, geschrieben, »sie wolle keine Quotenschwarze sein. Jetzt denunzieren sie mich dafür, dass ich den gleichen Ausdruck in einer privaten Nachricht benutzt habe.«

Da hätte man als Interviewer natürlich einwenden können, dass es einen Unterschied macht, ob eine Schwarze oder ein Weißer das Wort benutzt. Aber die ZEIT ließ ihn weiterreden, und er sagte: »Firmen wie Adidas, Nike und Levi's wollten letztes Jahr im Rahmen der »Black Lives Matter«-Bewegung die Schwarzenquote in ihren Belegschaften in Amerika erhöhen und haben das genau so kommuniziert – ohne Aufschrei in den Medien aufgrund der Wortwahl, sondern mit Lob aufgrund des Vorhabens.«[64]

Eine »Schwarzenquote« ist allerdings schon etwas anderes als ein »Quotenschwarzer«. Dennoch: Jens Lehmann denkt nach. Dennis Aogo denkt nach. Und fast muss man im Nachhinein Aogo dankbar sein, dass er es krachen ließ und sich nicht hinter verschlossenen Türen mit Lehmann besprochen hat. Das wäre für beide sicher besser gewesen – aber hätten sie dann auch so viel gelernt, wie sie jetzt gelernt haben? Hätten wir, hätte die Öffentlichkeit etwas gelernt, wenn sie nie von der Sache erfahren hätte? Hätte Jens Lehmann angefangen, bestimmte Bücher zu lesen?

Sogar Boris Palmer hatte sich nach dreitägigem Nachdenken zu dem Satz durchgerungen: »Ich gebe zu: Das war ein misslungener Satireversuch.«[65] Entschuldigen müsse er sich dafür allerdings nicht, meinte er. »Diese Entschuldigungsforderungen sind ja Teil der Empörungsrituale, mit denen versucht wird, Leute mundtot zu machen.«[66] Weitere 14 Tage später hatte er eine neue Eingebung. Da erkannte er sogar, dass er hauptberuflich Oberbürgermeister und nur in seiner Freizeit Hobby-Satiriker ist, und räumte ein, dass der Kommentar in dem Moment würdelos sei, in dem seine Äußerung mit seinem Oberbürgermeisteramt in Verbindung gebracht werde. »Da hätte ich das Handy in der Tat besser weggelegt als die 65 Zeichen eingetippt.«[67] So hatte also sogar Boris Palmer etwas gelernt.

Darum: Wenn es kracht, sieht es zunächst immer schlimm aus. Aber danach klärt sich manches, meistens wird dabei etwas gelernt. Lehmann und Aogo sollten sich umarmen und wir sie.

9
Führt mehr Gerechtigkeit in der Sprache zu mehr Gerechtigkeit in der Realität?

Immer wieder wird in der Gender-, N- und Z-Wort-Debatte eingewendet: Eine Verbesserung der Sprache führt überhaupt nicht zu einer Verbesserung der Wirklichkeit. Im Gegenteil, manchmal führt das Bemühen um mehr Gerechtigkeit durch Sprache sogar zu mehr Ungerechtigkeit in der Realität – im Fall Jens Lehmann und Dennis Aogo zum Beispiel. Diese zwei Fußballspieler haben ihre Jobs verloren wegen eines einzigen falschen Wörtchens. Und das soll gerecht sein? Steht so eine Strafe noch im richtigen Verhältnis zur Größe des Vergehens? Und warum verlieren die einen ihre Jobs, andere, wie etwa der Tübinger Oberbürgermeister Palmer, aber nicht? Und wieso durfte Andi Scheuer bis zum Schluss im Amt bleiben, der Verkehrsminister, der mit seinem Maut-Desaster mindestens eine halbe Milliarde Euro an Steuergeldern verpulvert hat?[68]

So berechtigt und verständlich die Fragen sind, so wackelig sind die Vergleiche, die da angestellt werden, denn: Jens Lehmann ist nicht durch einen Gerichtsbeschluss seine zwei Jobs losgeworden, sondern durch die Beschlüsse zweier Privatunternehmen, nämlich des Fußballvereins Hertha BSC Berlin und des Senders Sky. Diese beiden Unternehmen hat niemand gezwungen, Lehmann zu feuern. Sie taten es aus eigenem Geschäftsinteresse. Dennis Aogo hat das verstanden und sich daher selbst aus dem Spiel genommen, als er wegen rassistischer Äußerungen im Feuer stand. Sorgen muss man sich weder um Lehmann noch Aogo. Sozialfälle werden sie sicher nicht, und neue Jobs werden sie auch wieder finden. Sie sind ja nicht mit einem Berufsverbot belegt worden.

Dass Palmer und Scheuer weiter im Amt sind, mag viele ärgern, hat aber mit ihrer Stellung als Politiker zu tun. Solange sie von ihren

Parteien aus politischem Kalkül gestützt werden und solange ihnen nicht vor Gericht eine strafbare Handlung nachgewiesen werden kann, müssen sie nicht um ihre Jobs bangen.

Das Unbehagen bleibt natürlich trotzdem bestehen und vergrößert sich bei jenen, die fürchten, dass das, was wir gerade erleben, erst die Anfänge sind. In Deutschland hat noch kein Redakteur und keine Professorin den Job verloren wegen des N-Worts, wie man das aus den USA kennt. In Deutschland wird aber immer auf einen bekannten Erfahrungswert verwiesen: Alles, was in den USA passiert, wird mit einiger Verzögerung auch in Deutschland ankommen. Es ist also nur eine Frage der Zeit, bis auch bei uns Redakteurinnen und Professoren ihre Jobs verlieren wegen eines falschen Wörtchens.

Aber stimmt das so in dieser Pauschalität? Wir bezweifeln diesen behaupteten Automatismus. Nicht alles, was in den USA normal ist, wird später auch bei uns normal. Beispielsweise hat es die US-Tradition, für eine gute Bildung viel Geld auf den Tisch legen zu müssen, bis heute nicht über den Atlantik zu uns geschafft. Die US-Waffen-Narretei wird es ebenfalls nicht schaffen. Für Autos, die 20 und mehr Liter pro 100 Kilometer saufen, gibt es hierzulande keinen Massenmarkt. Das Elend der US-Presse, Fox News als Propagandasender Donald Trumps, die mediale Macht eines einzelnen Medienmoguls, wie Rupert Murdoch sie in den USA hat – solche USA-Spezifika gibt es bei uns nicht und wird es nicht geben, solange es einen funktionierenden Wettbewerb zwischen mehreren privaten Medienkonzernen und dem öffentlich-rechtlichen Rundfunk gibt.

Unabhängig davon kann man natürlich trotzdem fragen, ob die Gerechtigkeit auf Erden wachsen wird, wenn N- und Z-Wort gesellschaftlich geächtet sind und das Gendersternchen zum selbstverständlichen Bestandteil unserer Sprache in Wort und Schrift geworden ist. Werden dann auch die Probleme erledigt sein, unter denen Schwarze, Roma und Sinti leiden? Werden sie leichter eine qualifizierte Bildung, eine schöne Wohnung, einen gut bezahlten Job bekommen?

Wird den Frauen der Genderstern helfen, ihre Forderung nach einem Anrecht auf »die Hälfte der Welt« zu realisieren? Und die Nichtbinären – bekommen sie etwa mehr Respekt, weil sie die Sternchenpause mitadressiert?

Natürlich nicht, sagen viele, wie etwa FAZ-Herausgeber Jürgen Kaube: »Wie sollte sich denn auch, außer mittels Sprachmagie, durch ein Sternchen inmitten eines Wortes die Situation von Menschen verbessern, die weder männlich noch weiblich sind? Zu befürchten ist ihre Erfahrung, dass das ganze rituelle Mitgemeintsein ihnen nichts hilft.«[69]

Ein Sternchen im Wort, so wird also gesagt, ändere an der schlechteren Bezahlung der Frauen gar nichts, helfe Transpersonen beim Aufstieg in die Chef-Etage null, könne Frauen nicht das Kindergebären abnehmen, schaffe keine besseren Bedingungen für die Vereinbarkeit von Familie und Beruf, bringe Frauen und Diverse um keinen Schritt voran. Dann folgt das Türkei-Argument: Türkische Wörter sind so geschlechtsneutral, wie es die Genderfanatiker*innen hierzulande gerne hätten. Hat das den Türkinnen vielleicht in irgendeiner Weise geholfen? Geht es den Frauen in der Türkei besser als in Deutschland? Na also. Und damit sei bewiesen: Ein Gendersternchen macht aus einem Macho-Staat kein Frauenparadies.

Die triumphale Attitüde dieser Beweisführungskette steht jedoch in einem gewissen Missverhältnis zu ihrer Schlagkraft. Wir kennen nämlich schlicht zu wenig Menschen, die sich zu der Behauptung versteigen, das Sternchen könne zaubern.

Genau genommen kennen wir niemanden, der das tut, sondern erkennen eher das Bemühen, die ganze Gender- und N-Wortdiskussion mit dem Totschlagargument »Bringt doch eh nichts« abzuwürgen. Gern wird auch so getan, als ob ein unvereinbarer Gegensatz bestehe zwischen mehr Gerechtigkeit in der Sprache und mehr Gerechtigkeit in der Realität. Und gern wird unterstellt, den linken Gutmenschen seien gerechte Wörter wichtiger als gerechte Verhältnisse, ja die seien ihnen im Grund egal. Und darum seien im Grunde die linken und grünen Sprachpfleger*innen schuld daran, dass wir in Deutschland eine soziale Schieflage haben und die Working Class reihenweise zur AfD überläuft.

Prominenteste Konstrukteurin dieses Schein-Gegensatzes ist die Linken-Politikerin Sahra Wagenknecht. »Wer sich auf Gendersternchen konzentriert statt auf Chancengerechtigkeit und dabei Kultur und Zusammengehörigkeitsgefühl der Bevölkerungsmehrheit vernachlässigt, arbeitet der politischen Rechten in die Hände«, schreibt sie in ihrem Buch *Die Selbstgerechten*.[70]

Ähnlich Bernd Stegemann, Dramaturg am Berliner Ensemble: »Identitätspolitik ist ein Irrweg – weil sie die eigentlichen Ziele linker Politik vernachlässigt: den Kampf gegen materielle Ungerechtigkeit und die Befreiung von kollektiven Zwängen.«[71]

Dieser Gegensatz existiert nicht. Es mag einzelne Menschen geben, die tatsächlich nur Wörter, Sprache und Opferdiskurse im Sinn haben und sich um soziale Gerechtigkeit nicht weiter kümmern. Die können aber kein Grund sein, das ganze Bemühen um eine gerechtere Sprache lächerlich zu machen. Oder sich allein auf die soziale Gerechtigkeit zu konzentrieren. Was spricht denn dagegen, sich um beides zu kümmern, das eine zu tun, ohne das andere zu lassen?

Bessere Sprache und bessere Verhältnisse schließen einander nicht aus, sondern ergänzen einander. Wann immer wir uns um eine gerechtere Sprache bemühen, geschieht das, weil es uns um eine gerechtere Welt geht.

Die Realisierung von Chancengerechtigkeit wird allerdings lange dauern. Mit der Verwendung besserer Wörter kann man dagegen sofort beginnen. Und wer es tut, ist damit nicht automatisch jener gutmenschige »Lifestyle-Linke«, der laut Wagenknecht in einer schicken Unistadt wohnt, studiert hat, polyglott ist, auf biologisch einwandfreie Ernährung achtet, Billigfleisch-Esser, Dieselauto-Fahrer und Mallorca-Billigflugreisende verachtet und sich selbst in seiner moralischen Überlegenheit sonnt. Diesen von Wagenknecht konstruierten

Automatismus gibt es so wenig wie den Gegensatz zwischen besseren Wörtern und besseren Verhältnissen.

Im Gegenteil: Wort und Tat gehören zusammen. Es bedarf nicht irgendeiner Magie, um die Wirklichkeit durch Sprache zu ändern. Dass Worte regelmäßig in Taten münden, haben uns die rechten Hetzer schon mehrfach eindringlich demonstriert. Den Überfällen auf Flüchtlingsheime, dem Mord am Kasseler Regierungspräsidenten Walter Lübcke, dem Anschlag auf die Synagoge in Halle waren Worte vorausgegangen, jahrelang. Hassworte, Drohworte, Schimpfworte, Flüche, Mordaufrufe. Wie die Nazis mit Worten umgingen und damit Politik machten, hat schon Victor Klemperer während der Zeit des Nationalsozialismus beschrieben.[72]

Worte können Weltverschlechterungs-Anbahner sein. Aber genauso gut Weltverbesserungs-Anbahner, denn immer geht einer Tat ein Gedanke voraus, ein Wort, ein Plan. Vor jeder bewusst herbeigeführten Veränderung der Wirklichkeit muss sich im Kopf der Veränderer erst einmal eine Vorstellung davon entwickelt haben, wie die Wirklichkeit sein sollte und wie und mit welchen Mitteln das vorgestellte Ziel erreicht werden kann.

Für AfD-Politiker und ihre Wähler*innen sollte Deutschland ein Land ohne Ausländer*innen, Flüchtlinge, Migrant*innen, Schwule, Lesben sein. Daraus ergibt sich die Wortwahl. Man sagt bewusst »Neger«, »Kanake«, »Schwuchtel«, »Schlampe«, »Asylantenflut«, »Umvolkung«, »Leitkultur«, »Deutschland den Deutschen«, »Boot ist voll«, »Patriotische Europäer gegen die Islamisierung des Abendlandes«, und irgendwann brennt dann eine Asyl-Unterkunft, ist ein Regierungspräsident tot, wird auf Schwule und Transpersonen eingedroschen, schießt einer in Hanau um sich und tötet neun Menschen. Aus den Worten, mit denen gedacht und gesprochen wird, ergeben sich politische Programme, Pläne, Taten.

Anderen Deutschen gefällt die Vorstellung, dass hier Menschen unterschiedlichster Kulturen, Ethnien und Religionen friedlich miteinander leben und arbeiten. Daraus ergibt sich eine andere Sprache. Man sagt bewusst »Geflüchtete«, »jüdische Menschen«, »schwarze Menschen«, »People of Color«. Die Sprache mündet in andere Taten, Pläne, politische Forderungen, nach Anti-Diskriminierung zum Beispiel, nach Gleichstellung, Chancengleichheit, Quoten.

An manchen Wörtern hängen lange Geschichten. Zum Beispiel am Wort Adam. Die Geschichte der Stellung der Frau in der Welt geht im jüdisch-christlich-muslimischen Kulturkreis bis auf Adam und Eva zurück, denn alle drei Religionen erzählen sich diese Geschichte.

In der türkischen Sprache steht der Ausdruck Adam (Mann) »für positive Eigenschaften wie tugendhaft, ehrlich und loyal. So werden auch Frauen, auf die diese Eigenschaften zutreffen, von ihren Mitmenschen als Adam bezeichnet: Adam gibi kadin (›Die Frau ist wie ein Mann‹).«[73] Und wenn sie wie ein Mann ist, dann ist sie gut. Wenn nicht, dann nicht. Da haben wir die »Geschlechterneutralität« der türkischen Sprache.

Die Stellung der Frau oder einer Transperson und deren Ansehen muss also nicht unbedingt an einzelnen Wörtern hängen, an einem Sternchen oder der Grammatik, sondern hängt meistens an den Sätzen, die über sie gesagt werden. An der Art, wie über Männer, Frauen und Queere gesprochen wird. An den Geschichten, die über sie erzählt werden. Man kann sich durchaus Geschichten vorstellen, die respektvoll, positiv und sympathisierend von Frauen und Transpersonen erzählen, ohne dass in diesen Geschichten auch nur ein einziges Mal gegendert wird.

Wo es aber gemacht wird, wird es schwieriger, frauenverachtende oder transfeindliche Geschichten zu erzählen, denn das Gendersternchen sei ein »Anker fürs Auge« und ein »kleines Mahnmal zwischen den Buchstaben«, »das daran erinnern soll, dass bis vor ein paar Jahrzehnten diese ganze Welt von Männern geleitet wurde«, sagt Sophie Passmann.[74]

Begriffe, sagt Bertolt Brecht, »sind sehr wichtig. Sie sind die Griffe, mit denen man die Dinge bewegen kann.«[75] Sie sind also keine Zaubersprüche, die man nur aufsagen muss, um eine gewünschte Wirklichkeit herbeizuführen. Aber sie können dadurch wirkmächtig werden, dass wir diese Griffe in die Hand nehmen und die Dinge bewegen.

Der Zusammenhang zwischen Sprache und Wirklichkeit, Wort und Tat ist daher nur selten ein unmittelbarer. Bis Worte ihre Wirkung entfalten, vergeht manchmal viel Zeit. Aber dann, wenn die Wirkung eingetreten ist und wir nach der Ursache fragen, stellen wir regelmäßig fest: Am Anfang war ein Wort. Ein Gedanke. Eine Vorstellung. Eine Idee. Was und wie jemand denkt und spricht, beeinflusst sein Schicksal. Was und wie in Völkern gedacht und gesprochen wird, beeinflusst deren Schicksal.

Es gibt einen schlichten alten Fünfzeiler – Herkunft ungewiss, klingt wie ein Kalenderspruch –, der die Sache ziemlich gut auf den Punkt bringt. Der Spruch geht so:

Achte auf Deine Gedanken,
denn sie werden Deine Worte.
Achte auf Deine Worte,
denn sie werden Deine Handlungen.
Achte auf Deine Handlungen,
denn sie werden Deine Gewohnheiten.
Achte auf Deine Gewohnheiten,
denn sie werden Dein Charakter.
Achte auf Deinen Charakter,
denn er wird Dein Schicksal.

Am Anfang eines Schicksals stehen Worte und Gedanken. Eben deshalb ist der Streit um Wörter kein Streit um des Kaisers Bart.

Wenn also gefragt wird: Und sonst so? Keine anderen Sorgen und Probleme? So muss man antworten: doch schon. Aber die Sorge um das richtige, treffende, heilsame, friedensstiftende Wort sollte man dennoch nicht unterschätzen, denn wenn wir es tun, werden wir tatsächlich bald ganz andere Sorgen und Probleme haben als jetzt.

10
Dürfen Texte von Schwarzen jetzt nur noch von Schwarzen übersetzt werden?

Wenn es kracht, sieht es zunächst immer schlimm aus, aber vor allem deshalb, weil die Medien das Schlimme immer besonders groß herausstellen. Wartet man, bis sich der Pulverdampf verzogen hat, und sieht man nach, was eigentlich los war, stellt sich oft heraus: War doch nur halb so schlimm. Oder: In Wahrheit war es ja viel komplizierter, als es zunächst aussah. Oder: Es ist eigentlich nur, wie in jeder Demokratie üblich, ein Konflikt ausgetragen worden. Dabei kommt es gelegentlich zu Krächen, über die sich aber kaum jemand aufregt, sofern es sich um bekannte Konflikte handelt.

Der klassische Konflikt zwischen Kapital und Arbeit zum Beispiel ist so ein alter Bekannter. Ausgetragen wird er in Verhandlungen zwischen Arbeitgeberverbänden und Gewerkschaften. Oft wird eine Einigung auf dem Verhandlungsweg herbeigeführt. Manchmal muss die Arbeitnehmerseite aber mit einem Streik nachhelfen, den die Öffentlichkeit meist hinnimmt wie ein vorübergehendes Naturereignis. Große Emotionen ruft so etwas nur selten hervor – zum Leidwesen der Medien, die von Krächen mit hohem Emotionalisierungspotenzial leben. Denn nur Geschichten, die es schaffen, die Leute aufzuwühlen, lassen Quoten, Klicks und Auflagen steigen.

So eine aufwühlende Geschichte wurde den Medien im Frühjahr 2021 beschert durch den »Fall Amanda Gorman« und den zugehörigen Skandaltitel: Dürfen Texte von schwarzen Autor*innen jetzt nur noch von Schwarzen übersetzt werden?

Kurze Erinnerung: Am 20. Januar 2021 wurde Joe Biden als neuer US-Präsident in sein Amt eingeführt. Die Gefahr eines Putsches durch den Wahlverlierer Donald Trump war endgültig gebannt, die Welt atmete auf und ließ sich verzaubern von einer 22-jährigen Dichterin in sonnengelbem Mantel, die ihre Haare mit einem roten Haarreif nach hinten gebunden hatte: Amanda Gorman, die schwarze Poetin, wurde durch diesen Auftritt weltberühmt.

Selbstbewusst, einprägsam und zu Herzen gehend, trug sie ihr Gedicht *The Hill We Climb* vor. Darin enthalten der Satz: »Ein dünnes schwarzes Mädchen, das von Sklaven abstammt und bei einer alleinerziehenden Mutter aufgewachsen ist, kann davon träumen, Präsidentin zu werden, um dann ein Gedicht für einen vorzutragen.« Neben Biden, Vizepräsidentin Kamala Harris und Lady Gaga war sie der eigentliche Star der Inaugurationsfeier in Washingtons kalter Winterluft.

Wenige Wochen später wurde ihr Gedicht zum Gegenstand eines hoch emotional geführten Streits um die Frage: Sind Texte von Schwarzen jetzt tabu für weiße Übersetzer*innen?

Anlass der Frage war die Entscheidung des holländischen Verlags Meulenhoff, Gormans Gedicht von der weißen Autorin Marieke Lucas Rijneveld ins Niederländische übersetzen zu lassen. Rijneveld schreibt Lyrik und Romane und wurde 2020 mit dem International Booker Prize ausgezeichnet.[76] Als Übersetzerin war sie noch nicht hervorgetreten. Aber Amanda Gorman war mit dieser Wahl einverstanden und Rijneveld glücklich mit dem Auftrag – bis zum 25. Februar 2021. An jenem Tag erschien in der holländischen Zeitung Volkskrant ein Artikel mit der Überschrift: »Ein weißer Übersetzer für das Gedicht von Amanda Gorman: unbegreiflich.«[77]

Daraufhin gab Rijneveld ihren Auftrag zurück. Das und der Artikel im Volkskrant erregten dann weltweit Aufsehen und provozierten die Frage, wer wen übersetzen darf.

Verfasst hatte den Artikel die schwarze Journalistin und Aktivistin Janice Deul. Sie hatte nicht gefordert, dass Texte von Schwarzen künftig nur noch von Schwarzen übersetzt werden sollen. Sie hatte auch nicht gefordert, dass Rijneveld ihren Auftrag zurückgeben sollte. Vielmehr kritisierte Deul in ihrem Artikel vor allem die Routinen, den Automatismus, die Selbstverständlichkeit und die Gedankenlosigkeit, mit der weiße Verlage weiße Autor*innen und Übersetzer*innen bevorzugen.

Die Bevorzugung geschieht nicht in böswilliger Absicht, dennoch systematisch, weil man halt in den Verlagen, wie überall, am liebsten mit denen zusammenarbeitet, die man schon kennt, mit denen man auch in der Vergangenheit gute Erfahrungen gemacht hat, und das waren und sind halt »traditionell« Weiße. Also brauchte es mal einen Weckruf, ein Signal, einen Aufschrei, um die Routine zu unterbrechen.

Diesen Weckruf verdankt die Welt Janice Deul. Das Gedicht von Gorman wäre für den Verlag Meulenhoff die Chance gewesen, diese Routine endlich einmal zu unterbrechen und ein Zeichen zu setzen, schrieb Deul. Ein Zeichen, das besagt hätte: Wir wissen, dass es viele gute schwarze Übersetzer*innen gibt, die aber kaum eine Chance bekommen zu beweisen, was sie können. Wir wissen, dass wir da ein Defizit haben. Daher nehmen wir nun ganz bewusst dieses Gorman-Gedicht zum Anlass, es von einer Schwarzen übersetzen zu lassen, zumal dieses Gedicht in der Tradition des hierzulande wenig bekannten »Spoken Word«[78] steht. Das ist eine Form von Dichtung, bei der der Text, anders als beim klassischen Gedicht, mündlich verbreitet wird, weil er stark von der Art und Weise lebt, wie er vorgetragen wird.

Deul hatte also etwas ganz anderes gefordert als das, was der Titel über Deuls Volkskrant-Aufsatz suggerierte. Der Titel war auch gar nicht von ihr. Den hatte die Zeitung gemacht.

Deul hatte der Zeitung einen ganz anderen Titel geschickt: »Be the Light, not the Hill« – ein Zitat aus dem Gorman-Gedicht. »Ich wollte an die Welt der Literatur appellieren, ihre, sagen wir mal, Türen und Herzen, ihre Arme und Augen zu öffnen und zu sehen, dass es eine Menge schwarzer Spoken-Word-Talente in den Niederlanden gibt.«[79]

Sie könne verstehen, dass die Zeitung eine weniger poetische Überschrift haben wollte zugunsten eines direkteren, konfrontativeren Titels. »Aber gleichzeitig ist das ein Teil des Problems, das Journalismus heute hat. Die Redaktionen müssen eine Überschrift wählen, die möglichst viele Klicks erzeugt. Ich glaube auch, dass die Fehlinterpretationen meines Textes zum Teil daher rühren, dass die Leute ihn nicht wirklich gelesen haben. Sie lesen nur die Überschrift.«[80]

Nicht nur die Leute, auch die meisten Journalist*innen hatten offenbar nur die Überschrift gelesen – oder das, was die Zeitungen voneinander abgeschrieben haben. Anders ist nicht zu erklären, dass im In- und Ausland wochenlang mit großem Ernst gefragt wurde, ob Texte von Schwarzen jetzt nur noch von Schwarzen übersetzt werden dürfen.

Und da man nun schon einmal dabei war, so zu fragen, konnte man natürlich gleich weiterfragen, wo das endet:

> »Ist es dann nicht konsequent, dass Schriftstellerinnen nur noch von Frauen übersetzt werden? Sollten dann weiße Reporter besser nicht mehr über schwarze Politiker schreiben? Und gehört dann nicht *Effi Briest* aus den Buchläden verbannt, weil sich ein Apothekersohn angemaßt hatte, sich in das eheliche Unglück einer pommerschen Landadligen hineinzuversetzen?«[81]

Oder:

> »Kann ich als weißer Mann nur die Bücher weißer Männer übersetzen? Als 65-Jähriger nur Bücher von weißen Männern meines Alters? Nur Bücher von verheirateten, heterosexuellen Vätern? Und selbst wenn alle Kriterien erfüllt wären, wieso sollte ich dann noch das Werk eines fünfundsechzigjährigen Mannes übersetzen dürfen, der in einem anderen Kulturkreis, in einer anderen Sprache aufgewachsen ist?«[82]

Die Übersetzerin Miriam Mandelkow meinte es immerhin noch ironisch, als sie fragte: »Darf Shakespeare jetzt nur noch von Zeitgenossen übersetzt werden?«[83]

Die ganze aufgeregte Diskussion um ein Schein-Thema erinnert stark an die Gender-Diskussion und die »Papierkörbin«. Kein Mensch hat je gefordert, dass man ab sofort von Papierkörbin zu reden habe, aber Millionen Gendergegner*innen bekennen mutig, unaufgefordert und voller Wut und Abscheu, dass ihnen dieser Blödsinn niemals über die Lippen gehen werde. Und nun bekunden sie genauso wütend, dass auch diese neueste Mode – Schwarzes nur noch den Schwarzen – auf ihren erbitterten Widerstand stoßen werde.

Sie dürfen sich wieder beruhigen. Ihres Widerstandes bedarf es gar nicht. Weil im Fall des Gedichtes von Amanda Gorman niemand gefordert hat, dass es von Schwarzen übersetzt werden müsse. Und weil Marieke Lucas Rijneveld viel besser verstanden hat, worum es eigentlich geht, als die Wer-darf-was-Fragesteller*innen. Rijneveld, die als non-binäre Person selbst Diskriminierungserfahrungen kennt, hatte nämlich mit einem Gedicht[84] geantwortet, in dem es heißt:

> »Den Widerstand nie aufgegeben, und dennoch einsehen müssen, wenn es nicht an dir ist, wenn du vor einem Gedicht auf die Knie gehst, weil ein anderer es besser bewohnbar macht, nicht aus Unwillen, nicht aus Bestürzung, sondern weil du weißt, da ist so viel Ungleichheit, Menschen werden noch immer benachteiligt, und du willst ja gerade Verbrüderung, du willst **eine** Faust, und vielleicht ist jetzt deine Hand einfach noch nicht stark genug, vielleicht musst du zuerst die des anderen zur Versöhnung ergreifen, musst wirklich die Hoffnung spüren, dass du etwas tust, was die Welt verbessert, nur darfst du eins nicht vergessen: nach dem Knien wieder aufzustehen und gemeinsam das Haupt zu erheben.«

Marieke Lucas Rijneveld sagt damit: Ich habe verstanden. Deshalb hat sie ihren Übersetzungsauftrag zurückgegeben und ihr Verständnis verdichtet zu einem Text mit der Überschrift »Alles bewohnbar«.

Sie hat damit ihren schwarzen Kolleg*innen symbolisch die Hand gereicht.

Wie im Fall Lehmann/Aogo muss man im Rückblick also wieder sagen: War doch eigentlich ganz gut, dass es da einen Krach gegeben hat. Und sogar die auf Krawall gebürstete Schlagzeile des Volkskrant war im Nachhinein dann doch glücklich gewählt, weil dadurch eine Diskussion in Gang gekommen ist über das eigentliche Thema: die Benachteiligung von Schwarzen in der Buchbranche und generell auf dem Arbeitsmarkt. Und nur wegen dieser übertriebenen Volkskrant-Schlagzeile sind weiße Arbeitgeber und Auftraggeber auf die Idee gebracht worden, bei künftigen Stellenbesetzungen und Auftragsvergaben daran zu denken, dass es ja vielleicht auch unter Schwarzen tüchtige Leute geben könnte. Und dass die vielleicht sogar neuen Schwung in den Laden bringen, weil sie neue Aspekte, andere Gedanken, überraschende Perspektiven, Impulse und Erfahrungen mitbringen.

Längst haben Verlage und die meisten Unternehmen gelernt, dass Frauen ihre eigene weibliche Sicht auf die Wirklichkeit haben. Und dass diese spezifisch weibliche Sicht sowohl eine Ergänzung wie manchmal auch eine wichtige Korrektur der bis dato alleingültigen männlichen Sicht sein kann. Jetzt muss eben gelernt werden: Es gibt auch eine spezifisch schwarze Sicht, und auch die kann eine wertvolle Ergänzung und Korrektur der anderen Sichtweisen sein.

Also alles gut? Nicht ganz.

11
Darf eine Weiße ein Buch über Flüchtlinge schreiben?

Der ganze Streit um Amanda Gormans Gedicht und die Frage, wer es übersetzen soll, hat die Welt der Weißen dafür sensibilisiert, dass eine globalisierte Gesellschaft auf die spezifische Sichtweise von Schwarzen und deren Erfahrungen gar nicht verzichten kann. Wo Angehörige unterschiedlichster Kulturen, Religionen, Ethnien in einer Stadt und in einem Land zusammenwohnen, müsste es sich eigentlich von selbst verstehen, dass diese Menschen einander wechselseitig ihre Brillen aufsetzen, damit jeder und jede mal sieht, wie sich die Welt durch die Brillen der anderen darstellt. Lernen müsste man das schon in der Schule, im Deutsch-Unterricht, in Kunst, Sozialkunde, Geschichte.

Würde das geschehen, hätten wir nie vom »Fall Jeanine Cummins« gehört, denn es hätte ihn gar nicht gegeben. Da es aber nicht geschah, geriet der »Fall Cummins« in den USA zum Literaturstreit des Jahres 2020 – ein Jahr vor dem Streit um »Gorman/Rijneveld/Deul«, bei dem es scheinbar um die Frage ging, ob eine Weiße das Gedicht einer Schwarzen übersetzen dürfe. Im Fall Cummins war es um die Frage gegangen, ob eine weiße Amerikanerin über eine mexikanische Geflüchtete schreiben darf. Und wieder hatte es gekracht. Weil alle nur durch ihre eigenen Brillen guckten.

Der Spiegel-Autor Tobias Rapp leitete die Schilderung des Falles so ein: »Vielleicht sollte ich diesen Text nicht schreiben. Ich bin ein Mann, weiß, heterosexuell, in einer bildungsbürgerlichen Familie aufgewachsen und habe eine feste Anstellung. Ich bin keine Frau, nicht aus Mexiko, auch nicht aus den USA oder Puerto Rico. Ich musste nie meine Heimat verlassen und fliehen. Ich habe Literaturwissenschaften studiert und kenne mich ein wenig mit Geschichten aus, was sie ausmacht und wie sie funktionieren. Reicht das?«[85]

Anlass seiner Frage: Der Roman *American Dirt*[86] der Autorin Jeanine Cummins. Darin geht es um eine Mutter aus der mexikanischen Mittelschicht, die mit ihrem achtjährigen Sohn Luca über die Grenze in die USA flieht, nachdem ein Drogenkartell ihre Familie umgebracht hat. Zum Streitpunkt wurde: Die Autorin ist keine Mexikanerin.

Zunächst lief es gut für das Buch, das vom Verlag als Bestseller konzipiert wurde und dann tatsächlich auch alle Hoffnungen erfüllte. Es »war noch nicht in den Läden, da erklärten Stephen King und Sandra Cisneros, eine Autorin mexikanischer Abstammung, *American Dirt* schon zum großen Migrationsroman unserer Zeit«.[87]

Andere prominente Schriftsteller wie Anne Pratchett, John Grisham und Don Winslow rühmten die herausragende Leistung der Autorin. Latina-Stars wie Gina Rodriguez und Salma Hayek warben begeistert mit Selfie und Buch in den sozialen Medien.[88] Die New York Times brachte einen Vorabdruck. Der Verlag startete mit einer Auflage von 500.000 Exemplaren.[89] Den Rest erledigte Oprah Winfrey, die den Roman für ihren »Book Club« auswählte.[90]

Zum Verkaufsstart der deutschen Übersetzung durch Rowohlt lobte Rapp, Jeanine Cummins erzähle »mit genauem Blick für die Psychologie ihrer Heldin. Und natürlich ist es auch eine Emanzipationsgeschichte. Wie eine Frau es wider Erwarten schafft, sich durchzuschlagen, wie sie mit Rückschlägen klarkommt und sich den Weg in ein neues Leben erkämpft.«[91]

Da war aber in den USA schon ein Shitstorm über Buch, Autorin und Verlag hinweggefegt. Tenor: Cummins ist weiß und hat keine Ahnung von ihrem Thema. Darum hätte sie das Buch lieber nicht schreiben sollen, zumal es sowieso »von einer überwiegend weißen Verlagsbranche für ein überwiegend weißes Publikum in Position gebracht wurde«.[92]

Myriam Gurba, eine queere Künstlerin und Aktivistin mexikanischer Herkunft, verriss das Buch als »literarischen Smoothie«, verband es mit Plagiatsvorwürfen und nannte es »eine inkohärente Geschichte, die eher die Fantasien der Nordamerikaner über Mexiko dokumentiere als die mexikanische Realität«.[93] Cummins habe »den Appetit der Gringos auf mexikanisches Leid« erkannt und einen Weg gefunden, daraus Profit zu schlagen.[94] Und Lydia, die Hauptfigur des Buchs, sei »keine glaubwürdige Mexikanerin«. Andere Kritiker sprachen von »Trauma-Pornografie« und einer »Beleidigung aller hispanischen Autoren«.[95]

Erschwerend hinzu kam: Cummins identifizierte sich viele Jahre öffentlich als »weiß«, seit *American Dirt* als »Latina«.[96] Beides ist nicht ganz falsch. In der New York Times schrieb sie 2015 in einem Artikel: »Ich bin weiß. Die Großmutter, die ich mit Julie und Robin teilte, war puerto-ricanisch, und ihr Vater ist zur Hälfte Libanese. Aber in jeder praktischen Hinsicht ist meine Familie größtenteils weiß.«[97]

Fünf Jahre später, nach der Veröffentlichung von *American Dirt*, erschien es ihr dann opportun, die schwarze Seite ihrer Herkunft ein wenig stärker herauszustellen. Da hob sie die Einwanderer-Erfahrung ihrer Großmutter hervor, die als junge Frau aus Puerto Rico in die USA gekommen sei und genau jene uramerikanische Erfahrung gemacht habe, die auch *American Dirt* beschreibe.[98] Ihr Verlag Flatiron Books verstärkte diesen Anklang durch eine Werbung, die darauf abhob, dass Cummins selbst mit einem Einwanderer verheiratet sei, der bis zur Hochzeit illegal in den USA gelebt hatte. Allerdings ist der nicht, wie man vermutet hätte, Mexikaner, sondern Ire, wie sich erst später herausstellte. Für diese Werbung entschuldigte sich der Verlag später.[99]

Es hat dann nicht sehr lange gedauert, bis die Proteste zu Drohungen gegen die Autorin und den Verlag führten. Auch die Kritikerin Myriam Gurba wurde bedroht, sogar mit Mord.[100] Der Verlag cancelte eine geplante Lesereise. Zunächst hatten die Verantwortlichen noch tapfer erklärt, stolz zu sein, das Buch publiziert zu haben. Später entschuldigte man sich. Man habe die eigenen »Grenzen« nicht erkannt, das Buch außerdem unsensibel vermarktet.[101]

Damit war der Entschuldigungsreigen eröffnet. Salma Hayek, die das Buch beworben hatte, sagte, ja wenn sie das gewusst hätte, aber sie habe das Buch ja gar nicht gelesen. Also entschuldigte sie sich für ihr Posting. Ob sie inzwischen gelesen hatte, was sie bewarb, blieb offen. Eine Kritikerin der New York Times entschuldigte sich für ihre positive Besprechung.[102]

Auch Oprah Winfrey ruderte zurück und sagte, sie habe das Buch zuallererst als Geschichte bedingungsloser Mutterliebe gelesen. Nun aber sei ihr klar, »dass wir eine andere Art von Gesprächen über *American Dirt* führen müssen und dass wir die Gedanken und Meinungen eines jeden in unserer Gemeinschaft willkommen heißen«. Eine Debatten-Sondersendung sei geplant.[103]

Cummins selbst sagte: Natürlich sei sie keine Mexikanerin, aber genau deshalb habe sie viel Zeit in der amerikanisch-mexikanischen Grenzregion zugebracht, mit Flüchtlingen und Flüchtlingshelfern gesprochen, genau recherchiert, warum und unter welchen Bedingungen Menschen flüchten, und daraus in sechsjähriger Arbeit ihr Buch entwickelt. Es sei sehr wichtig, dass Frauen, Schwarze und Latinos gehört werden. Wenn mehr Autoren mit hispanischer Herkunft nun Buchverträge bekämen – umso besser. Es könne allerdings nicht angehen, dass im Gegenzug sie selbst zum Schweigen gebracht werde.[104]

Das war es, was vor allem in Deutschland wahrgenommen wurde, dass da einer Weißen verboten werden sollte, über lateinamerikanische Flüchtlinge zu schreiben. Der Entschuldigungsreigen und die abgesagte Lesereise wurden als neuerliches Einknicken vor der »Cancel Culture« interpretiert, unter dem Stichwort »kulturelle Aneignung« eingeordnet und mit der aufgeregten Frage verbunden: Darf eine Weiße ein Buch über Flüchtlinge schreiben? Dürfen jetzt nur noch mexikanische Migrant*innen über mexikanische Migrant*innen schreiben?

Gewürzt wurde die Frage mit echten Beispielen aus den USA und ausgesponnenen Fragen zu eingebildeten Problemen, die sich aus dem »Verbot der kulturellen Aneignung« ergeben. Gemeint ist damit die Forderung: Jeder soll nur noch sagen, darstellen, erforschen dürfen, was »seins« ist. »Seins« bezieht sich auf Herkunft, Ethnie, Hautfarbe, Geschlecht, Sexualität, Sprache, Religion.

Deshalb leitete der Spiegel-Autor Tobias Rapp seinen Artikel über Cummins mit dem Satz ein: »Vielleicht sollte ich diesen Text nicht schreiben. Ich bin ein Mann, weiß, heterosexuell ...«

Es gibt Beispiele dafür, dass dieses Verbot in den USA von Universitäten und im Kulturbetrieb tatsächlich ernst genommen wird.

> »So legte Scarlett Johansson 2018 eine Transgender-Filmrolle nieder nach Protesten (sie sei ja nicht trans, könne also nicht ...). In Portland schlossen 2017 zwei weiße Frauen ihren Burrito-Imbiss nach Boykottaufrufen (dies sei doch gar keine echte, von echten Mexikanern bereitete Küche). In der Modewelt ist es längst verpönt, für Ornamente oder Dekorationen Anleihen bei indigenen Mustern zu machen.«[105]

Das sind echte Beispiele, es gibt noch mehr, dennoch ist ihre Zahl begrenzt. Sie sind nicht der Normalfall in den USA und schon gar nicht in Deutschland. Trotzdem werden nun wieder Schreckensszenarios an die Wand gemalt:

> »Wenn es nur den Mitgliedern einer ethnischen Opfergruppe gestattet sein soll, von ihrem Schmerz zu sprechen, dann ist das nicht bloß ein Empathieverbot für ›Kulturfremde‹, sondern schlimmer: Es ist die Absage an jede Form sprachlicher Verständigung. Es gibt dann keine Solidarität unter Fremden, nicht einmal eine in der Erinnerung – alles wäre spätkoloniale ›Aneignung‹. Quentin Tarantino dürfte keinen Film über Verbrechen an den Schwarzen drehen, und weiße amerikanische Upperclass-Eltern wären als Mitglieder der ›Dominanzkultur‹ unfähig, sich vorzustellen, was mexikanische Eltern empfinden, wenn US-Grenzschützer ihnen die Kinder entreißen und sie in Lager sperren.«[106]

Oder einfacher: »Kann ich noch tollpatschig zu Rap tanzen, oder verhöhne ich damit die Sklaverei? Steht es mir zu, eine Rezension zu *American Dirt* zu verfassen, auch wenn ich keine Latina, gar Mexikanerin bin?«[107] Und natürlich: Darf eine Weiße ein Buch über Flüchtlinge schreiben?

Da ist sie wieder, die Wiedergängerin, die uns in der Genderdebatte als Papierkörbin begegnete, in der Lehmann/Aogo-Geschichte als Was-man-noch-sagen-darf-Problem und in den Fällen Amanda Gorman und Jeanine Cummins als die Wer-darf-noch-was-Frage. In all den genannten Fällen erwiesen sich die konstruierten Probleme als gegenstandslos und zugleich fruchtbringend. Und im Fall Cummins? Dasselbe.

Es gab nämlich in den USA durchaus auch eine inhaltliche Auseinandersetzung mit *American Dirt*, die nichts mit Hautfarbe zu tun hatte. Um nur ein Beispiel zu nennen: Das Buch sei eine »melodramatische Telenovela, die ich mir zum Spaß anschauen würde, wie einen Narco-Thriller auf Netflix. Aber niemand sollte so etwas ›den großen Einwanderungsroman unserer Zeit‹ nennen« (Esmeralda Bermudez in der Los Angeles Times).[108]

Und es gab, wie schon im Fall des Gorman-Gedichts, eine berechtigte Kritik am US-Verlagswesen. »84 Prozent der Mitarbeiter in den Verlagen der Vereinigten Staaten sind weiße Amerikaner; Latinos – fast zwanzig Prozent der Bevölkerung – stellen nur sechs Prozent« (Hernán D. Caro). Es geht also nicht darum, was eine weiße Autorin noch dürfe.

Es geht auch nicht darum, dass sich jemand mit großer Sympathie in alle Verästelungen einer anderer Ethnie oder Kultur einfühlt und sich zur Stimme derer macht, die nicht gehört werden. Sondern es geht darum, dass es längst schon genügend Stimmen aus diesen anderen Kulturen gibt, die sehr wohl in der Lage wären, von sich und ihrer Kultur zu erzählen – nur lässt man sie nicht! Wenn dann trotzdem ein Verlag weiterhin lieber weiße Autor*innen zwar einfühlsam, letztlich aber paternalistisch über die Schicksale dieser armen, angeblich stimmlosen Menschen anderer Kulturen hinwegschreiben lässt und Autor*innen und Verlage sich auch noch in ihrer zur Schau gestellten Mitmenschlichkeit sonnen, dann wird denen, die keine Chance bekommen, speiübel.

Protestiert wurde also im konkreten Fall Cummins nicht dagegen, dass eine nicht mexikanische Autorin ein Buch über eine Mexikanerin geschrieben hat, sondern darüber, dass die ganze US-Verlagsbranche die vielen lateinamerikanischen Autor*innen einfach ignoriert, die schon lange über die gleichen Themen wie Cummins schreiben, oft besser und informierter.[109]

Darf also eine Weiße ein Buch über Flüchtlinge schreiben? Und darf ein Weißer den Text eines Schwarzen übersetzen?

In beiden Fällen lautet die Antwort: Ja und aber. Ja: Texte von Schwarzen dürfen weiterhin von Weißen übersetzt werden. Texte von Weißen dürfen von Schwarzen übersetzt werden. Weiße dürfen weiterhin Bücher über Flüchtlinge, Schwarze, Latinos schreiben. Schwarze dürfen das auch. Alle sollen alles dürfen.

Aber: Solange wir noch nicht so weit sind, dass wirklich alle alles dürfen, wird die privilegierte Schicht der Weißen, die bisher gewohnt war, dass sie allein alles durfte, sich ab jetzt daran gewöhnen müssen, dass sie eine Zeit lang nicht mehr unhinterfragt alles darf. Und dass es deshalb manchmal kracht, krachen muss, damit auch schwarze Autor*innen und Übersetzer*innen mal eine Chance bekommen.

Eine Regel oder gar ein Gesetz, das besagt, wer was übersetzen und wer worüber schreiben darf, gibt es nicht. Neu ist nur die Regel, dass man gründlicher überlegen sollte, wer was schreiben oder übersetzen darf, weil da draußen in der nicht weißen Welt ein Reservoir von Begabungen existiert, die sehnlich darauf warten, entdeckt zu werden und endlich beweisen zu dürfen, was sie können. Das ist der Stand der Dinge im Jahr 2021.

Zu diesem Stand der Dinge jetzt und in Zukunft gehört auch: Wenn tatsächlich jemand ernsthaft behaupten sollte, dass künftig nur noch

Weiße über Weiße schreiben sollen, Schwarze über Schwarze, Frauen über Frauen, Katholik*innen über Katholik*innen, Schwule über Schwule, Betroffene über das eigene Betroffensein und so weiter – dann wäre das so hirnverbrannt, dass wir es nicht weiter ernst nehmen müssten.

Noch besser wäre es, den Unsinn produktiv zu nutzen, indem wir ihn zum Anlass nehmen für die Frage: Müssen wirklich weiterhin nur Weiße der Welt erklären, was in Afrika und Lateinamerika los ist, wie Schwarze empfinden, was es heißt, diskriminiert zu werden, oder worin ein Einwandererschicksal besteht? Können das zur Abwechslung nicht auch einmal afrikanische und lateinamerikanische Autor*innen beschreiben, und Schwarze, Diskriminierte, Eingewanderte …?

Es geschieht ja schon, nur zu selten. Die Verlage müssen noch immer mit der Nase drauf gestoßen werden. Solange das so ist, besteht kein tieferer Grund, sich empört aufzuregen, wenn plötzlich gefragt wird, ob eine Weiße über eine Mexikanerin schreiben darf.

12
Warum ist denn auch die Frage »Wo kommst du her« verboten?

Es ist schon ein paar Jahre her, da habe ich, Christian Nürnberger, einen Taxifahrer gefragt, wo er herkomme. Noch bevor er mir antwortete, dass er Kurde sei, sagte er: »Wissen Sie, dass Sie der erste Deutsche sind, der mich das fragt?« Er sei schon zwanzig Jahre hier, aber noch nie habe ein Fahrgast irgendein Interesse an ihm bekundet. Nun war er so begeistert, dass sich mal einer für ihn interessiert, dass er mir sein ganzes Leben erzählte. Als wir am Flughafen ankamen, kannte ich den Namen seiner Frau, seiner Kinder, seiner Eltern und Großeltern und wusste deren Alter. Ich wusste, wo er in Mainz wohnt, wann und wie er nach Deutschland kam, was er von Erdogan hält (nichts) und von Merkel (viel) und dass seine Tochter in der Schule eine Überfliegerin ist, der ältere Sohn ein Tunichtgut und der jüngere o. k.

Ich hatte ähnliche Erlebnisse schon mit bekopftuchten Supermarktkassiererinnen, meiner ukrainischen Friseurin, osteuropäischen Kellnern und thailändischen Wirten. Sie geben gerne Auskunft. Die Frage ist ein Anfang, eine Gelegenheit, über sich zu erzählen und miteinander ins Gespräch zu kommen.

Aber seit einigen Jahren lernen wir, dass die Frage im Grunde genommen genauso schlimm, ausgrenzend und rassistisch sei wie das N-Wort. Wir lernen es jedoch nicht von den Taxifahrern, Supermarktkassiererinnen und Kellnern, sondern von solchen, die hier geboren sind und studiert haben, von Mithu Sanyal zum Beispiel, die konstatiert: »Es ist beinahe ein Klischee, noch darüber zu reden, denn inzwischen sollte auch dem Letzten klar sein, dass ›Wo kommst du eigentlich her?‹ ein No-Go ist.«[110] Und »obwohl unzählige Zeitungsseiten und Radiominuten, Küchentisch- und Paneldiskussionen mit Erklärungen gefüllt sind, welche mannigfaltigen Abgründe diese Frage eröffnet, bestehen ebenso viele Menschen darauf, sie trotzdem zu stellen. In der Regel, bevor sie irgendetwas anderes fragen.«

Die Frage nervt also. Weil sie auf das Aussehen der befragten Person anspielt und unausgesprochen sagt: »Du siehst nicht ›deutsch‹ aus, deshalb frage ich …«, und das kommt an als: Du gehörst eigentlich nicht hierher, du gehörst nicht richtig zu uns.

Dass dies automatisch immer und in jedem Fall angeblich bei allen so ankommt, nervt wiederum jene alteingesessenen, weißen Deutschen, die ihre Frage ganz unschuldig und naiv, aus echtem Interesse an ihr Gegenüber richten und im Traum nicht so etwas wie »Du gehörst nicht hierher« denken. Außerdem funktioniert ihre Frage bei Taxifahrern, Friseurinnen und Supermarktkassiererinnen. Die hören aus der Frage heraus, was mit ihr gemeint ist: Wie schön, dass du da bist.

Die afrodeutsche Akademikerin jedoch hört aus der Frage Rassismus heraus, und das verstehen viele der gut meinenden weißen Fragenden nicht und denken vielleicht an die alte Geschichte vom Mann ohne Hammer.

Dessen Geschichte geht so: Ein Mann will ein Bild aufhängen. Den Nagel hat er, nicht aber den Hammer. Der Nachbar hat einen. Also beschließt unser Mann, hinüberzugehen und ihn auszuborgen. Doch da kommen ihm Zweifel: Was, wenn der Nachbar mir den Hammer nicht leihen will? Gestern schon grüßte er mich nur so flüchtig. Vielleicht war er in Eile. Aber vielleicht war die Eile nur vorgeschützt, und er hat etwas gegen mich. Und was? Ich habe ihm nichts angetan; der bildet sich da etwas ein. Wenn jemand von mir ein Werkzeug borgen wollte, ich gäbe es ihm sofort. Und warum er nicht? Wie kann man einem Mitmenschen einen so einfachen Gefallen abschlagen? Leute wie dieser Kerl vergiften einem das Leben. Und dann bildet er sich noch ein, ich sei auf ihn angewiesen. Bloß weil er einen Hammer hat. Jetzt reicht's mir wirklich. – Und so stürmt er hinüber, läutet, der Nachbar öffnet, doch noch bevor er »Guten Tag« sagen kann, schreit ihn unser Mann an: »Behalten Sie Ihren Hammer, Sie Rüpel!«[111]

Man kann sich gut vorstellen, wie sich der unschuldige, völlig perplexe Mann mit dem Hammer fühlt. Ungefähr so ergeht es den naiven Fragesteller*innen, denen gesagt wird: Hör endlich auf, mich so zu fragen, deine Frage ist rassistisch.

Klingt nach einem echten Konflikt. Ist es aber nicht. Weil die Lösung einigermaßen einfach ist. Sie besteht aus zwei Empfehlungen: etwas weniger Emphase und dafür ein bisschen mehr Empathie.

Weniger Emphase: Schau dich und dein Verhalten mal von außen an. Kann es sein, dass deine emphatisch zur Schau gestellte Zugeneigtheit von außen ein wenig gönnerhaft aussieht, ein bisschen paternalistisch, fast schon ein wenig von oben herab? Nein? Na gut, gehe zum nächsten Punkt.

Mehr Empathie: Versetze dich einmal in die Lage eines »nicht deutsch aussehenden« Menschen. Fühl dich ein in ihn und stelle dir vor, dass du immer und immer wieder dieselbe Frage gestellt bekommst und dass es immer gleich die erste Frage ist. Würdest du das nicht auch von Mal zu Mal als zunehmend unangenehmer empfinden? Würde dich nicht auch allmählich das Gefühl beschleichen, dich dafür rechtfertigen oder entschuldigen zu müssen, dass du hier bist? Vergiss nicht, dass es genügend Deutsche gibt, die genau dies denken und öffentlich sagen, dass du hier nicht erwünscht bist. Der nachbarliche Rüpel, den sich der Mann ohne Hammer nur einbildet, ist in Deutschland leider keine bloße Einbildung, sondern eine Realität, mit der täglich zu rechnen ist.

Oder hör einfach mal zu. Hör zu, wenn die ZDF-heute-Moderatorin Jana Pareigis sagt, warum es sie nervt, immer wieder gefragt zu werden: »Woher kommst du?« Stets muss derselbe Dialog abgespult werden: Auf die Antwort »aus Hamburg« folgt dann die Frage »Nein, nein, ich meine, woher kommst du *wirklich?*«. Und die Fragenden sind erst zufrieden, wenn sie erfahren, was sie längst vermuteten: dass zumindest ein Elternteil aus Afrika stammt.[112]

Wer sich das einmal bewusst gemacht hat und über ein wenig Taktgefühl verfügt, wird sich daher die Herkunftsfrage einfach verkneifen, auch wenn ihn die Antwort und die zugehörige Person brennend interessiert. Er wird sie sowieso erfahren, wenn er auf andere Weise versucht, ein Gespräch zu beginnen. In dessen Verlauf ergibt sich die Antwort meistens von selbst, ohne dass man explizit fragen muss.

»Meine Herkunft ist ja kein Geheimnis, das ich unter allen Umständen für mich behalten möchte«, sagt Alice Hasters.[113] »Doch der Zeitpunkt ist entscheidend. Die Herkunft meiner Eltern sollte nicht zu den ersten Informationen gehören, die ich über mich preisgeben muss. Ich finde, beim Small Talk sollte man über Gemeinsamkeiten und nicht über Unterschiede sprechen. Damit macht man sich eher Freund*innen.«

Und was sagt sie, wenn dann der richtige Zeitpunkt für die Frage gekommen ist? Dass sie einen perfekten Umgang mit der Wo-kommst-du-her-Frage immer noch nicht habe. »Meine Mutter kommt aus Philadelphia, mein Vater aus Düsseldorf, ich komme aus Köln«, sage sie meistens und fasst zusammen: »Ich bin deutsch. Ich bin afroamerikanisch. Ich bin Schwarz. Ich bin mixed.«

»Normale Deutsche« kennen die Frage nach der Herkunft natürlich auch, aber da geht es dann allenfalls um eine Herkunft aus Mittelfranken oder Brandenburg. Obwohl, was heißt schon »Deutsche« und was »normal«? Das ist inzwischen auch nicht mehr so eindeutig. Müsste man nicht sicherheitshalber »Deutsche ohne Migrationshintergrund« sagen, wenn man sie von »Passdeutschen« oder »Deutschen mit Migrationshintergrund« oder, wie es neuerdings auch heißt, von »Deutschen mit Einwanderungsgeschichte« unterscheiden will? Oder wäre »Autochthone Deutsche« die bessere Bezeichnung? »Biodeutsche«, »Standarddeutsche«, »Alt-Deutsche«, »Schon-immer-Deutsche«? Zwei junge deutsche Künstler*innen, die afghanischstämmige Moshtari Hilal und der/die non-binäre tamilischstämmige Sinthujan Varatharajah bereicherten diesen Wortsalat neulich mit der Bezeichnung »Mensch mit Nazihintergrund«.[114] Und »Kartoffel« sowie Alman sollte man noch erwähnen. Es ist also auch mit dem Deutschsein nicht mehr so einfach, wie es einmal war.

Es ist kompliziert geworden und wird kompliziert bleiben, weil Deutschland 2021 ein anderes Land ist als Deutschland 1961. Damals wohnten hier Deutsche und einige Ausländer aus Südeuropa, die man »Gastarbeiter« nannte und von denen man annahm, dass sie irgendwann wieder in ihre Heimat zurückkehren würden. Taten sie aber nicht. Sie blieben, gründeten Familien, bauten Häuser. Es kamen noch mehr Menschen aus Südeuropa. Und zunehmend auch aus der Türkei. Nach dem Fall der Mauer strömten Russland-Deutsche und während des Jugoslawienkriegs Menschen aus dem ehemaligen Jugoslawien ins Land. Auch aus Polen, Tschechien, Rumänien, Bulgarien kamen Menschen, aus Nahost, Iran und Afrika, Asien, dazu Kriegsflüchtlinge, Armutsflüchtlinge, Studierende. So wurde aus dem einst homogenen Land der Deutschen ein – man muss es immer wieder sagen, weil viele Ältere es noch nicht so richtig realisiert haben – multinationales, multikulturelles, multireligiöses, multiethnisches Land. Und darum ist es jetzt eben in Deutschland 2021 komplizierter als in Deutschland 1961.

Und nicht nur in Deutschland. Ganz Europa ist mittlerweile mehr oder weniger bunt. Und da kann eine eigentlich harmlose und ganz einfache Frage zum Problem werden. Wie auch das N-Wort und das Z-Wort.

Für das Z-Wort haben wir ja schon längst Sinti und Roma. Für das N-Wort haben wir schon lange »Schwarze«, aber inzwischen ist ein brandneues Wort dazugekommen:

»People of Color«, »Person of Color«, häufig abgekürzt mit PoC.

Aber warum eigentlich »People of Color«? Warum sagen wir es nicht einfach auf Deutsch? Weil es so einfach leider auch wieder nicht ist. Im Gegenteil. Mit dem Wort verhält es sich sogar richtig kompliziert. Dazu kommen wir noch.

Fürs Erste gilt es festzustellen, dass »People of Color« eine sagenhafte Karriere gemacht hat in Deutschland. Man kann eigentlich sagen, dass das Wort im vergangenen Jahr praktisch eingebürgert worden ist.

Um das zu belegen, haben wir mal in den Archiven von FAZ und Süddeutscher Zeitung nach dessen frühester Erwähnung gesucht und verfolgt, wie die Häufigkeit mit der Zeit wuchs. Zum ersten Mal stand »People of Color« in einem Artikel der Süddeutschen Zeitung aus dem Jahr 1999. Ein Jahr später (2000) stand es erstmals in einer Ausgabe der FAZ. Danach hat es bei der FAZ zehn Jahre gedauert, bis es wieder vorkam, also bis 2010, und bei der Süddeutschen Zeitung dreizehn Jahre, also bis 2012.

Spärlich, nicht mehr als zweimal, wenn überhaupt, wurde es auch in den Folgejahren verwendet. 2017 kam es dann dreimal vor, in beiden Zeitungen, u. a. in einem Artikel von Peter Eisenberg mit der bemerkenswerten Unterzeile: »Kaum einer kann sich noch äußern, wie ihm Kopf und Schnabel gewachsen sind.«[115]

Ab 2018 steigt die Häufigkeit signifikant an – achtmal in der FAZ und neunmal in der SZ. Und von 2019 bis 2021 geht es dann steil aufwärts, wie man an unten stehender Tabelle sieht. Die Zahlen von 2021 sind kleiner als die von 2020, weil die Zählung im August 2021 endet.

Aber man sieht: Zwischen 2019 und heute wurde »People of Color« heimisch, besonders in der Süddeutschen Zeitung, was aber daran liegt, dass auch Nennungen im SZ-Magazin und im Jugendmagazin »jetzt« mitgezählt wurden.

»People of Color« – wie oft der Begriff in der FAZ und der Süddeutschen Zeitung bisher erwähnt wurde:

FAZ	Erwähnung	SZ	Erwähnung
1999	0	1999	1
2000	1	2000	0
2010	1	2010	0
2012	0	2012	1
2014	1	2014	2
2015	0	2015	2
2017	3	2017	3
2018	8	2018	9
2019	21	2019	17
2020	39	2020	106
2021	25	2021	68

13
Ist BIPoC jetzt die Lösung?

Kaum hatten wir in Deutschland die neue Bezeichnung PoC gelernt, ist es in den USA auch schon zu BIPoC aufgetunt worden, weil Schwarze und Indigene sich nicht einfach so unter People of Color subsumieren lassen wollten. Vor allem in Nord- und Südamerika drangen Schwarze und Indigene darauf, ihre gruppenspezifischen Rassismuserfahrungen mit B für Black und I für Indigenous zu markieren.[116]

BIPoC ist allerdings auch in den USA noch ziemlich neu. »Schwarze Amerikaner wurden in den Vereinigten Staaten mit vielen Namen bezeichnet. Afroamerikaner, Neger, Farbige und das unaussprechliche Wort, das sich auf bigger reimt«, schrieb Sandra E. Garcia in der New York Times im Jahr 2020.[117] Jetzt aber, seit »die Proteste gegen Polizeibrutalität und Rassismus die Straßen und die sozialen Medien überschwemmten«, sei in einigen Ecken von Twitter und Instagram ein neuer Begriff allgegenwärtig: BIPoC, Black, Indigenous, People of Color.[118]

Der hintere Teil, PoC, »People of Color«, wurde schon »1796 erstmals im Oxford English Dictionary mit der britischen Schreibweise ›colour‹ erwähnt«.[119] Er gehe »möglicherweise auf das französische *gens de couleur libres* (etwa ›freie farbige Menschen‹) zurück« und habe Personen in europäischen Kolonien bezeichnet, die im Gegensatz zu versklavten Schwarzen *(black people)* begrenzte Freiheiten besaßen, schreibt der Publizist Tigran Petrosyan.[120]

BIPoC dagegen kam den Redakteur*innen der New York Times so neu vor, dass sie in den sozialen Medien nach seiner frühesten Erwähnung forschten. Sie wurden fündig im Jahr 2013. Aber die massenhafte Verwendung begann erst 2020.

So ähnlich war es auch in Deutschland. In der FAZ taucht die Bezeichnung erstmals am 7. Juni 2020 auf und danach nur noch viermal, in der Süddeutschen Zeitung erstmals am 4. April 2020 und danach noch 30 Mal. In bestimmten Foren der sozialen Medien wurde er vermutlich früher erwähnt, aber das haben wir nicht recherchiert.

Tatsache jedenfalls ist: Der Begriff ist in Deutschland angekommen. Aber: Hilft er uns weiter? Lohnt es sich, die Vokabel zu lernen, wenn sie demnächst vielleicht schon wieder geändert wird? Es könnte ja sein, dass sich noch mehr Minderheiten melden, die für sich einen Extra-Buchstaben fordern. Dann wird BIPoC nicht das letzte Wort gewesen sein.

Davon abgesehen ist es aber auch gar nicht der »korrekte Ersatz« fürs rassistische N-Wort. Die Bezeichnung geht nämlich mit einem Bedeutungswandel einher. Das neue BIPoC und auch das neue PoC haben mit dem alten PoC nur noch die Buchstaben gemein. Waren mit dem alten PoC tatsächlich noch die Hautfarben gemeint, People of Color eben, wie das Wort schon sagt, bezeichnet dasselbe Wort jetzt keine Farben mehr, sondern, wie auch BIPoC, ein soziales Erleben, die Erfahrung von Rassismus und Diskriminierung. Oder, wie es der Duden (online) kurz und bündig formuliert: People of Color sind »Personen, die Rassismus ausgesetzt sind«.

Daher wird »Schwarz« von schwarzen Aktivist*innen jetzt auch immer großgeschrieben, allerdings nicht vom Duden. Das Gegenstück dazu ist »*weiß*«, von den Aktivist*innen kleingeschrieben und kursiv, und auch dieses *weiß* ist nicht mehr die Beschreibung einer Hautfarbe, sondern die Beschreibung eines Privilegs: »zur Mehrheit gehörend, Macht ausübend, normgebend«.

Für Deutsche hat PoC den Nachteil, dass es unübersetzbar ist, gleich aus zwei Gründen: Erstens würde es durch die Übersetzung ins Deutsche wieder rassistisch. »Menschen aller Farben«, »farbige« Menschen, »Farbige« – das wäre dann, genau wie das N-Wort, ein No-Go. Wer es notgedrungen mal als Zitat benutzt, schreibt dann, wie etwa Mithu Sanyal: »F*rb*ge«.[121] Und zweitens wäre es falsch, weil Farben ja gar nicht mehr gemeint sind, sondern Diskriminierungserfahrungen.

Warum ist »People of Color« o. k. und »colored People« oder »F*rb*ge« rassistisch? Weil das eine, nämlich »People of Color«, eine Selbstbezeichnung ist, das andere, »colored People«, eine Fremdzuschreibung durch weiße Kolonialisten und Sklaventreiber.

Ähnlich ist es mit »mixed« und »Mischling«. »Mixed« ist o. k., »Mischling« nicht. Warum? Alice Hasters, die sich jahrelang – »aus Mangel an Alternativen« – als »Mischling« bezeichnet hatte, hat diese Bezeichnung inzwischen abgelegt, weil das Wort doch sehr mit dem deutschen Begriff »Rasse« zusammenhänge und suggeriere, »dass ich ein Ergebnis unterschiedlicher Menschenarten bin. … Wenn meine beiden Herkünfte benannt werden müssen, weiche ich auf das englische Wort mixed aus.«[122] Darum: »Ich bin mehr als eine Sache. Ich bin deutsch. Ich bin afroamerikanisch. Ich bin Schwarz. Ich bin mixed.«

Auch »Rasse« ist so ein vergiftetes deutsches Wort, »Race« jedoch nicht. »Rasse« sei »im Deutschen biologistisch konnotiert und historisch besonders belastet«, schreibt die Übersetzerin Marion Kraft in ihrem Nachwort zu *Sister Outsider* von Audre Lorde.[123] »Race« dagegen werde »nicht ausschließlich rassistisch verwendet«, sondern verweise auch, anders als im Deutschen, auf »politisch-, sozial- und kulturell-emanzipatorische Dimensionen«.[124]

»Wir finden keine Worte für essenzielle Begriffe, die wir brauchen, um über Rassismus sprechen und Identitäten anerkennen zu können. Deshalb bedienen wir uns oft aus dem Englischen«, schreibt Alice Hasters.[125] Und weil es noch kein akzeptables deutsches Wort gibt für nicht weiße Menschen, schlagen schwarze Aktivist*innen wie Hasters vor, PoC oder jetzt eben BIPoC zu benutzen. Es ist aber noch keineswegs klar, wer sich selbst dazu zählt oder vielleicht sogar gegen seinen Willen dazugezählt wird.

PoC, BIPoC, Diskriminierungserfahrung, race, mixed – das alles ist höchst erklärungsbedürftig und eigentlich nur Menschen zu vermitteln, die bereit sind, sich auf den ganzen Antirassismus-Diskurs einzulassen. Außerdem passen diese Begriffe aus der angloamerikanischen Welt nur schlecht auf die Wirklichkeit in Deutschland und Europa.

PoC hat in Deutschland keine Tradition, in den USA dagegen eine sehr lange und komplizierte Geschichte, aber eben eine US-amerikanische Geschichte. Martin Luther King hatte das Wort in seiner berühmten I-have-a-dream-Rede 1963 auf den Stufen des Lincoln Memorial in Washington zu »citizens of color« umgewandelt.[126] Die US-Bürgerrechtsbewegung hat dann aus Luther Kings historischem Begriff Ende der 1960er-Jahre wieder *people of color* gemacht, kleingeschrieben, »als Gegenentwurf zu den abwertenden Begriffen, mit denen die weiße US-Gesellschaft über Afroamerikaner sprach«.[127]

Jetzt gilt BIPoC als das neueste korrekte Wort, aber flächendeckend durchgesetzt hat sich der neue Begriff offenbar noch nicht. »In den sozialen Medien nahmen viele an, der Begriff stehe für »bisexuelle People of Color«. Andere lasen ihn als »Biopic«, die Kurzform für einen biografischen Film.[128]

Und selbst PoC scheint in den USA nicht überall und von allen verstanden zu werden. Eine kolumbianische Freundin von uns, die Jahrzehnte als Professorin in den USA lehrte, fragte verschiedene Freunde, amerikanische Muttersprachler, nach PoC. Niemand kannte es. Einige brachten es mit anderen Bedeutungen in Verbindung, die in den USA mit PoC abgekürzt werden: »Point of Contact, Proof of Concept, Point of Compliance, Percentage of Completion und so weiter …«

Sogar die mit PoC Gemeinten selbst haben Informationsmängel: »Leider hören People of Color den Begriff ›People of Color‹ so oft von anderen Weißen, dass sie denken, Weiße hätten ihn erfunden, anstatt zu verstehen, dass wir uns selbst erfunden haben«, stellte die schwarze Aktivistin Loretta Ross schon 2011 fest.[129]

Wir riskieren die Prognose: So leicht, wie sich manch schwarze Aktivist*innen hierzulande die Durchsetzung des Begriffs BIPoC vorstellen, wird es nicht werden. Weil sich die multikulturellen Gesellschaften Deutschlands und Europas schon innerhalb Europas in vielem unterscheiden und diese sich wiederum von der US-Gesellschaft. In Großbritannien kommen viele Eingewanderte aus Indien und seinen anderen ehemaligen Kolonien, in Frankreich aus Nordafrika und seinen ehemaligen Kolonien. In Deutschland leben viele Menschen aus Osteuropa und der Türkei und rund eine Million Afro-Deutsche, deren Vorfahren aus deutschen Kolonien stammen.

Wegen solcher Unterschiede, aber auch, weil einige Fragen überhaupt noch nicht geklärt sind und weil der Antirassismusdiskurs bei uns gerade erst begonnen hat, wird BIPoC vermutlich nicht das letzte Wort sein.

14
PoC, BIPoC, MemiMi, SOJARIME – Deutschland sucht das Superwort

Wer zählt sich hierzulande eigentlich selbst zu den People of Color, und wen reihen diese unter sich ein? Das ist gar nicht so klar, wie es sich zunächst anhört. Süd- und osteuropäische Migrant*innen beispielsweise können bestimmt auch über Diskriminierungserfahrungen in Deutschland berichten, also wären sie nach der Definition schwarzer Aktivist*innen PoC.

Andererseits: In den USA gälten sie als weiß, genau wie die Menschen aus Nahost und Nordafrika, die hier sicher zu den PoC gezählt würden. Asiatischstämmige erleben in den USA mehr Diskriminierung und Rassismus als in Europa – gelten sie als PoC? Würden sie sich selbst als solche bezeichnen? Es gibt keine Umfrage, schon gar keine offizielle Verlautbarung dazu. Wer auch sollte für alle Asiat*innen oder alle Osteuropäer*innen sprechen können?

Und wo sollen sich in diesem Modell die Flüchtlinge aus Afghanistan, dem Iran, aus den arabischen Ländern wiederfinden? Wo die jüdischen Menschen? Wo die Deutschen türkischer Abstammung, die in dritter Generation in Deutschland leben? Sollen die alle People of Color sein? Möchten sie selbst so bezeichnet werden? Wir sind uns ziemlich sicher: Sie möchten einfach ohne Wenn und Aber als die bezeichnet werden, die sie sind – Deutsche. Deutsche und sonst nichts, statt »MemiMi« – »Menschen mit Migrationshintergrund«. Und wenn sie keinen deutschen Pass besitzen, möchten sie vielleicht lieber »Menschen mit internationaler Geschichte« oder gleich Polen, Tschechen, Kroaten usw. genannt werden. Und aufs Sternchen legen sie vermutlich weniger Wert als deutsche Feministinnen und Non-Binäre.

Viele von ihnen regt am meisten auf, dass sie auch dann noch als »Migranten« oder gar »Ausländer« bezeichnet werden, wenn schon ihre Eltern in Deutschland geboren wurden. Manche sahen nicht ohne Bitterkeit, wie nach den Morden in Hanau gegen »Fremdenfeindlichkeit« demonstriert wurde. Das war gut gemeint, aber: »Fremdenfeindlichkeit«? Das waren keine Fremden, die da ermordet wurden. Die meisten der neun getöteten Opfer hatten zwar Eltern mit ausländischen Wurzeln, waren aber in Deutschland geboren, waren also Deutsche.

Einen in Deutschland lebenden Briten bezeichnet niemand als MemiMi, nicht einmal, wenn er nur zeitweilig zum Arbeiten nach Deutschland gekommen ist. Der ist eben Brite, Engländer, Walliser, Schotte. Weil er *weiß* ist? Aber Deutsche, deren Eltern oder Großeltern aus Ost- oder Südeuropa oder der Türkei zum Arbeiten nach Deutschland gekommen sind, bleiben MemiMi. Daher ist diese Bezeichnung nicht neutral, sondern hat tatsächlich etwas Abwertendes, und es ist zu fragen: Wie lange noch sollen diese Deutschen das Papperl »Migrationshintergrund« auf die Stirn getackert bekommen? Wie viele Generationen braucht es, bis sie als «DoMi«, »Deutsche ohne Migrationshintergrund«, durchgehen?

Natürlich ist das eine Diskriminierung, dieses Tackern, diese Zuschreibung durch andere. Aber wenn nun einige Antirassismus-Theoretiker*innen diesen MemiMi sagen, ihr seid auch PoC, weil ihr diskriminiert werdet, ist das dann nicht auch schon wieder eine Zuschreibung? Sollte man vielleicht nicht vorher mal fragen? Will die rumänische Ärztin oder der türkische Kaufmann wirklich als PoC bezeichnet werden?

Der deutsche Journalist Malcolm Ohanwe hat sich deshalb etwas ganz anderes ausgedacht als PoC und MemiMi, nämlich »SOJARIME«. Steht für Schwarze, Osteuropäische, Jüdische, Asiatische, Roma-/Sinti, Indigene, Muslimische, anders Ethnische Person. Und Reni Eddo-Lodge erwähnt in ihrem Buch einen Begriff, der in der Forschung verwendet wird: »BME (›black and minority ethnic‹; Schwarze und Minderheiten-Ethnie)«.[130]

Ohanwes SOJARIME hätte den Vorteil, dass auch die Osteuropäer*innen und etliche andere dabei wären, nur: BIPoCs explodierten vor Entrüstung, als sie davon hörten, schreibt die Kulturwissenschaftlerin und Autorin Mithu Sanyal.[131] Niemals möchten sie SOJARIME genannt werden, denn Nachkommen eingewanderter Osteuropäer*innen gälten in Amerika als weiß, und die will man als BIPoC auf keinen Fall dabeihaben. Und möchten Juden wirklich in einem Aufwasch mit Arabern genannt werden? Und umgekehrt?

Sowieso ist die innerjüdische Diskussion eine andere. Da gibt es manche in Deutschland, die noch innerlich zusammenzucken, wenn sie das Wort »Jude« aus dem Mund eines Deutschen hören. Denn es ist noch nicht so lange her, dass dieses Wort in diesem Land ein Schimpfwort war, und leider ist es in gewissen Kreisen heute schon wieder oder noch immer ein Schimpfwort, weshalb manchen – wir wissen nicht, wie vielen – Juden und Jüdinnen wohler ist, wenn sie in Deutschland als »jüdische Menschen« bezeichnet werden.

Sogar manche jüdische Menschen selbst bezeichnen sich lieber so. Charlotte Knobloch zum Beispiel, die bundesweit bekannte Leiterin der Münchner Jüdischen Gemeinde und ehemalige Präsidentin des Zentralrats der Juden in Deutschland, sagt: »Ich verwende es nicht. Ich umschreibe es mit jüdisch.«[132] Und das, obwohl sie ehemals einer Organisation vorstand, die in ihrem Namen das Wort Juden enthält.

Ronen Steinke wiederum, Fritz-Bauer-Biograf und Redakteur bei der Süddeutschen Zeitung, sagt: »Ich bin gerne Jude. Aber diese Erniedrigungen, diese Diskriminierungen und historischen Wort-Umdeutungen hinterlassen bei etlichen Menschen Assoziationen, die mir begreiflich sind und die man sich besser bewusst macht.«[133]

Ob also jüdische Menschen mit PoC oder SOJARIME zufrieden wären? Wir wissen es nicht. Es gibt keine Umfragen, keine Abstimmung.

Dennoch: Eine Stärke von »SOJARIME« immerhin könnte sein, dass das Kürzel die Menschen weder auf Hautfarbe noch auf damit verbundenes Privilegiert- oder Diskriminiertsein reduziert. Es geht auch um Religion, Ethnie und Herkunft. Die Welt ist nicht »Schwarz-*weiß*«, sondern vielfältig, bunt, widersprüchlich, komplex, und etwas von dieser Buntheit spiegelt sich in dem Kürzel SOJARIME. Aber warum zählt nur die osteuropäische Herkunft und nicht auch die südeuropäische? Warum nur »jüdisch« und »muslimisch« und nicht auch buddhistisch und atheistisch? Selbst nach den Christen könnte man fragen, denn sie sind ja auch bald eine Minderheit.

SOJARIME ist also komplexer als BIPoC, jedoch nicht komplex genug. Suchte man aber nach einem Kürzel, das wirklich die ganze Komplexität abbildet, würde man scheitern. Nicht nur, dass Wortfolge und Kürzel viel zu lang würden und kaum jemand sich den Bandwurm merken könnte, es würde sich auch immer irgendeine Gruppe finden, die monierte, dass sie vergessen wurde.

Man übersieht bei solchen Theorien vermutlich auch, dass viele derer, die unter Diskriminierung und Rassismus leiden, keineswegs mit allen anderen, die auch darunter leiden, in einen Topf geworfen werden möchten. Das haben ja schon die Erfinder von PoC lernen müssen. Plötzlich wollten die »Blacks« und »Indigenous« extra erwähnt werden, weil ihre Rassismuserfahrung eine andere sei als die anderer Persons of Color. So wurde aus PoC: BIPoC.

Aber wird dieses kleine Zimmer BIPoC Platz haben für alle? Und vor allem: Möchten Osteuropäer*innen überhaupt da hinein? Griech*innen, Türk*innen, Kurd*innen? Dazu noch Menschen aus den arabischen Ländern und aus Israel? Auch sie haben ihre eigenen Erfahrungen, die manchmal mit Rassismus und Diskriminierung zu tun haben, in anderen Fällen aber eher mit Erinnerungen an frühere Gräuel und Verbrechen, bitteren Kriegserlebnissen. Lässt sich das alles ins antirassistische Schwarz-*weiß*-Schema pressen?

So manche osteuropäische Einwanderin, die es hier geschafft hat, sozial aufzusteigen, würde sich vermutlich dagegen wehren, als diskriminiertes Opfer vereinnahmt zu werden. Und »warum sollte ein Pole sich zwingend als PoC beschreiben, um von seinen Erfahrungen mit antislawischem Rassismus zu erzählen«?[134]

Als größter Grundwiderspruch der Antirassismustheorien erscheint uns, dass das, was man überwinden will, dauernd benannt wird, wenn auch in der Verneinung – als ob die Verneinung schon die Überwindung sei. »Rassen« gibt es nicht mehr, aber ständig ist von »Rassifizierung« und »strukturellem Rassismus« und »Race« und »Antirassismus« die Rede. Hautfarben sollen keine Rolle mehr spielen, aber ständig ist das Wort »Color« im Spiel, und die ganze Welt wird weiterhin eingeteilt in *weiß* und Schwarz, obwohl sich doch »Schwarz« bereits wieder aufgefächert hat in Schwarz, Indigen und of Color.

Es ist auch ziemlich vorhersehbar, dass die jetzt noch herrschende Solidarität unter den Diskriminierten spätestens dann in Rivalität umschlagen wird, wenn die Antirassismus-Aktivist*innen ihrem Ziel näher kommen, die einen früher, die anderen später, einige gar nicht. Über dieses Ziel hat Mohamed Amjahid in schöner Offenheit geschrieben: »Viele Weiße, die sich mein antirassistisches, queeres und feministisches Genörgel als Autor of Color anhören, fragen mich manchmal ganz direkt: ›Was willst du eigentlich, Mohamed?‹«

Und er lässt die Autorin Fatma Aydemir antworten: »Ich will den Deutschen ihre Arbeit wegnehmen. Ich will nicht die Jobs, die für mich vorgesehen sind, sondern die, die sie für sich reservieren wollen – mit der gleichen Bezahlung, den gleichen Konditionen und den gleichen Aufstiegschancen.«[135] Die, die gut sind, werden das schaffen.

Bis es die gleichen Chancen für alle gibt, müssen noch viele Kämpfe ausgefochten werden, auch unter den Minderheiten. Das lehrt ein Blick in die USA. Dort gab es um die Jahrtausendwende Krach zwischen verschiedenen Minderheiten-Organisationen. Bemerkt worden war, dass in Hollywood die Integrationsbemühungen vor allem den Schwarzen zugutegekommen waren. Kweisi Mfume, Präsident der »National Association for the Advancement of Colored People« (N.A.A.C.P.), musste sich daher vorwerfen lassen, nicht die spezifischen Belange der Latinos und Latinas, der Amerikaner asiatischer Abstammung und der Ureinwohner, der native Americans, zu berücksichtigen. Mehrere

Minderheiten-Organisationen – »Hispanics«, »Asians«, »Indians«[136] – bemängelten, dass ihre Forderung, in jeder TV-Zentrale den Posten eines Vice President of Diversity einzurichten, unerfüllt blieb.[137]

Von dieser Geschichte abgesehen, ist noch zweierlei interessant: Die »National Association for the Advancement of Colored People (N.A.A.C.P.)« kämpft seit 1909 für die Rechte von Minderheiten. Man könnte fragen, warum sie bis heute nicht ihren Namen geändert hat, wo doch »Colored People« längst als rassistisch gilt. Schon vor mehr als 30 Jahren hat James Williams, ein Sprecher der N.A.A.C.P., auf diese ihm häufig gestellte Frage geantwortet: »Die Zeiten ändern sich und die Begriffe ändern sich. Rassenbezeichnungen durchlaufen Phasen; zu einer Zeit wurde ›Negro‹ akzeptiert, zu einer früheren Zeit ›colored‹ und so weiter. Diese Organisation besteht seit 80 Jahren, und die Initialen N.A.A.C.P. sind Teil des amerikanischen Vokabulars, fest im nationalen Bewusstsein verankert, und wir meinen, dass es nicht zu unserem Vorteil wäre, unseren Namen zu ändern.«[138]

Ebenso könnte man die »American Indians in Film and Television« fragen: Warum »Indians«? Die Antwort fiele vermutlich ähnlich aus wie die des N.A.A.C.P.- Sprechers. Die Tradition wiegt schwerer als die derzeitige Wertung des Wortes »Indian« für Indigene als rassistisch.

Wir lernen daraus: Der Versuch, Sprache gerechter zu machen, ist nicht frei von Widersprüchen und ein »work in progress«. Die richtige, die gerechte Sprache, die für alle akzeptabel ist, gibt es noch nicht, wird noch gesucht, wird vielleicht nie gefunden. Das muss uns aber nicht daran hindern, an der Suche teilzunehmen, mitzudenken, mitzugestalten. Gut wäre es, wenn alle Beteiligten dabei die Gelassenheit beweisen könnten, die der Sprecher der N.A.A.C.P. bewiesen hat.

15 Warum es überhaupt nicht egal ist, wie wir uns und andere benennen

Es war der britische Supersamstag im Sommer 2012: dreimal Gold für die Briten bei den Olympischen Spielen 2012 in London. Die Zeitungen druckten ein Foto der Sieger: den rothaarigen bio-britischen Weitspringer Greg Rutherford, den aus Somalia eingewanderten Langstreckenläufer Mo Farah und die Siebenkämpferin Jessica Ennis, Kind jamaikanischer Eltern.[139] Seht her, hieß das, Multikulti-Britannien friedlich-bunt-vereint auf dem Siegertreppchen. Integration gelungen.

Kaum ein Jahr später ging ein anderes Foto um die Welt. Darauf zwei Männer blutverschmiert auf einer Londoner Straße, Messer und Fleischerbeil noch in der Hand, sich des eben begangenen Mordes am weißen Soldaten Lee Rigby rühmend.[140] Kinder nigerianischer Einwanderer, in Großbritannien geboren, als Christen getauft, zum Islam konvertiert, von Hasspredigern radikalisiert. Danach lieferten sich Rechtsextremisten Straßenschlachten mit der Polizei. Frauen wurden die Schleier weggerissen, Männer verprügelt, Moscheen beschmiert, vor einer Moschee wurde ein Schweinekopf abgelegt. In den Monaten danach stieg dann die Zahl der Gewalttaten gegen Muslime in Großbritannien dramatisch an.[141]

In Deutschland hatten wir das »Fußball-Sommermärchen« 2006. Zu diesem Märchen gehörte der Eindruck: Integration gelungen, denn unter den hupenden Autokorsos sah man viele Autos, aus deren geöffneten Fenstern links die türkische und rechts die deutsche Fahne geschwenkt wurde.

Jahre später kam heraus: Zwischen 2000 und 2006 hatte die rechtsextreme Terrorgruppe »Nationalsozialistischer Untergrund« (NSU) in verschiedenen deutschen Großstädten neun rassistisch motivierte Morde verübt. Die Opfer waren acht Türkischstämmige und ein

Grieche. Die Verbrechen firmierten in den Medien jahrelang unter dem verharmlosend-klischeehaft-rassistischen Titel »Dönermorde«, weil die Polizei angenommen hatte, es handele sich um Morde unter türkischen Kriminellen. Die Bildzeitung schrieb von Drogenmafia, Organisierter Kriminalität, Schutzgelderpressung, Geldwäsche. Andere Medien, auch das ZDF, stiegen darauf ein. Auf diese Weise wurden die Opfer einer rassistisch motivierten Mordserie und vor allem deren Angehörige nachträglich diffamiert, verhöhnt und beleidigt, und zwar von der Polizei genauso wie von den Medien. Die Verletzungen, die das hinterließ, wiegen schwer und schmerzen die Betroffenen noch heute.

Solche Geschichten von rassistisch motivierten Morden und Anschlägen, aber auch eine große Zahl islamistischer Terroranschläge in Europa zeigen eines sehr deutlich: Die Zukunft Europas liegt zwischen dem britischen Siegertreppchen und dem todbringenden Rassenhass.

In welche Richtung es geht, wird davon abhängen, mit welchen Gedanken und Wörtern wir Pläne schmieden und realisieren. Alle sind gefragt, besonders aber die Politik. Nur: Über diese eminent wichtige Frage wird so gut wie nicht diskutiert in Deutschland.

Der Kolumnistin und Schriftstellerin Jagoda Marinic ist das unangenehm aufgefallen während des Triells im Bundestagswahlkampf 2021. Ihr fehlten die Themen Migration und demografischer Wandel. Ein Wahlkampf ohne diese Themen gehe an der deutschen und europäischen Wirklichkeit vorbei.[142] Nicht nur der Klimawandel ist eine Jahrhundertaufgabe, auch der Bevölkerungswandel in Europa stellt uns vor große Herausforderungen.

Mehr als 22 Millionen Deutsche mit Migrationsgeschichte leben hier, rund ein Viertel der Gesamtbevölkerung. Aber es gibt keine Vision davon, wie und wohin sich diese multikulturelle, multiethnische, multireligiöse, multigeschlechtliche Gesellschaft entwickeln soll. Wir haben keine Antwort auf die Frage: Wie wollen wir sein? Wer wollen wir werden? Es scheint keinen Traum zu geben von einem Deutschland und Europa, den wir gemeinsam träumen können, Biodeutsche genauso wie Afro-Deutsche, BIPoCs, SOJARIME, LGBTQs und alle anderen. Wie heben wir Europa gemeinsam aufs Siegertreppchen?

Für Helmut-Schmidt-Fans, die jetzt antworten, wer Visionen hat, soll zum Arzt gehen, kann man die Frage auch auf ihren Pragmatismus herunterbrechen: Wie schaffen wir es, unsere heterogene Gesellschaft zumindest aufs Grundgesetz zu verpflichten? Oder geht das mit manchen hier lebenden Gruppen – zu denen auch ein nicht geringer Prozentsatz Biodeutscher am rechten Rand gehört – schon gar nicht mehr? Und wenn die Verpflichtung aller aufs Grundgesetz gelänge, wie schaffen wir es dann, das Grundgesetz auch für alle wahr werden zu lassen? Die Tatsache, dass es hier diskriminierte Gruppen gibt, beweist ja, dass wir einige Dinge nicht geschafft haben.

Politiker*innen drücken sich vor dieser Frage, weil ihre Erörterung konfliktträchtig ist. Zwar ist in der Vergangenheit immer mal wieder das Wort von der »deutschen Leitkultur« aufgetaucht, aber anschließend immer auch gleich wieder verschwunden. Weil niemand sagen kann, was das sein soll, die deutsche Leitkultur, weil der Begriff inzwischen nach rechts abgewandert ist und weil niemand weiß, was man mit Einwanderern machen soll, die sich nicht zwangsverdeutschen lassen wollen, herrscht allgemeine Ratlosigkeit. Daher haben wir heute nur zwei einander ausschließende Konzepte: das sehr klare rechtsidentitäre aller Rechtsextremen dieser Welt und das unklare, undefiniertverwaschene Multikulti-Konzept der Liberalen, der Linken und der Wirtschaftsglobalisierer.

Das rechtsradikale Konzept hat den harmlos klingenden Namen »Ethnopluralismus«, ist aber in Wahrheit nur ein anderes Wort für: Ausländer raus und keiner mehr rein. Deutschland den Deutschen. Europa den Europäern. Alle Ethnien und Kulturen sollen in den Räumen bleiben, in denen sie entstanden sind und »unvermischt« in friedlicher Koexistenz nebeneinander leben.

Linke, Liberale und auch die meisten Konservativen lehnen das ab. Aber was haben sie den Rechten entgegenzusetzen? Bis jetzt:

Gleichstellungs- und Integrationsbeauftragte, N- und Z-Wort-Verbot und den neuen Begriff BIPoC. Reicht das? Wohl kaum. Was bräuchte es noch? Wir wissen es nicht.

Wer sich darüber Gedanken machen will, tut gut daran, sich die Geschichte jenes Landes anzusehen, welches in der Welt das Einwanderungsland par excellence ist: die USA. Dort war man viel früher als hierzulande gezwungen, darüber nachzudenken, wie das Zusammenleben von Menschen aller Länder, aller Religionen und aller Kulturen organisiert werden muss, damit es gelingen kann.

Die Ausgangsfrage dafür lautete: Akzeptieren wir die Heterogenität, oder sollen wir darauf hinwirken, dass sich die heterogene zu einer homogenen Gesellschaft entwickelt? Über eine lange Zeit wurde in den USA das homogene Modell angestrebt und mit der Metapher »Melting Pot«, Schmelztiegel, schon früh auf den Begriff gebracht. Er sollte eine Vorstellung von einer gemeinsam angestrebten Zukunft des Vielvölkergemischs in den USA vermitteln: All die Ethnien, Kulturen, Religionen, Hautfarben sollten durch Assimilation und Integration zu einer neuen einheitlichen Nation verschmelzen, so wie das in Europa zu verschiedenen Zeiten schon öfter geklappt hatte, in Preußen zum Beispiel, wo Katholiken, Protestanten, Hugenotten Deutsch, Polnisch, Französisch, Sorbisch sprachen, sich vermischten und sich allmählich zu einem preußischen Staatsvolk entwickelten.

Fürs heterogene Modell fand man die Metapher »Salad Bowl«, Salatschüssel. Sie steht für punktuelle Gemeinsamkeiten und gleichberechtigtes, multikulturelles Nebeneinander mit begrenzter Durchmischung.

Hier sieht man wieder, wie wichtig manche Wörter sind, weil sie eben immer mehr als nur Wörter sind. »Schmelztiegel« und »Salatschüssel« stehen für zwei völlig verschiedene Konzepte von Gesellschaft.

»Melting Pot«, das wesentliche ältere, war laut Wikipedia schon »in den 1780er-Jahren gebräuchlich«.[143] Jean de Crèvecoeur hat es »in seinem 1782 erschienenen Essay ›Letters from an American Farmer‹ verwendet«.[144]

Populär geworden ist das Wort jedoch erst 1908. In jenem Jahr »schrieb ein Jude aus England namens Israel Zangwill ein Theaterstück, dessen Handlung längst vergessen ist, dessen zentrales Thema jedoch nicht: ›The Melting Pot‹ und seine Botschaft haben immer noch einen enormen Einfluss auf die nationale Vorstellungskraft – das Versprechen, dass alle Einwanderer zu Amerikanern werden können, zu einer neuen Legierung, die im Schmelztiegel der Demokratie, der Freiheit und der staatsbürgerlichen Verantwortung geschmiedet wird.«[145] Menschen jeder Hautfarbe und Herkunft sollen zu »einem Amerika« werden.

Die Uraufführung dieses Theaterstücks in Washington fiel in die Zeit der größten Einwanderungswelle in der Geschichte der USA. »Iren und Deutsche, gefolgt von Italienern und Osteuropäern, Katholiken und Juden – etwa 18 Millionen neue Bürger zwischen 1890 und 1920«[146], kamen über den Atlantik in das Land ihrer Hoffnungen und Träume.

Und? Hat es geklappt, die Sache mit dem Schmelztiegel? Aber vor allem: Wäre das heute ein Programm für Deutschland und Europa?

Was in den USA aus dem Programm geworden ist, war für ein deutsches Publikum gut ablesbar an der sehenswerten, vielfach preisgekrönten Netflix-Serie »Orange Is the New Black«. Sie zeigt auf wahrhaftige und zugleich komplexe Weise das Leben in einem Frauenknast.

Zu Beginn sieht man dieses Leben vor allem aus der Sicht der blonden Mittelstandsweißen Piper Chapman, die da aus ihrer Sicht nicht hineingehört in diese Gefängniswelt der Minderheiten aus Schwarzen, Latinas, PoC, Frauen aus der auch als »White Trash« bezeichneten Schicht verarmter, weißer Amerikaner, Lesben, Transpersonen – Menschen, die im Gegensatz zu Chapman nie eine Chance bekommen hatten in ihrem Leben. Die Serie zeigt auch, wie stark diese Frauen sind, die keine geborenen Verliererinnen sind, sondern dazu gemacht wurden von einem System, das strukturell ungerecht, misogyn und rassistisch ist, so rassistisch, dass auch deren Opfer im Knast-Alltag rassistisch denken und handeln, genauso wie die überwiegend weißen Gefängnis-Aufseher*innen.

Besonders deutlich tritt der allgegenwärtige Rassismus immer dann hervor, wenn sich die Insassinnen während der Mahlzeiten in den Kantinen wie von selbst segregieren: Schwarze setzen sich an den Schwarzen-Tisch, Latinas an den Latinas-Tisch, Weiße an den Weißen-Tisch. Wer mixed ist, setzt sich zu den Schwarzen. Nur die Liebe, der Sex, bringt diese »Ordnung« immer mal wieder, meist nur vorübergehend, durcheinander.

Diese Segregation im Kleinen durchzieht die USA von ihren Anfängen bis heute. Schon damals, als die Metapher »Melting Pot« erfunden wurde, funktionierte das Programm nicht, nicht einmal unter den weißen Europäern. Iren blieben unter Iren, Italiener unter Italienern, Deutsche unter Deutschen, Juden unter Juden, sie alle wiederum unter Weißen, und die Schwarzen unter Schwarzen. Und alle Neuankömmlinge stießen auf die Ablehnung derer, die vergessen hatten, dass auch ihre Vorfahren Einwanderer waren. In jener Zeit formierte sich erbitterter Widerstand gegen die »Eindringlinge«, »verkörpert durch den Chinese Exclusion Act von 1882 und die Rückkehr des Ku-Klux-Klan in den 1920er-Jahren, der es nicht nur auf Schwarze abgesehen hatte, sondern auch auf Katholiken, Juden und Einwanderer«.[147]

So beschreibt es der Redakteur der Washington Post William Booth in einer großen Artikel-Serie aus dem Jahr 1998. Obwohl seine Studie schon mehr als zwanzig Jahre alt ist, werden wir sie im Folgenden ausführlich zitieren, weil sich an den geschichtlichen Fakten ja nichts mehr geändert hat. Und die Gräben, die Booth beschreibt, existieren auch heute noch, nur sind sie heute noch tiefer, und neue Gräben kamen hinzu: zum Beispiel der zwischen Trump-Wähler*innen und allen anderen.

Über eine lange Zeit ihrer Geschichte waren die USA das Land der Rassentrennung. Seit den 60er-Jahren des letzten Jahrhunderts werden politisch große Anstrengungen unternommen, diese Trennung und deren Folgen zu überwinden. Damals, als dieser Prozess Fahrt aufnahm, konstatierte Martin Luther King, dass ausgerechnet die

Gotteshäuser »zu den am stärksten segregierten Einrichtungen in Amerika« gehören. Vor Gott sind zwar alle gleich, aber gebetet werde getrennt nach »Rasse« und ethnischer Zugehörigkeit.[148]

Und heute? Ist es noch immer so.

Nur hat das Land inzwischen weitere große Einwanderungswellen hinter sich. Diesmal kamen die Menschen überwiegend aus Lateinamerika und aus dem asiatisch-pazifischen Raum. Und von »Verschmelzung« kann keine Rede sein.

»In den Cafeterias der Highschools tummeln sich die Kinder von Einwanderern der zweiten und dritten Generation in Cliquen, die sich nach der Herkunft ihrer Eltern oder Großeltern zusammensetzen. Es gibt Fernsehsitcoms, Talkshows und Filme, die als schwarz oder weiß, lateinamerikanisch oder asiatisch gelten. An einem Ort wie der juristischen Fakultät der University of California in Los Angeles, die etwa 1.000 Studenten hat, gibt es separate Studentenvereinigungen für Schwarze, Latinos und Asiaten mit eigenen Fachzeitschriften.«[149]

Auch gewohnt und gearbeitet wird nach Ethnie und Herkunft. »Die meisten Einwanderer verteilen sich auf eine Handvoll großer, meist küstennaher Metropolen: Los Angeles, New York, San Francisco, Chicago, Miami, Washington, D. C., und Houston. Hier leben mehr als ein Viertel der gesamten US-Bevölkerung und mehr als 60 Prozent aller im Ausland geborenen Einwohner.«[150] Wo sich die Neuen ansiedeln, ziehen die Alten weg. »Für jeden Mexikaner, der nach Los Angeles kommt, verlässt ein weißer Einheimischer die Stadt.« Die »weiße Flucht« erfolgt nicht nur in die Vororte, sondern oft auch in eine andere Region, ja sogar in einen anderen Bundesstaat.[151]

Das Prinzip setzt sich fort bis in die Berufe. Da gibt es »ethnische Nischen«, die sich in einem fort selbst reproduzieren, weil man einander schon lange kennt und sich gemeinsam gegen Außenseiter verschließt. »In Kalifornien zum Beispiel sind mexikanische Einwanderer überwiegend als Gärtner und Hausangestellte, in der Bekleidungs- und Möbelherstellung sowie als Köche und Essenszubereiter beschäftigt. Koreaner eröffnen kleine Unternehmen. Filipinos arbeiten als Krankenschwestern und Medizintechniker. Afroamerikaner arbeiten im öffentlichen Dienst, einer wichtigen Nische, die zunehmend von Hispanoamerikanern infrage gestellt wird.«[152]

Hat sich also das Prinzip »Salatschüssel« durchgesetzt?

Nicht ganz. Es existiert beides nebeneinander in den USA, Salatschüssel und Melting Pot. Vor allem die ehemaligen Europäer verstehen sich schon lange als Amerikaner, allenfalls noch als Amerikaner mit deutscher, britischer, italienischer, irischer Herkunft. Auch zahlreiche Asiaten und Latinos fühlen sich zuallererst als US-Bürger. Daneben allerdings existieren weiterhin die verschiedensten Gruppen, die sich nicht assimilieren wollen oder können.

Kinder von Einwanderern aus Haiti, Kuba, Westindien, Mexiko und Vietnam wurden für eine Studie gefragt, wie sie sich selbst bezeichnen. Die meisten wählten die Kategorie der Amerikaner mit Bindestrich. Nur wenige wählten »Amerikaner« allein als ihre Identität.[153] Die Salatschüssel scheint sich zu vergrößern.

Möglicherweise ist es der Staat, der dazu am meisten beiträgt, und zwar gerade dadurch, dass er die Rassentrennung und deren Folgen überwinden möchte. Das ist das große Paradox der US-Einwanderungspolitik. Die vielen von US-Regierungen geschaffenen Programme zur Überwindung von Diskriminierungen und Segregationen führen dazu, dass der US-Staat seine Bürger klassifizieren muss und sie deshalb unentwegt nach »Rasse«, Herkunft, Ethnie befragt. Aus dem Klassifizierungszwang entsteht eine staatliche Fixierung auf Identitäten, und eine dauernde Nebenwirkung davon ist Rassifizierung. Und das nächste Paradox ist: Die Rassifizierten wehren sich nicht einmal dagegen, sondern setzen Bestrebungen, mit der Klassifizierung aufzuhören, ihren Widerstand entgegen. Diese Paradoxa sehen wir uns im nächsten Kapitel genauer an.

Wem das aber zu viel USA ist, kann dieses Kapitel überschlagen und bei Kapitel 17 weiterlesen.

16
Amerikas Versuch, Rassismus mit Rassismus zu bekämpfen

Die USA schleppen eine schwere Hypothek mit sich herum. Ein »Melting Pot« wollten sie werden. Aber was da im Lauf der Zeit verschmolz, waren vor allem die weißen Europäer. Sie verschmolzen zur herrschenden Schicht der Vereinigten Staaten. Zwar hatten auch die verschiedenen weißen Gruppierungen Vorbehalte gegeneinander, aber die verloren in dem Maß an Bedeutung, in dem sie sich Herrschaft, Macht, Besitz, Diskursmacht aneigneten. Das ist zugleich der Grund, warum es insgesamt dann doch nicht geklappt hat mit dem Schmelztiegel für alle.

Warum auch hätten sich Indigene in die Kultur von Menschen integrieren sollen, die ihnen ihr Land weggenommen, sie in Reservate gesteckt und marginalisiert haben? Warum sollten Schwarze jemals vergessen, dass sie nur deshalb in den USA leben, weil ihre Vorfahren von diesen Europäern gewaltsam aus Afrika nach Amerika verschleppt wurden, um dort ein paar Jahrhunderte lang versklavt und ausgebeutet zu werden? Warum sollten sie ausgerechnet mit denen verschmelzen, die ihnen permanent zu verstehen gaben und immer noch geben, dass sie weniger wert sind als Weiße?

Eben deshalb war und ist »race« ein Thema in den USA, das sich in alle Bereiche verästelt bis hinein in relativ überschaubare Vorgänge, von denen man annehmen sollte, dass sie einfach und unproblematisch zu handhaben sind. Die Volkszählung zum Beispiel.

Bei Volkszählungen in den USA geht es eigentlich nur, wie in anderen Ländern auch, um die Gewinnung statistischer Daten, damit Behörden besser planen können. In den USA aber ist das ein Politikum und birgt politischen Sprengstoff, der sich an der einfachen Frage entzünden kann, was US-Amerikaner*innen ankreuzen können, wenn es um »race« geht. Denn im Hintergrund lauert die panische Frage der Weißen: Wie viele sind wir noch? Wann werden wir zur Minderheit?

Im Jahr 2008 hatte die Volkszählungsbehörde prognostiziert, »dass bis zum Jahr 2042 ›nicht-hispanische‹, ›einrassige Weiße‹« die Minderheit bilden und alle anderen Gruppen die neue Mehrheit in den Vereinigten Staaten bilden würden«.[154] Seitdem schüren weiße Nationalisten eine Stimmung der Angst, die sich in die Formel kleiden lässt: Wir sind bedroht, wir werden ausgelöscht.[155]

Die Minderheiten wiederum treibt die Frage um: Wer kommt in den Genuss von Vorteilen bei der Job- und Wohnungssuche? Dies ist auch der Grund, warum viele gar nichts dagegen haben, einer »race« zugeordnet zu werden oder sich selbst einzuordnen. Und so geht es unaufhörlich um die Frage: Wer ist schwarz, weiß, hispanic, asiatisch, indigen?

Sogar die Bürgerrechtsbewegungen stören sich nicht daran, dass der Staat immer wieder nach »Rasse« und Ethnie fragt. Denn staatliche Programme, die für mehr Gerechtigkeit sorgen sollen, etwa mehr Wohnungen, Schul- oder Studienplätze für Schwarze, Latinos oder welche Minderheit auch immer, kommen ohne diese Angaben nicht aus. Deshalb müssen sich US-Amerikaner*innen auf Einschreibeformularen für Schulkinder, Bewerbungsformularen für Jobs, Stipendien, Darlehen und Hypotheken und natürlich auf den Volkszählungsformularen unentwegt rassisch und ethnisch einordnen.[156]

Jedoch: Wie das genau gehen soll, konnte bis heute noch keine Regierung verbindlich klären. Für die zugehörige Begrifflichkeit ist eine eigens dafür geschaffene Bundesbehörde zuständig. Ihre Aufgabe ist es, eine Standardklassifizierung für rassische und ethnische Daten festzulegen.

Das hat schon 1790, im Jahr der ersten Volkszählung, angefangen, als Thomas Jefferson regierte. »Damals teilte man die Bevölkerung ein in: freie weiße Männer, freie weiße Frauen, andere Personen (darunter freie Schwarze und ›steuerpflichtige Indianer‹, d. h. solche, die in oder um weiße Siedlungen lebten) und Sklaven. Seitdem wurde diese Einteilung immer wieder geändert.«[157]

Bis 1960 bestimmten Regierungsangestellte, wer zu welcher Gruppe gehört. Danach durften sich die Befragten selbst einordnen. Aber die dafür zur Verfügung stehenden Begriffe änderten sich immer wieder. Manche flogen raus aus den Formularen, andere kamen hinein.[158]

Die einzige Konstante seit der ersten Volkszählung im Jahr 1790 ist die Kategorie »weiß«. Aber was heißt schon weiß? Seit dem Jahr 2000 haben die Befragten die Wahl, »weiß« allein anzukreuzen oder »weiß in Kombination mit …«

Und was Europäer vermutlich überraschen wird: Da steht nicht mehr nur einfach »White«, sondern »for example German, Irish, English, Italian, Lebanese, Egyptian etc.«[159]

Libanesisch, ägyptisch? Tatsächlich besagt eine offizielle Definition der US-Bundesregierung, dass jeder, der »aus einem der ursprünglichen Völker Europas, des Nahen Ostens oder Nordafrikas stammt«, als weiß eingestuft werden soll.[160] Nordafrikaner, die in Europa als PoC gelten, sind in den USA offiziell weiß. Das aus Amerika importierte PoC oder BIPoC gibt es in den Fragebögen der US-Volkszählungsbehörde gar nicht.

Komplett verwirrend ist das Formular der letzten Volkszählung von 2020. Da sind aus der früheren Kategorie »Asian or Pacific Islander« elf neue Kategorien geworden. Und hinter manchen Hauptkategorien steht »for example« mit einer Reihe von Beispielen, die mit »etc.« abbricht. So etwa »Black or African, for example: Jamaican, Haitian, Nigerian, Ethiopian, Somali, etc.« Woher soll man wissen, wer mit »etc.« gemeint sein könnte?

Da, wie wir gesehen haben, die Identität für viele Gruppen mit Geld und Vorteilen einhergeht, ist die Frage, welche Klassifizierungen im Volkszählungsformular stehen, heiß umkämpft. Daher haben sich die Angehörigen verschiedener Ethnien und Herkünfte längst in Interessengruppen organisiert, die sich um ihre Anteile am Bundestopf streiten und damit auch darüber, wer zu welcher »race« oder Ethnie gehört.

So setzten sich beispielsweise die »Asian-Pacific-Americans« dafür ein, zu den neun schon vorhandenen Nationalitäten auch Kambodschaner und Laoten hinzuzufügen.

Die Hispanics schlugen vor, die Hispanoamerikaner als »Race« und nicht nur als ethnische Gruppe zu betrachten. Die Arab-Americans wollten nicht mehr länger als Weiße gezählt werden und forderten eine eigene, geschützte Kategorie. Ein Vertreter der hawaiianischen Ureinwohner drängte darauf, dass sein Volk von der Kategorie der Asiaten oder Pazifikinsulaner in die Kategorie der »American Indians« oder »Alaska Natives« verschoben wird. Er hatte eine Reihe einleuchtender Gründe dafür. Den einleuchtendsten nannte er nicht: dass bestimmte indigene Stämme Glücksspielkonzessionen erhalten – ein Privileg, das den hawaiianischen Ureinwohnern derzeit verwehrt ist.

Die USA betreiben diesen ungeheuren Klassifizierungs-Aufwand, um Diskriminierung abzubauen und Rassismus zu bekämpfen. Eigentlich lobenswert. Aber im Ergebnis führte das im Lauf der Zeit zu Widersprüchen und einem chaotischen Durcheinander, wie das Beispiel von Susan Graham zeigt. Sie ist weiß, verheiratet mit einem Schwarzen, und stellte fest: Ihr Kind ist bei der Volkszählung in den Vereinigten Staaten weiß, in der Schule schwarz und zu Hause multirassisch – und das alles zur gleichen Zeit. Das kam so: Bei der Volkszählung gab es kein Kästchen für »race« ihrer Kinder. »Was soll ich ankreuzen?«, fragte sie das Volkszählungsbüro. Antwort: Die Kinder sollten die »Rasse« ihrer Mutter annehmen. Warum? »Weil wir in solchen Fällen immer wissen, wer die Mutter ist, aber nicht immer, wer der Vater.« Also weiß. In der Schule hingegen wurde ihr Kind nach Augenschein als schwarz markiert.

Eine Zeit lang galten in den USA verschiedene nationale Gruppen wie Mexikaner und Filipinos als »Rassen«. Einige Inder wurden bei den Volkszählungen von 1920 bis 1940 als Angehörige einer »Hindu-Rasse« gezählt; danach wurden sie für drei Jahrzehnte zu Weißen. So war es schon immer. Ständig ändern sich die Kategorien.

Mexikaner, Argentinier, Brasilianer sind in ihrer Heimat Mexikaner, Argentinier, Brasilianer. Kommen sie in die USA, werden aus ihnen Hispanics oder Latinos.

Ähnlich bei den Asiaten: Koreaner und Kambodschaner haben wenig gemeinsam, aber wenn sie in den USA ankommen, werden sie zu »Asiaten« und als solche gezählt, umworben, gefördert oder diskriminiert. Der Koreaner Arthur Lee, Inhaber einer Textilreinigung in Los Angeles, wundert sich, warum er jetzt Asiate ist und nicht mehr Koreaner oder Mensch aus Korea oder koreanischer Amerikaner oder einfach nur Amerikaner. »Manchmal lachen wir darüber. Oh, die asiatischen Studenten sind so klug! Die Asiaten haben kein Interesse an Politik! Was auch immer. Aber wir wissen nicht, worüber die Leute reden. Wer sind die Asiaten?«[161]

Tatsächlich fallen unter die Kategorie »Asiaten oder pazifische Insulaner« Chinesen, Samoaner, Kambodschaner, Filipinos und andere Völker, die wenig oder gar nichts gemeinsam haben und früher verfeindet waren oder es noch sind.[162]

Und wer gilt nun in den USA eigentlich als schwarz? Da galt bis vor Kurzem noch die »Ein-Tropfen-Regel« aus der Zeit der Sklaverei. Sie wurde abgeschafft, aber eigentlich gelte sie – informell – immer noch, sagt Kwame Anthony Appiah von den Abteilungen für Philosophie und Afroamerikanische Studien in Harvard. Die Regel besagt, dass eine Person mit nur einem einzigen Tropfen »schwarzen Blutes« als schwarz gilt. Das war praktisch für die weißen Farmer, die Sklaven brauchten. Sehr viele Menschen konnten aufgrund dieser Regel versklavt werden.

Appiah sagt dazu: »Meine Mutter ist Engländerin, mein Vater ist Ghanaer. Eine meiner beiden Schwestern ist mit einem Nigerianer, die andere mit einem Norweger verheiratet. Ich habe Neffen, die von blondhaarigen Kindern bis zu ganz schwarzen Kindern reichen. Sie sind alle Cousins und Cousinen ersten Grades. Nach amerikanischem Verständnis sind sie alle schwarz – sogar der blondhaarige Junge, der in Oslo Ski fährt. Das besagt die One-Drop-Regel.« Das sei doch verrückt.

Die US-Klassifizierungsregeln sind nicht nur verrückt, sie sind letztlich auch für die Katz. Denn auf das, was da seit Jahrhunderten von Millionen Menschen auf den Formularen angekreuzt wurde, ist im Grunde kein Verlass, weil sich die Regeln immer wieder ändern und viele einfach nicht wissen, was sie ankreuzen sollen. Die Volkszählungsdaten sind daher wenig aussagekräftig und über längere Zeiträume kaum miteinander vergleichbar.

So bemerkte etwa ein Epidemiologe, der die Todesfälle von Säuglingen analysierte, dass in einer erstaunlichen Anzahl von Fällen auf der Sterbeurkunde von Säuglingen eine andere »Rasse« angegeben war als auf der Geburtsurkunde. Das brachte die Zahlen über die Kindersterblichkeitsrate bei Minderheiten vollkommen durcheinander.[163]

Wenn dieser Klassifizierungsaufwand so unsinnig ist, warum schafft man ihn dann nicht ab? Längst haben DNA-Untersuchungen in den USA ergeben, dass die meisten Menschen multirassisch sind. Und tatsächlich waren die USA schon einmal kurz davor, die Rassenfrage aus der Volkszählung zu streichen.

Aber dann kamen die Bürgerrechtsgesetze, insbesondere der Voting Rights Act von 1965. Seitdem mühen sich alle US-Regierungen, die Folgen der Rassentrennung zu beseitigen, Diskriminierungen aufzuheben, Chancengleichheit zu erhöhen und amerikanischen Ureinwohnern Gerechtigkeit widerfahren zu lassen. Dazu brauchen die Behörden Daten über »race«, Ethnie, Herkunft.

Und das Erstaunliche ist: Dass die Regierung diese Daten bekommt und weiter an ihren Klassifizierungen festhält, dafür kämpfen nicht Rassisten, sondern Bürgerrechtler*innen. Diese wiederum beobachten verblüfft und zugleich voller Misstrauen: Wer die Klassifizierung abschaffen möchte und dies antirassistisch begründet, das sind die Konservativen, die Rassisten von damals und heute. Die Bürgerrechtler unterstellen ihnen, möglicherweise ein Interesse daran zu haben, den Aufstieg von Nichtweißen zu untergraben. Plötzlich haben also die Konservativen die Sprache der Integration übernommen, so scheint es, und die Linken befürworten eine Politik der Rassenidentität und des Separatismus. Da haben wir sie, die Identitätspolitik, die uns heute so beschäftigt.

Auch in Großbritannien ist das so. Da schreibt die britische Publizistin Reni Eddo-Lodge, dass liberale und konservative Weiße in England sagten, wenn wir wirklich Hautfarbe hinter uns lassen wollen, müssen wir aufhören darüber zu sprechen. Eddo-Lodge sagt, das Gegenteil sei richtig. Hautfarbe zu sehen sei eine Voraussetzung, um Rassismus zu bekämpfen. »Meine schwarze Hautfarbe wurde gegen meinen Willen politisiert, aber ich möchte nicht, dass sie in dem Bemühen, eine Art heikle falsche Harmonie herzustellen, vorsätzlich ignoriert wird.«[164] Mit dem »Konzept der Farbenblindheit« würden People of Color, die Rassismus thematisieren, nur zum Schweigen gebracht. Hautfarbe zu sehen und zu benennen sei eine Voraussetzung, um das System zu verändern.[165]

Afro-deutsche Aktivist*innen wie Alice Hasters und Mohamed Amjahid wiederum wollen von der Hautfarbe weg, sprechen trotzdem weiter von Color, meinen aber damit nicht mehr Farbe, sondern Diskriminierung und Rassifizierung.

So unübersichtlich, widersprüchlich, kurios ist die Lage in den Einwanderungsländern USA und Deutschland. Und sie würde noch viel komplizierter, wenn wir andere Länder mit einbezögen.

Für uns stellt sich die Frage: Ist in der US-Vergangenheit die Zukunft Europas vorgezeichnet? Werden auch wir staatliche Klassifizierungen brauchen, um Diskriminierungen zu beseitigen? Stehen wir kurz vor der Gründung und staatlichen Anerkennung immer neuer Opfergruppen? Mit Quoten für Opfergruppen? Vor Opferkonkurrenz? Sollen wir auch hier eine Anti-Diskriminierungsbürokratie aufbauen, die dem Ziel der Gerechtigkeit nur langsam und unzureichend näher kommt?

Beim Blick in die USA wird man den Eindruck nicht los, dass der Versuch, Rassismus mit Klassifizierung – also einer gut gemeinten Form von Rassismus – zu bekämpfen, gescheitert ist. Die Gräben zwischen den verschiedenen Gruppen sind größer als je. Und haben die Gründe, die zur Entstehung der »Black Lives Matter«-Bewegung führten, nicht gerade erst gezeigt, dass die USA in ihrem Kampf gegen Rassismus kaum einen Schritt vorangekommen sind?

Was aber wäre die Alternative? Sollen wir aufhören, uns Gedanken um Wörter zu machen? Nicht mehr über Rassismus reden? Bestimmte Sachverhalte, Zustände, Verhältnisse nicht mehr benennen? Das könnte den privilegierten Weißen so passen, da hat Reni Eddo-Lodge recht.

Es führt wohl kein Weg an der Erkenntnis vorbei, dass wir tatsächlich auch bei uns für eine Weile Benennungen und damit Bezeichnungen wie PoC, BIPoC, SOJARIME oder auch LGBT* brauchen, so unzureichend sie sein mögen und so viele neue Wortschöpfungen da noch kommen mögen. Aber wir sollten alles dafür tun, dass aus »für eine Weile« keine Jahrzehnte werden. Das hieße: bestehende Diskriminierungen so schnell wie möglich zu identifizieren, anzuerkennen und zu beseitigen und künftige gar nicht erst entstehen zu lassen.

Das beste Mittel dazu ist: Gleiche Chancen und eine Bildung für alle, von Geburt an. Wenn wir das schaffen, dann wird es auch nicht zu jener Dauerfixiertheit auf Farbe, Ethnie, Herkunft, Race kommen, wie wir sie in den USA beobachten. Wir sollten möglichst schnell zu einer Gesellschaft werden, die zu der Einsicht gekommen ist, dass wir im Grunde alle multirassisch sind.

Erinnern wir uns an Carl Zuckmayers rheinischen »Melting Pot«, den er die »große Völkermühle« nennt. In einer Szene aus dem Stück »Des Teufels General« geht es um den Ariernachweis. In dem Zusammenhang lässt er seinen Luftwaffengeneral Harras sagen:

»Und jetzt stellen Sie sich doch mal Ihre Ahnenreihe vor – seit Christi Geburt. Da war ein römischer Feldhauptmann, ein schwarzer Kerl, braun wie 'ne reife Olive, der hat einem blonden Mädchen Latein beigebracht. Und dann kam ein jüdischer Gewürzhändler in die Familie, das war ein ernster Mensch, der ist noch vor der Heirat Christ geworden und hat die katholische Haustradition begründet. – Und dann kam ein griechischer Arzt dazu, oder ein keltischer Legionär, ein Graubündner Landsknecht, ein schwedischer Reiter, ein Soldat Napoleons, ein desertierter Kosak, ein Schwarzwälder Flözer, ein wandernder Müllerbursch vom Elsaß, ein dicker Schiffer aus Holland, ein Magyar, ein Pandur, ein Offizier aus Wien, ein französischer Schauspieler, ein böhmischer Musikant – das hat alles am Rhein gelebt, gerauft, gesoffen und gesungen und Kinder gezeugt – und – und der Goethe, der kam aus demselben Topf, und der Beethoven und der Gutenberg, und der Matthias Grünewald, und – ach was, schau im Lexikon nach. Es waren die Besten, mein Lieber! Die Besten der Welt! Und warum? Weil sich die Völker dort vermischt haben. Vermischt – wie die Wasser aus Quellen und Bächen und Flüssen, damit sie zu einem großen, lebendigen Strom zusammenrinnen. Vom Rhein – das heißt: vom Abendland. Das ist natürlicher Adel. Das ist Rasse. Seien Sie stolz darauf, Hartmann – und hängen Sie die Papiere Ihrer Großmutter in den Abtritt. Prost.«

Würden sich alle Europäer heute einem DNA-Test unterziehen, würde er sehr wahrscheinlich genau das bestätigen, was Zuckmayer schon längst diagnostiziert hat: Europa ist eine Völkermühle. Und zurzeit mahlt sie mal wieder besonders heftig.

Genderer – Nervensägen, Rebell*innen oder Terrorisierende?

17
Und jetzt: die Queer-Community mit ihrem LGBTQIA*-Bandwurm

Es ändert sich gerade etwas. Und was sich ändert, hat der schon zitierte afroamerikanische Autor Ralph Ellison auf den Satz gebracht: »Die Unsichtbaren, die unter uns weilen, werden sichtbar.«[166]

In den Jahren 2020 und 2021 sind in Deutschland nicht nur ethnisch Marginalisierte, wie Sinti und Roma, People of Color und Afrodeutsche ins Licht gerückt, sondern auch sexuell Marginalisierte. Und auch ihnen ist der Sprung in die Sichtbarkeit mithilfe eines einzigen Wortes gelungen: queer.

Man kann sogar ein Datum angeben für diese Sichtbarwerdung: Es war der 4. Februar 2021. An diesem Tag lernte eine größere Öffentlichkeit außer dem Wörtchen »queer« auch gleich noch einen weiteren Schwung neuer Vokabeln und Abkürzungen: binär, nicht-binär, cisgender, transgender und LSBTQIA*.

LSB, also Lesbisch, Schwul und Bisexuell kennen die Cis-Normalmichel*innen schon lange. Den Ehrgeizigeren sagt auch T wie Transgender noch etwas. Und Q wie Queer wurde gerade gelernt. Aber danach wird's schwierig, und überhaupt ist es bei näherem Hinsehen nicht nur noch viel komplizierter als bei PoC und BIPoC, sondern geradezu chaotisch. Es könnte nämlich auch LSBTIQ heißen.[167] Oder LSBTQIA+.[168] Oder LSBTTIQ.[169] Und damit ist die Aufzählung noch lange nicht zu Ende, weil die Buchstaben, die nach LSBT kommen, variieren und ihre Reihenfolge ebenfalls. Außerdem liest man auch oft LGBT mit allen weiteren Anhängseln – G statt S für Gay statt Schwul. Es handelt sich also wieder um ein deutsch-anglo-amerikanisches Work in Progress mit offenem Ende.

»Queer sein« sei ein ständiges Infragestellen von allem, sagt die Transgender-Aktivistin Shon Faye.[170] Genau das passiert gerade. Fast alles, was bis vor Kurzem noch als festgefügt, selbstverständlich und gesichert gegolten hat, wird nun hinterfragt, kommt auf den Prüfstand. Und da können wir froh sein, dass wir wenigstens ein Anfangsdatum haben, an dem nicht mehr gerüttelt werden kann, nämlich den eben schon erwähnten 4. Februar 2021. Das war der Tag, an dem die deutsche Film-, TV- und Theater-Branche auf den Prüfstand gesetzt wurde, und zwar von 185 queeren Schauspieler*innen im SZ-Magazin.

Die Gesichter von 58 von ihnen, darunter etliche berühmte Publikumslieblinge, wie etwa Ulrike Folkerts, Godehard Giese, Maren Kroymann, Ulrich Matthes, Udo Samel, blickten die Leser*innen von der Magazin-Titelseite an und riefen: »Wir sind schon da.« Und outeten sich als »lesbisch, schwul, bisexuell, queer, nicht-binär und trans*«. Sie forderten mehr Sichtbarkeit, Anerkennung und Diversität in Film, Fernsehen und Theater. Zusammen mit Journalist*innen der Süddeutschen Zeitung haben sie ein Manifest, eine Kampagne und das Netzwerk #ActOut ins Leben gerufen, um sichtbar zu machen, dass es viele Arten zu sein, zu leben und zu lieben gibt.

Heterosexuelle Leser*innen, die in einer anderen Welt leben als queere Menschen, werden angesichts dieses Titels vielleicht gedacht haben: Das »Thema lesbisch/schwul« ist doch längst durch. Im Kampf für die Rechte von Homosexuellen geht es doch jetzt nur noch um die

Details. Dass dies keineswegs der Fall ist, konnte man dann im Heft lesen.

Da sagte dann Ulrike Folkerts, sie würde gern mal etwas anderes spielen als immer nur die harte, abgebrühte Kriminalkommissarin Lena Odenthal aus Ludwigshafen. Eine Hetero-Rolle, eine Mutter zum Beispiel, würde sie gern mal spielen. Darf sie aber nicht als Lesbe. Wirklich nicht? Es gibt natürlich keine Vorschrift, die so etwas verbietet. Es ist mehr ein ungeschriebenes Gesetz, über das niemand spricht, das aber wirkt, und manchmal kommt es dann doch – eher spontan – zur Sprache, wie bei jener Regisseurin, die nach Probeaufnahmen mit Folkerts meinte: »Ach, Sie lieben Frauen? Dann können Sie die Mutter nicht spielen, Sie sind ja keine.«[171]

Es sei ihr »Beruf, alles zu spielen, alles! Ohne es zu sein! Ich liebe den Film ›Three Billboards Outside Ebbing, Missouri‹. Die Figur von Frances McDormand, eine verbitterte Frau, die nach dem Mord an ihrer Tochter auf drei Werbetafeln den örtlichen Polizeichef der Untätigkeit anklagt. Großartige Rolle für eine Frau über fünfzig. Von solch einer Rolle träume« sie, sagt Folkerts.

Nicht alles spielen zu dürfen, auf bestimmte Rollen festgelegt zu werden, weil sie schwul, lesbisch, trans* oder auch migrantisch oder schwarz sind – davon erzählen fast alle in der Geschichte im SZ-Magazin. Wenn man sie schon spielen lässt, dann häufig in Rollen, die deutsche Klischeevorstellungen bedienen. Osteuropäer*innen werden bevorzugt auf die Rolle des osteuropäischen Kriminellen oder der Prostituierten festgenagelt. Noch schwieriger ist es für Transpersonen. Für sie steht lediglich die selten zu besetzende Rolle der Transperson zur Verfügung, wenn überhaupt.

Oft werden aber sogar diese Rollen von Heterosexuellen gespielt. So sollte Scarlett Johansson 2018 einen Transmann spielen. Dagegen protestierte die Trans-Community, woraufhin Johansson die Rolle zurückgab.

Natürlich war dann in den Medien wieder von »Cancel Culture« die Rede. Was scheinbar stimmt, denn anscheinend dürfen nun eben nicht alle alles spielen, wie es Folkerts fordert. Aber auch dieser Fall verlangt, wie so oft, genaueres Hinsehen: Die Trans-Community hatte nicht dagegen protestiert, dass alle alles spielen dürfen, sondern dagegen, dass Transpersonen fast gar nichts, nicht einmal Transpersonen, spielen dürfen, ja nicht einmal gefragt werden. Die Schauspielerin Trace Lysette formulierte es via Twitter: Sie wäre nicht so sauer, wenn sie für dieselben Hetero-Rollen »wie Jennifer Lawrence oder Scarlett vorsprechen könnte, aber wir wissen, dass das nicht so ist«.[172]

Es trifft nicht nur Trans-Menschen. »Es gab einen Regisseur, der Andeutungen machte«, sagt Folkerts: »Ich kriege dich nicht durch, weil du lesbisch bist«[173] – eine Diskriminierung, wegen der man gut beraten ist, sein Anderssein zu verbergen, ja sich zu verleugnen und in der beständigen Angst zu leben, geoutet zu werden.

Überhaupt das Outing. Je länger man damit wartet, desto schwieriger wird es, desto angstbesetzter ist es. Wie werden die eigenen Eltern reagieren, die Verwandten, die Freunde, die Öffentlichkeit? Es kann gut ausgehen und geht wohl in den meisten Fällen auch besser aus als befürchtet – aber warum muss man sich eigentlich im Jahr 2021 noch immer fürchten? Wo Schwulsein doch angeblich das Normalste auf der Welt ist, wie die heterosexuelle »Mitte der Gesellschaft« nicht müde wird zu beteuern?

Weil es immer noch die gibt, für die es nicht »normal« ist und die das durch einen stetigen Strom an Schwulenwitzen und Schimpfwörtern – und das beginnt schon auf dem Schulhof – zum Ausdruck bringen. Aber auch in der toleranten heterosexuellen »Mitte der Gesellschaft« erlebt man immer wieder, dass über eine bestimmte Person gesprochen und das Erste, was über sie gesagt wird, die Bemerkung ist: Der ist ja schwul, die ist lesbisch.

Bei Schauspieler*innen kann das heißen: keine Rolle, kein Geld, prekäre Verhältnisse. Gleich mehrere berichten im SZ-Magazin, dass das wirklich so sei. »Ich habe gerade erst mit einem Regisseur gesprochen, der mir erzählte, dass in Besprechungen oft der Satz fällt: ›Der ist zu schwul, den besetze ich nicht‹«, sagt Karin Hanczewski. Und Mehmet Ateşçi erzählt: »Ich habe gehört: ›Der ist aber schwul!‹ Das hat eine Casterin neben mir zu einem Regisseur gesagt, als Fotos eines anderen Schauspielers in meiner Gegenwart hin und her geschoben wurden. So nach dem Motto, der geht nicht, der ist schwul!«

Eine der ersten prominenten Frauen, die sich als lesbisch geoutet haben, war Maren Kroymann. Heute ist sie wieder besser denn je im Geschäft. Doch der TV-Star der späten 1980er- und Anfang der 90er-Jahre konstatierte nach ihrem Coming-out 1993 im Stern eine gewisse Veränderung ihrer Auftragslage, erzählt sie uns.[174] Kaum mehr Hauptrollen und heterosexueller love-interest nur als Ausnahme. Für die Stern-Kampagne waren zunächst auch andere Promis eingeplant. Aber als der Tag der Veröffentlichung kam, waren sie doch alle wieder abgesprungen. Am Ende war Kroymann als einzige prominente Frau übrig geblieben. »Das Coming-out weckt Aggressionen. Natürlich kann man sich durchschlängeln. Aber wenn man auf öffentlicher Klarstellung besteht, bekommt man Gegenwehr. Das stört die gut meinende Scheintoleranz gewisser Heterosexueller, die sagen: ›Deine Sexualität interessiert mich nicht. Ist doch deine Privatsache.‹ Das heißt im Klartext: ›Behellige mich nicht mit deiner andersartigen sexuellen Orientierung. Behalte deine Geschichten für dich. Ich will davon nichts wissen.‹«

Nicht nur in der Kulturbranche, auch in der Wirtschaft bekommen queere Beschäftigte von ihren Vorgesetzten gesagt, »sich während der Arbeit nicht als schwul, lesbisch oder trans zu erkennen zu geben«.[175] Das heißt: Der Hetero-Mann darf erzählen, mit welcher Frau er in den Urlaub fährt, der Schwule soll von seinem Freund, die Lesbe von ihrer Freundin schweigen.

Und so sei es auch jetzt, im Jahr 2021, wieder gewesen, dass nicht wenigen der Mut gefehlt hatte, beim satirischen Outing-Video »kurzsichtig« in ihrer Sendung »Kroymann« oder bei der Kampagne #ActOut mitzumachen.

Warum hat sie, die selbst längst geoutet ist, bei #ActOut auch wieder mitgemacht? Weil ihr der politische Ansatz gefallen habe, sagte sie uns. Das sei jetzt »eine neue Stufe, weil es nicht nur heißt ›Ich bin schwul, ich bin lesbisch‹, sondern weil wir wollen, dass alle auch als gesellschaftliche Gruppe gesehen werden. Das ist auch der Ansatz des Begriffs queer: Die Gesellschaft muss wahrnehmen, dass es all diese Menschen gibt.«

Daher schrieb Kroymann auf ihrer Website: »Ich finde das #ActOut Manifest klug, wahrhaftig, die aktuelle Situation einfangend, auf die Zukunft hin wirkend. Ich kann es in jedem Punkt unterschreiben! Und fühle mich durch die Gruppe auf meinem Lebens- und Berufsweg als schon lange geoutete Kollegin großartig unterstützt. Ich danke Euch sehr für das, was Ihr jetzt bewegt.«

Warum dann noch der Buchstabenbandwurm LGBTQIA*?, fragen wir sie, wenn doch mit »queer« schon alles gesagt ist. Antwort Kroymann: »Weil die Erfahrungen und Geschichten verschieden sind und diese Geschichten auch erzählt werden müssen. Indem wir erzählen, werden wir sichtbar, und wir haben ein Recht darauf, dass unsere Geschichten gehört werden.«

Viele homosexuelle Kolleg*innen lassen jedoch lieber Vorsicht walten, outen sich nicht, hüten ihr Geheimnis. Und manchmal bedeutet das, die zu verraten, die sie lieben, weil sie sich beruflich schaden würden, wenn sie sich auf einer Gala, einer Filmpreisverleihung, einer prominenten Veranstaltung mit ihrem Partner oder ihrer Partnerin zeigen würden. Dabei fühlen sie sich schlecht, und das ist vielleicht die größte Härte im Leben von Homosexuellen in einem Land wie Deutschland, in dem es ja angeblich kein Problem mehr ist, lesbisch oder schwul zu sein.

Die Schauspielerin und Regisseurin Emma Bading hätte gern mit »der Frau, die ich liebte, bei der Filmpreisverleihung auf dem roten Teppich gestanden«. Doch davon sei ihr stark abgeraten worden mit der Begründung, sie würde sich ihre Karriere verbauen. »Man kann ja nicht wissen, welche Vorurteile die Fantasie im Besetzungsprozess immer noch behindern.«[176]

Hetero-Frauen und -Männer kennen solche Konflikte nicht. Wer sich das bewusst macht, versteht vielleicht besser, wenn Queere den Heteros vorhalten, wie privilegiert es sich im »heteronormativen Alltag« lebt. Und man beginnt zu erkennen, dass queere Menschen trotz aller Liberalität und Toleranz noch lange nicht so frei leben können, wie sie möchten.

Geradezu ergreifend liest sich die Geschichte von Erwin Aljukic, Schauspieler und Tänzer und seit der Spielzeit 2020/21 Ensemblemitglied der Münchner Kammerspiele. Er ist ein Fall von »Intersektionalität« – davon spricht man, wenn zwei oder mehr Benachteiligungsmerkmale zusammenkommen. Frau, schwarz, migrantisch zum Beispiel. Bei Aljukic sind es: homosexuell und behindert.

Nirgends erlebe er eine größere Diskriminierung als in der Schwulen-Szene selbst, sagt er. Und erzählt: »Ich war mal in San Francisco in einem Schwulenclub, wollte auf Toilette, und da war ein Behinderten-WC. Ich hätte vor Rührung heulen können. Es war ein Zeichen: Auch du bist Teil von uns.« Er musste bis nach San Francisco fliegen, um dort, innerhalb seiner eigenen Community, vor einer Behinderten-Toilette sichtbar zu werden. Und wirft seiner Community vor, angeblich gegen konventionelles Denken zu kämpfen und doch selber den gleichen Konventionen verhaftet zu sein wie die Menschen außerhalb der Schwulenszene.[177]

Ein paar Tage nach Erscheinen des SZ-Magazins las man: Die #ActOut-Aktion war ein großer Erfolg, erregte international Aufsehen und wurde mit einer Welle von Zuspruch und Solidaritätsbekundungen überschüttet.[178]

Im Jahr 2021 leben wir also offenbar doch in einer etwas anderen Zeit als 1990. Damals, vor drei Jahrzehnten, wurde geschätzten 14 Millionen TV-Zuschauer*innen Folgendes zugemutet: Zwei Männer küssen sich.

Danach gab es Mord- und Bombendrohungen. Wegen des ersten schwulen Kusses im deutschen Fernsehen.

In der »Lindenstraße« war das. Georg Uecker, einer der beiden Küsser, war nicht nur im Film schwul, sondern auch im richtigen Leben, das hatte er vorher auch bekannt gemacht, und die Folge war, dass er ein paar Monate lange Polizeischutz brauchte.[179] Als Mitunterzeichner von #ActOut sagt er heute zurückblickend: »Im Kino gab es Fassbinder und Praunheim, die mit ihrer Homosexualität offen umgingen; im Fernsehen gab es niemanden – nur mich.«[180]

Die Lage queerer Menschen heute ist also tatsächlich besser als vor 30 Jahren. Aber noch lange nicht so gut, dass sie so unbeschwert und privilegiert leben könnten wie die Heterosexuellen, das kann man in den anrührenden, schmerzlichen, auch mutigen Geschichten nachlesen.

Ob damit die gewünschte Wirkung erzielt wird, lässt sich noch nicht sagen. Mut macht den Schauspieler*innen jedenfalls schon mal der Bundesverband Schauspiel. Der hatte im Juli 2021 bekannt gegeben, seinen Ehrenpreis »Inspiration« an die Initiatorinnen und Initiatoren des Manifests, der Kampagne und des Netzwerks #ActOut zu vergeben. Als Preisträger besonders genannt wurden Karin Hanczewski, Godehard Giese und die Initiative Queer Media Society (Kai Pieck), die die Aktion maßgeblich unterstützt hatte.[181]

18
Adieu, sehr geehrte Damen und Herren

»Viele von uns waren unglücklich, fühlten sich nicht zugehörig, tieftraurig, falsch«, schreibt die taz-Autor*in Else Buschheuer. »Waren wir Ausschluss? Freaks? Mussten wir uns einfach zusammenreißen? Wir wussten ja nicht, dass wir nicht allein sind. Wir hatten kein Wort dafür.«[182]

Sie hatten kein Wort dafür, weil sie nicht zu jener übergroßen Mehrheit gehören, für die es zwei glasklare Wörter gibt. Diese Wörter sind das Erste, was nach jeder Geburt den Eltern mitgeteilt wird: »Es ist ein Junge.« Oder: »Es ist ein Mädchen.« Und in die Geburtsurkunde wird dann eingetragen »männlich« oder »weiblich«.

Wenn du einen Penis hast, dich wie ein Mann fühlst, wie ein Mann aussiehst, wie ein Mann sprichst und dich wie ein Mann kleidest, dann bist du wahrscheinlich auch ein Mann. Und wenn du eine Vagina hast, dich wie eine Frau fühlst, wie eine Frau sprichst und dich wie eine Frau kleidest, dann bist du wahrscheinlich eine Frau.

Ach was, wieso »wahrscheinlich«, ganz sicher bist du eine Frau. Oder eben ein Mann. Mann oder Frau – das galt als ein Jahrmillionen altes Grundprinzip der Natur.

Manchmal aber, sehr selten, sieht ein Neugeborenes »irgendwie uneindeutig« aus. Was dann? Dann bleibt in der Geburtsurkunde dort, wo die Geschlechtsbezeichnung stehen sollte, eine Lücke. Und oft versuchen die Eltern dann, das Uneindeutige nachträglich durch einen chirurgischen Eingriff eindeutig zu machen. Weil es ja nicht sein kann, dass man weder männlich noch weiblich ist.

Oder es sieht auf den ersten Blick alles eindeutig aus, nach Junge oder Mädchen, aber dann wächst das Kind heran, und es kommt irgendwie oder vielleicht sogar ganz eindeutig nicht zurecht mit seinem Junge- oder Mädchensein. Und den Eltern kommt ihr Kind irgendwie *anders* vor. Das war dann oft der Beginn eines langen Leidenswegs, der immer auch damit zu tun hatte, dass es kein Wort dafür gab, denn wofür es kein Wort gibt, das existiert ja eigentlich nicht.

Weil es doch nur die Worte Mann oder Frau gab. Null oder Eins, Plus oder Minus, Kreis oder Viereck, Schwarz oder Weiß, Tag oder Nacht, entweder – oder: Etwas Drittes dazwischen gibt es nicht. Binäre Logik nennt man das. Eine Welt, die nach dieser Logik betrachtet, beschrieben und verändert wird, erscheint zwar sehr übersichtlich und wohlgeordnet, aber auch ziemlich eng.

Seit wir aber von morgens bis abends mit der binären Logikmaschine arbeiten, dem Computer, erfahren wir, dass es so eng gar nicht zugeht, weil sich die gesamte Vielfalt der Wirklichkeit tatsächlich in einen binären Code pressen lässt. Ob Sprache, Bilder, Klänge, Farben, Temperaturen, Gerüche, was auch immer – so ziemlich alles, was es gibt und was der Fall ist, lässt sich binär codieren und dadurch handhabbar machen für Computer, die unsere digitale Welt dadurch konstituieren, dass sie die gesamte Vielfalt auf die Alternative Null oder Eins herunterbrechen.

An ihre Grenzen geraten sie damit jedoch, wenn es um höhere Funktionen geht, um eine Intelligenz, die mehr ist als eine Maschinenintelligenz, um die Erkennung komplizierter Muster, um Emotionen und darum, die Welt so wahrzunehmen, wie sie ein Mensch wahrnimmt. Da erwies es sich als hilfreich, die binäre Logik hinter sich zu lassen und mit Unschärfen zu arbeiten, mit Größen, die den Gedanken zulassen, dass auch zwischen Null und Eins etwas liegen könnte. Die Logik, die daraus entwickelt wurde, nennt sich Fuzzy-Logik und hat der Fortentwicklung des maschinellen Lernens neue Räume eröffnet.

Der technische Fortschritt war damit wieder einmal schneller als der gesellschaftliche, denn noch bis vor Kurzem war unsere Gesellschaft bis in ihre tiefsten Verästelungen vom binären Mann-Frau-Schema bestimmt und ist es weitgehend noch immer.

Dabei wussten schon die alten Griechen, dass es zwischen Mann und Frau noch etwas Drittes gibt. Der antike römische Dichter Ovid beschrieb, wie aus der Umarmung von Hermes und Aphrodite ein »Hermaphrodit« entstand, ein göttliches Wesen, ein Zwitter, der beide Geschlechter in sich vereint.

Obwohl also längst bekannt, wollte der Gesetzgeber bei uns bis in die jüngste Vergangenheit davon nie etwas wissen. Es gab nur ein Kästchen für »m« wie männlich und eins für »w« wie weiblich. Deshalb blieb in der Geburtsurkunde die Stelle, an der das Geschlecht eingetragen wird, frei, wenn es nicht ganz klar war.

Erst zwei Jahrtausende später, im Jahr 2017, wurde der Gesetzgeber von unserem höchsten Gericht gezwungen, endlich offiziell zur Kenntnis zu nehmen, was außer der AfD längst alle wissen: dass es dieses binäre »Entweder-oder« so nicht gibt.[183] Und dass man diese Tatsache nicht mehr länger leugnen, sondern anerkennen sollte, weil es den ungefähr 160.000 Betroffenen hilft.[184] Und darum gibt es seit dem 22. Dezember 2018 in der Geburtsurkunde ein drittes Kästchen für »d« wie divers. Seit jenem Tag gilt das geänderte Personenstandsgesetz, von dem man als Bundesbürger nur dreimal im Leben tangiert ist, allerdings bei den wichtigsten Ereignissen des Lebens: Geburt, Hochzeit, Tod.

In diesem Gesetz steht nun unter Paragraf 22, Absatz 3: »Kann das Kind weder dem weiblichen noch dem männlichen Geschlecht zugeordnet werden, so kann der Personenstandsfall auch ohne eine solche Angabe oder mit der Angabe ›divers‹ in das Geburtenregister eingetragen werden.«[185]

»Wir hatten kein Wort dafür« – jetzt haben sie eins, all die, die lange Zeit nicht wussten, wo sie hingehören, die darunter litten, dass es sich für sie falsch anfühlte, sich als Mann oder Frau zu bezeichnen, die häufig dachten, mit ihnen stimme irgendetwas nicht. Jetzt aber haben sie es amtlich: Doch, mit euch stimmt alles, es ist alles ganz richtig, und dafür haben wir jetzt auch ein offizielles Wort: divers.

Dieses Wörtchen muss jetzt in amtlichen Dokumenten stehen, wann immer es um geschlechtliche Benennungen geht. Auch Stellenangebote müssen jetzt geschlechterneutral formuliert werden: »Finanzberater gesucht (m/w/d)«, wobei das Kürzel »m/w/d« für »männlich, weiblich oder divers« steht. Zu dieser geschlechtsneutralen Formulierung von Stellenangeboten verpflichtet ein Urteil des Bundesverfassungsgerichts aus dem Jahr 2017.[186]

Seit diesem höchstrichterlichen Urteil haben die Gendergegner*innen nun schlechte Karten. Wenn Geschlechtervielfalt schon in Stellenangeboten zum Ausdruck kommen und Geschlechtergerechtigkeit gewährleistet sein muss, wie kann man dann noch seriös behaupten, das ganze Genderwesen sei ein Frevel an der deutschen Sprache?

Diese gesetzliche Regelung könne »geradezu als eine Einladung dafür verstanden werden, die erstmals rechtlich festgeschriebene geschlechtliche Vielfalt nun auch sprachlich in angemessener Form zu erfassen, etwa durch den Genderstern«, schreibt Henning Lobin, Direktor des Leibniz-Instituts für Deutsche Sprache in Mannheim.[187]

Binäre Menschen können sich vermutlich gar nicht richtig vorstellen, wie wichtig diese Gesetzesänderung und das damit verbundene Wörtchen für queere Menschen ist. Deshalb saßen wir am 16. August 2021 im Restaurant »Altes Europa« in Berlin einer Person gegenüber, die bei #ActOut dabei war, aussieht wie eine Frau, sich aber Heinrich nennt und mit weiblich klingender Stimme sagt: »Hätte ich früher gewusst, dass es Menschen gibt, die nichtbinär sind, hätte ich eine einfachere Jugend gehabt! Aber ich wusste es ja nicht, obwohl es sicher Nichtbinäre gibt, seit es Menschen gibt.«

Heinrich Horwitz, 37, musste sich in der Jugend durch zahlreiche Texte und Bücher – darunter *Kontrasexuelles Manifest* von Paul B. Preciado – kämpfen, um herauszufinden, was eigentlich los ist mit, äh, ihm? Ihr? Schon müssen wir fragen: welches Pronomen?

Antwort: »Für mich sind alle Pronomen in Ordnung. Es geht um einen zugewandten Austausch auf Augenhöhe, ein echtes Interesse. Am liebsten ›they‹, aber ›er‹ und ›sie‹ sind auch in Ordnung. Es gibt auch ›sier‹, aber ›Herr‹ ist wirklich schlimm, ein Herr bin ich nicht und will ich nicht sein. Herr ist ein Synonym für Gott, ich weiß nicht, wem das gefallen kann.«

Tatsächlich ist die Sache mit dem Pronomen bis heute nicht geklärt. Zu neu ist die höchstrichterliche Anerkennung der Existenz eines dritten Geschlechts noch für unsere Gesellschaft. Auch der Duden hat damit ein ungelöstes Problem. Gleich nach Verkündung des höchstrichterlichen Urteils hatte die Bildzeitung angefragt, wie man denn nun das richtige Pronomen bilde, erzählte uns die Duden-Chefin Kathrin Kunkel-Razum. Antwort: »Das wissen wir auch nicht – die Sprachgemeinschaft muss sich was einfallen lassen, und wir nehmen es dann ins Wörterbuch auf.« Schlagzeile in der Bildzeitung daraufhin: »Der Dudenredaktion fehlen die Worte.«[188]

Da Heinrich Horwitz es uns freistellte, welches Pronomen wir verwenden, uns »sier« und »they« noch zu fremd vorkommen und Heinrich ein männlicher Name ist, entscheiden wir uns für »er«. Diesen Namen hat Heinrich schon vor zwölf Jahren bekommen, von einer Kollegin. »Ich fand das schön; die Assoziation damals war der treue Heinrich im Froschkönig, nicht der sexistische Heinrich im ›Faust‹. So wie Sprache neue Räume eröffnet, tun das auch Namen, und so ist mir Heinrich geblieben.« Das stand zunächst nur als Künstler*innenname im Ausweis (vor sechs Jahren). Jetzt steht der Name auch im Pass, zusammen mit dem neuen Geschlechtseintrag, seit einem Jahr. Vor einem Jahr »begann also mein neues Leben als Heinrich Horwitz auch offiziell«, sagt er und strahlt. Es ist so wichtig.

Und die Eltern haben es auch akzeptiert, na ja, »nach einiger Zeit akzeptiert – hat ein bisschen gedauert, aber dann …«

Es hat ja auch gedauert, bis Heinrich über sich sagen konnte: »Ich bin eine nichtbinäre Lesbe.« Und dieses »Nichtbinärsein ist ein Emanzipationsprozess, um mich von den Strukturen meiner Eltern zu verabschieden, mich von einem bestimmten konservativen Bild von Beziehung zu verabschieden – und als das Gesetz rauskam, tja, das hat schon sehr viel mit mir gemacht«.

Jetzt haben sie also ein amtliches Wort für ihr Nicht-Binärsein – divers. Schön ist es ja nicht, nur wichtig, und außerdem haben sie ja noch zwei weitere Wörter: nämlich queer und non-binär, die sind nicht so offiziell und amtlich wie divers. Egal, alle drei sind jetzt Wörter für ein Sein jenseits von Mann und Frau, und dieses Sein splittet sich auf in eine Vielheit, die dazu führt, dass man auf Facebook die Wahl hat zwischen 60 verschiedenen Geschlechtern.

Die Liste ist mithilfe des Lesben- und Schwulenverbands in Deutschland (LSVD) zusammengestellt worden. Und die Geschlechter haben Bezeichnungen wie agender, androgyn, bigender, genderfluid, genderqueer, nicht-binär, neutrois, pangender, polygender, trans*, trigender … Es wird wohl noch einiges dazukommen und einiges auch wieder gestrichen werden.

Die 60 verschiedenen Facebook-Optionen sind mehr so etwas wie ein Richtwert. Der LSVD selbst hält die Liste für übertrieben lang, weil viele Bezeichnungen dasselbe bedeuten. Oder Ähnliches. Wirklich verbindliche Definitionen und eine trennscharfe Begrifflichkeit gebe es noch nicht, sagt LSVD-Verbandssprecher Axel Hochrein.[189] Und auf der Webseite des LSVD heißt es, diese Begriffe seien »nicht statisch, sondern einer stetigen Veränderung unterworfen«.[190] Der sprachliche Wandel schaffe neue Realitäten, in denen Menschen »eine positive Selbstwahrnehmung entwickeln und ihre Identität frei ausdrücken« können.

Und nur darum geht es, um einen befreienden Akt für die wenigen, die sich in unserem binären System nicht wohlfühlen. Und wie immer, wenn die Freiheit ins Spiel kommt, wird es kompliziert.

»Eine Frage zieht die nächste nach sich«, schreibt Buschheuer, »Tamara und Svenja sind aus ihren Hüllen geplatzt, aus der Frau-Hülle, aus der Mann-Hülle und damit aus jeder Definitionsgewissheit. Es muss neu definiert werden … Liebe ist nicht mehr nur romantisch, sie wird politisch. Weg mit der Zweiteilung ... Nur so können wir rausfinden, wie wir eigentlich sind. Oder sein wollen. Wie wir heißen wollen. Wie wir lieben wollen. Wie wir leben wollen. Das ist queer. Das

Heraustreten aus dem Käfig. Weg von denen, die uns verhöhnen, uns verlachen, uns bekämpfen. Draußen ist noch alles unbeschriftet. Wir erfinden eine neue Sprache. Wir denken uns Wörter aus für all die neuen Begriffe und Abstufungen und Empfindsamkeiten.«[191]

Deshalb hört der Bandwurm LGBTQIA irgendwann mit dem * oder dem + auf. Stern- und Pluszeichen stehen dann für alle anderen, die sich unter LGBTQIA noch nicht wiederfinden.

Eine alte, ehrwürdige Anrede, mit der seit gefühlt ewigen Zeiten jede Rede, jeder Vortrag, fast jede Feier und Uni-Vorlesung begonnen hat, hat damit nun ausgedient. Seit 1. Januar 2019 kann als unhöflich gelten, wer sein Publikum noch mit »Meine sehr verehrten Damen und Herren« anspricht. Denn im Publikum könnten auch jene sitzen, die sich weder von »Herr« noch von »Dame« angesprochen fühlen.

Die Lufthansa hat daraus schon ihre Konsequenzen gezogen. Sie will künftig auf ihren Flügen die Begrüßungsformel »Sehr geehrte Damen und Herren« vermeiden. Nicht mehr zeitgemäß. »Guten Tag«, »Guten Abend« oder »Herzlich willkommen« – so geht es ja auch. Das soll auch für alle Flüge der Gesellschaften Austrian, Swiss, Eurowings und Brussels Airlines gelten.[192]

Wenn »Damen und Herren« nicht mehr reicht, reicht natürlich auch »Leser und Leserinnen« oder »LeserInnen« nicht mehr, weil queere Menschen sich davon nicht angesprochen fühlen. Darum schreiben wir jetzt »Student*innen« oder »Studierende«. Oder Ärzt_innen. Oder Wissenschaftler:innen. Und begrüßen unser Publikum mit »Liebe Zuhörer*innen« oder »Verehrte Anwesende« oder mit »Ladies and Gentlemen – and everybody beyond« – jedenfalls so, dass wir zu erkennen geben: Wir wissen jetzt, dass es nicht nur »binäre« Menschen gibt, sondern auch »non-binäre«, und die wollen wir doch ebenso willkommen heißen wie alle anderen. Unklar ist jetzt nur noch, ob wir das Sternchen, den Doppelpunkt oder den Unterstrich nehmen sollen. Noch gibt es da keine Einigkeit. Sie wird schon noch kommen, und wenn nicht, wird die Welt auch nicht untergehen.

Wir selbst, die Autor*innen, präferieren übrigens das Sternchen und sind uns da mit Heinrich Horwitz einig, der sagt: »Ich finde das Gendersternchen ganz toll, so toll, dass ich mir drei Sterne habe tätowieren lassen!« Heinrich zeigt sie uns und sagt: »Ja, das Sternchen stört – im Gegensatz zum Doppelpunkt. Aber das soll es ja auch: Die Leute sollen drüberstolpern!«

Der Genderstern als Stolperstern – warum? Weil er hoffentlich etwas in den Köpfen der anderen bewirkt und hoffentlich dazu beiträgt, dass die Diskriminierung weniger wird und irgendwann ganz aus der Welt verschwindet.

»Diskriminierung«, das sagt sich so leicht und klingt so abstrakt, aber für die Diskriminierten heißt das: leidvoller Alltag, Verhöhnung, Spott, Pathologisierung, als Opfer bemitleidet werden. Sie wollen nicht bemitleidet werden, denn ihr queeres Leben mache ihnen ja eigentlich ungeheuren Spaß, sagt Horwitz, es könnte so schön sein, wenn da nicht die Spaßverderber wären, die Homofeindlichen, die Hater. »Homofeindlichkeit erleben meine Partnerin und ich oft in Berlin. Wir werden beschimpft, bespuckt, beworfen. Das erleben auch Transpersonen, Enbys (das ist die Abkürzung für Non-binary) und queere Menschen oft«, sagt Heinrich.

Wenigstens haben sie jetzt ihr Wort. Ganz wichtige Etappe. Offizielle Anerkennung. Eine Anerkennung, die noch wesentlich größer wäre, wirklicher und echt, wenn sie nicht nur vom Gesetzgeber käme, sondern von den Mitmenschen. Sie könnten sie leicht zum Ausdruck bringen durch die Benutzung des Sternchens.

Muss man dagegen mediale Kampagnen fahren? Muss man dagegen polemisieren? Darüber Witze reißen? Davor Angst haben? Dagegen aufstöhnen, weil es Umstände macht?

»Natürlich machen wir Umstände«, sagt Buschheuer. »Wir müssen Umstände machen. Wir müssen uns euch zumuten, so wie ihr euch uns zugemutet habt. Aber wir beißen nicht … Lasst uns gehen. Lasst uns einfach weitergehen. Ihr müsst nicht mitkommen … Winkt nicht ab. Winkt uns nach. Zieht die Hüte, werft Luftküsse, ruft unsere selbst gewählten Namen. Wir wollen euch nichts wegnehmen. Wir wollen euch nicht weggendern. Wir gendern uns dazu.«[193]

Sie gendern sich dazu. Klingt einfach. Ist es auch, einerseits. Wir könnten doch einfach sagen: Willkommen. Schön, dass ihr euch dazu gegendert habt, und nun lasst uns gemeinsam die binäre Welt hinter uns lassen und in die größere, buntere, vielfältigere Welt ziehen, die nicht nur multikulturell, multiethnisch und multireligiös ist, sondern auch multigeschlechtlich.

Andererseits: Da gibt es viele, denen diese neue Welt nicht gefällt und sogar Angst macht. Sie wollen nicht mitkommen, sondern in der Umgebung bleiben, die sie kennen, die sie gewohnt sind, in der sie sich heimisch und sicher fühlen. Kann man auch verstehen.

Also könnte man ihnen sagen, dann bleibt halt in eurer Welt. Ihr müsst ja nicht mitkommen. Die anderen aber brechen auf und sagen: Adieu, meine Damen und Herren, leben Sie wohl.

Das wäre eine Lösung, mit der sich eigentlich alle einverstanden erklären könnten. Tun aber nicht alle. Da gibt es welche, die wollen nicht nur nicht mitkommen, sondern verhindern, dass überhaupt welche gehen. Alle sollen gefälligst dableiben. Überhaupt soll alles bleiben, wie es ist. Die das wollen, fühlen sich von denen, die aufbrechen wollen, ungeheuer provoziert, ja sogar genötigt, obwohl niemand sie zu irgendetwas zwingt.

Wäre ja auch ein Wunder, wenn sich diesmal alles fügen würde, ohne dass es kracht.

19
Ein Allerheiligstes namens »generisches Maskulinum«

Nichtbinäre Menschen möchten in eine neue Welt aufbrechen, in der sich neue Räume eröffnen, neue Möglichkeiten bieten, ein neues Miteinander ergibt. Binäre Menschen sind bereit, den Weg mitzugehen oder die Nichtbinären zumindest ziehen zu lassen.

Andere wollen nicht. Sie wollen in ihrer gewohnten Welt bleiben und nichts von einer nichtbinären Welt wissen. Schon gar nicht wollen sie diese Sache mit dem Genderstern mitmachen. Und sie lassen ausrichten, dass man sie mit Forderungen der Trans-Community möglichst nicht behellige.

Das wäre im Prinzip auch in Ordnung, wenn es ihnen tatsächlich genügte, unbehelligt bei ihren Gewohnheiten bleiben zu können. Das Problem aber ist: Vielen von ihnen genügt das nicht. Sie fordern, dass die anderen gefälligst auch hierzubleiben haben. Vor allem sollen sie nicht gendern und keine Genderzeichen benutzen, weil sie damit nämlich etwas tun, was nicht geduldet werden kann.

Daher müssen wir nun doch noch einmal aufs Gendern zurückkommen und auf den ganzen großen Krach, der zuletzt absurde Ausmaße angenommen hat bis hin zu dem Schmerzensschrei »Genderwahn« und »Gender-Gaga«. Das Gendern der anderen empfinden zahlreiche Gender-Gegner*innen als doppelten Angriff, zum einen gegen sich, zum anderen gegen die deutsche Sprache. Sie fühlen sich tatsächlich davon angegriffen, dass andere aus Rücksicht und Höflichkeit gegenüber Frauen und Minderheiten gendern, andere aus aktivistischem Kampfgeist, der sich mitunter auch aggressiv gebärdet. Sie fühlen sich dadurch so erzogen, bevormundet, gemaßregelt und gequält, als ob sie mit vorgehaltener Pistole gezwungen würden, ebenfalls zu gendern. Es wird ihnen kein Haar gekrümmt, aber sie schreien, dass man sie vergewaltige.

Und nicht nur sie werden angeblich vergewaltigt, sondern auch die deutsche Sprache – der zweite Anschlag. Infam, wie die Gender-Terrorist*innen sind, zielen sie auf das Allerheiligste der deutschen Sprache: das generische Maskulinum. Dieses generische Dings – auch so ein Wort, das bis vor Kurzem noch kein AfD-Wähler auf dem Schirm hatte – spielt jetzt eine so zentrale Rolle in der Genderdebatte, dass man glauben könnte, es handle sich um etwas von Ewigkeit zu Ewigkeit Gültiges und darum Unantastbares.

Darum sehen die Retter der Sprache »Goethes und Schillers« die Welt untergehen, wenn sie plötzlich als »Retter*innen« bezeichnet werden. Schon »Retter und Retterinnen« ist ihnen zu viel. Auch »RetterInnen« ist ihnen ein Graus. »Retter« muss reichen. Das generische Maskulinum, so wird dekretiert, gehöre zur deutschen Sprache wie der Weihrauch zur katholischen Messe und könne daher nicht einfach der Willkür irgendwelcher Gender-Ideologen überlassen werden.

Ein uns bekannter Journalistenkollege hat uns kürzlich erzählt, dass er in einem Bericht über den Abzug aus Afghanistan von »Soldatinnen und Soldaten« geschrieben habe. Sein Ressortleiter habe die »Soldatinnen«, also Frauen, die genau wie die Männer für unser Land ihr Leben riskiert hatten, gestrichen. Soldaten genüge, habe der Ressortleiter gesagt. Wozu haben wir das generische Maskulinum? Frauen sind mitgemeint, daher brauche es die »Soldatinnen« nicht. Basta. Das hat den Kollegen in diesem Fall besonders geärgert, weil keineswegs allen Deutschen klar ist, dass in der deutschen Truppe in Afghanistan auch Frauen kämpfen. Wenn in so einem Kontext nur von »Soldaten« die Rede ist, stellen viele sich wirklich nur Männer vor.

Wer argumentiert jetzt ideologischer? Der Ressortleiter, der Soldatinnen für nicht der Rede wert hält, oder der Autor, der sie bewusst sichtbar machen wollte?

Und wenn hinter einer Wendung wie »Soldaten und Soldatinnen« Ideologie vermutet wird (nämlich die der «Identitätspolitik«), was bedeuten dann die »lieben Wählerinnen und Wähler«, bei denen sich sogar die AfD bedankt, wenn sie zu ihren Wahlveranstaltungen kommen? Aber gut, da geht's ja auch um Wähler*innen-, nein, Wählerstimmen. Und wenn man die bekommen hat, dankt man abermals den »Wählerinnen und Wählern«. Lebten Millionen Transpersonen unter uns, würden sich Politiker*innen vermutlich rasend schnell zum Gendern durchringen und das generische Maskulinum einen guten Mann im Himmel sein lassen.

Dieses generische Maskulinum sei die »Fähigkeit maskuliner Personenbezeichnungen, geschlechtsabstrahierend verwendet zu werden, insbesondere wenn es nicht um konkrete Personen geht«, definiert die österreichische Sprachwissenschaftlerin Ursula Doleschal, die die Geschichte dieser Grammatikspezialität erforscht hat.[194]

Unwissenschaftlicher und verständlicher formuliert: Dieses generische Dings ist so etwas wie ein praktischer Behälter, in den Männer, Frauen und Transpersonen gesteckt werden. Er hat den Vorteil, dass ein Wort in seiner männlichen Form nicht nur Männer meint, sondern auch die anderen Geschlechter mittransportiert. »Alle Spieler wollen gewinnen« klingt zwar, als ob nur spielende Männer gewinnen wollen, meint aber auch spielende Frauen, Transpersonen und Kinder, die man aber nicht extra aufzählen muss, weil sie ja alle schon drinstecken im Wort »Spieler«.

Das ist schön für die Männer, die explizit genannt werden und weiterhin die sichtbare Norm sind. Und es ist ökonomisch für alle, die sprechen und schreiben, weil es die extra Benennungen erspart. Unter sprachökonomischen Gesichtspunkten ist das generische Maskulinum tatsächlich unschlagbar. Aber wo steht eigentlich geschrieben, dass die Ökonomie immer das letzte Wort behalten muss? Wenn das so wäre, könnten sich die Politiker*innen in ihren Dankesreden die »Wählerinnen« ersparen.

Die aber sprechen immer brav beide Geschlechter an. So viel Zeit muss sein. Wenigstens im Wahlkampf will man ausnahmsweise einmal strikt gerecht sein gegenüber Frauen. Gerechtigkeit gegenüber Transpersonen kann man sich weiterhin sparen, sind ja so wenige, dass ihre Stimmen kaum wahlentscheidend sein dürften.

Gerechtigkeit also. Genau die bringen seit den 70er-Jahren immer mehr Frauen ins Spiel und setzen sie der Ökonomie entgegen. Sie empfinden dieses Verstecktwerden in der männlichen Form, diese Verbannung in die Unsichtbarkeit, als diskriminierend. Und die Transpersonen rufen jetzt: Uns gibt es übrigens auch noch, auch wir wollen raus aus dem uns zugewiesenen Versteck.

Pionierarbeit hat dabei die Sprachwissenschaftlerin Luise F. Pusch geleistet. Sie konstatierte 1987 in einer Schweizer Frauenzeitschrift: »99 Sängerinnen und 1 Sänger sind zusammen 100 Sänger (merke aber: 99 Birnen und 1 Apfel sind zusammen nicht 100 Äpfel, höchstens 100 Früchte!). Futsch sind die 99 Frauen, nicht mehr auffindbar, verschwunden in der Männer-Schublade.«[195]

Oder man stelle sich einmal vor, »es habe eine CDU-Veranstaltung stattgefunden, bei der auch ein SPD-Mitglied zugegen war. Am nächsten Tag berichtet die Presse von einer SPD-Veranstaltung. Die CDU würde aufjaulen. Ganz anders die 99 Sängerinnen, von denen oben die Rede war. Wir Frauen sind es gewohnt, der ›Gegenpartei‹ zugezählt und somit ausgelöscht zu werden; die Metapher des Genus hat ganze Arbeit geleistet.«[196]

»Ausgelöscht« erscheint uns als ein etwas zu starkes Wort, und ob die Presse früher wirklich von »100 Sängern« geschrieben hätte, wenn der Chor aus 99 Sängerinnen bestanden hätte, bezweifeln wir genauso wie die Möglichkeit eines Frauenchors, in dem ein einzelner Mann mitsingt. Aber zweifelsfrei hat Pusch mit derlei Überspitzungen die Problematik des generischen Maskulinums offengelegt. Seitdem hat die pure Sprachökonomie eben nicht mehr das letzte Wort. Daher dreht sich der heutige Krieg ums Sternchen im Grunde um die Frage: Was ist das höherwertige Gut, die Ökonomie oder die Gerechtigkeit? Eine grammatische Eigenheit der deutschen Sprache oder der Mensch, der sich von dieser Eigenheit diskriminiert fühlt?

Gender-Gegner*innen wissen sehr wohl, was höher zu bewerten ist, verweigern aber die Antwort. Weil sie schon die Frage nicht anerkennen. Sie meinen nämlich, die Diskriminierten bildeten sich ihre Diskriminierung nur ein und hätten daher nicht einmal das Recht, sich diskriminiert zu fühlen. Weil sie sich nämlich irren! Weil sie zu dumm sind zu begreifen, dass grammatisches und biologisches Geschlecht zwei verschiedene Dinge sind, die nichts miteinander zu tun haben.

Daher wird nun unablässig versucht, denen, die sich diskriminiert fühlen, ihr Gefühl auszureden. Sie sollen ihren Irrtum eingestehen. Und endlich aufhören mit ihrem Gezicke.

Weil sie aber nicht aufhören, werden ihnen lange und komplizierte Vorträge gehalten über die Geschichte des Unterschieds zwischen Genus und Sexus von den alten Griechen bis heute. Sie werden belehrt, wie etwa vom Sprachwissenschaftler Helmut Glück: »Die Grammatiken des Deutschen sind sich darüber einig, dass das grammatische Geschlecht, das Genus, mit dem natürlichen Geschlecht, dem Sexus, nicht viel zu tun hat.«[197]

»Die Grammatiken sind sich einig?« Haben »die Grammatiken« auf einer Konferenz diskutiert und sich auf einen Unterschied zwischen »Genus und Sexus geeinigt«? Gab es abweichende Minderheitsmeinungen? Haben die Abweichler einen Namen? Kann man sie anrufen?

Aber gut, hören wir Glück weiter zu: »Was Sexus ist, weiß jeder. Aber was ist Genus? Genus ist ein Mittel, den großen Bestand der Substantive zu ordnen und innerhalb der Nominalgruppe Kongruenz herzustellen, das heißt dafür zu sorgen, dass Substantiv, Artikel, Adjektiv und Pronomen zusammenpassen.«[198]

Er kann es auch noch langdrähtiger und komplizierter ausführen, aber das wollen wir unseren Leser*innen ersparen, weil man alles auch einfacher sagen und die Details und alles Weitere in Wikipedia und auch in dem zitierten FAZ-Artikel von Helmut Glück nachlesen kann. Seine Belehrung und auch die aller anderen Belehrer*innen laufen letztlich immer darauf hinaus, dass sich die Diskriminierten irren. Wenn eine feministische Linguistin, wie etwa Luise Pusch, behauptet, die Frau sei nicht der Rede wert, die deutsche Männersprache verstecke die Frau besser als jede Burka,[199] dann habe Pusch einfach keine Ahnung von ihrer Wissenschaft, sagen die Männer der Wissenschaft. Denn: Die Frauen werden nicht versteckt, sind auch nicht bloß mitgemeint, sondern in Wahrheit gar nicht gemeint. Die Männer übrigens auch nicht. Weil Wörter, die im generischen Maskulinum stehen, überhaupt kein Geschlecht haben, auch wenn sie so klingen, als hätten sie eins.[200]

Mit »Männer«, »Spieler«, »Wissenschaftler« ist also »niemand« gemeint? Wenn das so wäre, könnten wir doch zur ausgleichenden Gerechtigkeit für die nächsten 500 Jahre das generische Femininum einführen und sagen, damit seien alle und niemand gemeint. Was spräche dagegen, ab morgen nur noch von Soldatinnen, Spielerinnen, Wissenschaftlerinnen zu reden?

Ein männlicher Urschrei erfüllte den ganzen Erdkreis, wenn damit tatsächlich Ernst gemacht würde. Wie schnell Männer das Problem des Mitgemeintseins erkennen, zeigt sich, wenn es sie selber trifft. »Als die Universität Leipzig ihre Satzung ins generische Femininum umschrieb, als die Straßenverkehrsordnung ihre geschlechtsneutrale Neufassung erhielt … waren die Reaktionen im männlichen deutschen Feuilleton eindeutig: als ›Gewalt‹ gegen die Männer wurde das verstanden, ›ans Gemächt‹ gehe es ihnen, ›entmannen‹ oder ›sprachlich kastrieren‹, womöglich sogar ganz ›abschaffen‹ wolle man sie.«[201]

Dass die nicht betroffenen Männer das Problem der betroffenen Mitgemeinten nicht erkennen, liegt natürlich vor allem daran, dass sie nicht betroffen sind. Wer nie hinnehmen muss, nur mitgemeint zu sein, weiß nicht, wie sich das anfühlt. Sie würden es lernen, wenn das generische Femininum eingeführt würde.

Stünde das ernsthaft zur Debatte, würde die Mehrheit der Männer verständnislos fragen: Warum? Wozu? Was soll das? Frauen und Diverse haben sich doch längst an das immerwährende Mitgemeintsein gewöhnt. Warum also nicht einfach weiterhin beim Bewährten bleiben? Können sie nicht endlich ihren Knicks machen vor dem generischen Maskulinum und verstehen, warum man es beibehalten sollte?

Wir verstehen euch vielleicht sogar ein wenig besser als ihr euch selbst, antworten die Störrischen. Wir verstehen, dass ihr uns mit eurem generischen Dings auf den uns von euch zugewiesenen Platz in der zweiten Reihe festnageln wollt. Das gelingt euch immer weniger. Beruflich und gesellschaftlich haben sich viele von uns schon von diesen Nägeln befreit und wählen ihre Plätze jetzt selbst. Da habt ihr eure Macht verloren.

Nun versucht ihr krampfhaft, euer letztes, euch verbliebenes Zipfelchen Macht festzuhalten. Wenigstens auf dem Platz, der uns von eurer patriarchalen Grammatik zugewiesen wurde, sollen wir für alle Zeiten verharren, unabhängig davon, dass da draußen gerade das Patriarchat verabschiedet wird. Wenigstens in der Sprache soll eure Herrschaft ewig weiterleben. Deshalb verschanzt ihr euch hinter dem generischen Maskulinum wie die katholische Kirche hinterm Zölibat. Und weil das viele Frauen, Transpersonen und queere Menschen verstanden haben, sagen sie: Da spielen wir nicht mehr mit.

Darum spielen wir jetzt mit Sternchen, Unterstrichen und Doppelpunkten beim Schreiben. Und mit der kaum hörbaren Mini-Pause beim Sprechen. Und stellen fest: Die Sprachökonomie wird durch das Päuschen beim Sprechen eines Wörtchens mit Genderstern so wenig gestört wie beim Sprechen des Wörtchens Spiegel-Ei.

Dieses Päuschen gibt es in zahlreichen deutschen Wörtern längst, nicht nur im Spiegel-Ei. Wir machen diese Pause auch beim Stemmeisen, dem Fallobst und bei der Bäcker-Innung. Wir machen es bei allen Wörtern, in denen zwei Vokale aufeinanderfolgen: Beatmung, beanspruchen, beantragen, Beobachtung, Beurteilung, naiv, Poet, Theater, virtuell. Wenn wir diese Pause nicht machen würden, sprächen wir »beinhalten« aus wie »Bein halten«. Wer also unfallfrei »Bäcker-Innung« sagen kann, kann auch mühelos »Bäcker*innen«, »Friseur*innen« oder »Schreiner*innen« sagen.

Beim Schreiben wird die Ökonomie durch »*innen« etwas mehr belastet, das geben wir zu. Aber: Es sind gerade einmal sechs Zeichen. Das sind wenig Zeichen für viel Gerechtigkeit. Sechs Zeichen für den Paradigmenwechsel von patriarchaler zu gleichberechtigter Sprache.

Pause und Genderstern wurden nicht eingeführt, um die Menschheit zu ärgern, sondern um jene nicht mehr zu ärgern, die sich sprachlich versteckt fühlen, auch wenn 1001-mal versucht wird, ihnen dieses Gefühl auszureden. Es geht um Inklusion und Solidarität mit den sprachlich Versteckten. Muss man eigentlich gar nicht begründen. Begründungspflichtig sind eher jene, die Rücksichtnahme, Höflichkeit und Gleichberechtigung für gaga halten.

Und nebenbei: Die Schweizerinnen haben mit diesem generischen Dings ganz eigene Erfahrungen gemacht. Die durften bekanntlich sehr lange nicht wählen. Und warum nicht? Weil in der Schweizer Verfassung von 1874 steht: »Alle Schweizer sind vor dem Gesetze gleich.«

Und das war genau so gemeint, wie es dasteht und wie das Bundesgericht im Jahr 1923 ausdrücklich klarstellte: »Schweizer« meint »die Schweizerbürger männlichen Geschlechts«. Darum mussten Schweizerinnen vorm Wahllokal noch viele Jahrzehnte leider draußen bleiben.[202] Um genau zu sein: bis zum 7. Februar 1971. Erst von da an haben die »Schweizerbürger männlichen Geschlechts« die »Schweizerbürger weiblichen Geschlechts« ins Wahllokal gelassen.[203]

Jedoch nur bei Bundeswahlen. Die Kantone warteten erst mal ab, ob vielleicht die Welt oder zumindest die Schweiz untergeht, wenn sich Frauen an Wahlen beteiligen. Da das nicht passierte, durften Frauen dann auch in immer mehr Kantonen wählen, außer in Appenzell Innerrhoden. Dort waren die »Schweizerbürger männlichen Geschlechts« noch 1990 nicht überzeugt von der politischen Reife ihrer Frauen. Daher wurde der Kanton vom Bundesgericht gezwungen, das Frauenwahlrecht einzuführen. Das war am 27. November 1990.[204]

Den »Nicht-Schweizerbürgern weiblichen Geschlechts« sollte das eine Warnung sein. Das Genderproblem mithilfe des Sternchens zu lösen ist nicht nur einfach und elegant – man ist damit auch auf der sicheren Seite.

Dagegen tobt nun ein Sturm der Entrüstung. Es verging während der letzten zwei, drei Jahre kaum ein Tag, an dem nicht in der FAZ, der WELT oder der NZZ gegen den Genderwahn gekämpft wurde. Und es wird noch immer gekämpft. Das Internet quillt über von Empörung über die angeblich mutwillige Verletzung der Regeln, die angebliche Außerkraftsetzung der Logik, die angebliche Vergewaltigung der Sprache und die angeblich willkürliche Zerstörung der Grammatik.

Die Entrüsteten übersehen, dass sich Sprachgemeinschaften noch nie um Regeln und Logik geschert haben. Schon immer setzen sie sich anarchisch über alles hinweg und passen die Sprache ihren sich verändernden Bedürfnissen und Gewohnheiten an.

Meistens tendieren sie dazu, es sich durch Vereinfachung gemütlicher zu machen, aber nicht immer. Als Gewerkschaften vor Jahrzehnten den Begriff »Lehrling« als diskriminierend empfanden und auch verärgert sahen, dass Lehrlinge oft nur als billige Arbeitskräfte beschäftigt wurden, die man zum Brotzeitholen schickte und die Werkstatt fegen ließ, wurde eine Änderung durchgesetzt. Aus Lehrlingen wurden Auszubildende, damit klar ist, dass sie da sind, um ausgebildet und nicht ausgebeutet zu werden. »Auszubildende« ist ein schreckliches Wort, rasch ist daraus »Azubi« geworden, aber: Die allermeisten von ihnen werden seitdem tatsächlich ausgebildet statt ausgebeutet.

Besonders sprachökonomisch agieren schon immer die Jugendlichen, vor allem, seit sie »chatten«, »simsen« und »whatsappen«. Sie möchten ihre Kurzbotschaften so schnell wie möglich in ihre Smartphones eintippen. Da helfen Abkürzungen ungemein, auch und gerade beim umständlichen Gendern. Daher verkürzen die Teenies ihre »Lehrerinnen und Lehrer« jetzt zu »lul«. Und sich selbst, die »Schülerinnen und Schüler«, zu »sus«.[205]

Von manchen Wörtern verabschieden sich die Sprachgemeinschaften, weil sie plötzlich deren beleidigenden Charakter erkennen. Wer ehemals als »Krüppel«, »Mongo«, »Depperle«, »Verrückter« oder »Irrer« bezeichnet wurde, wird schon lange als körperlich oder geistig Behinderter bezeichnet, und inzwischen spricht man auch schon nicht mehr von »Behinderten«, sondern von »behinderten Menschen« oder »Menschen mit Behinderung«, weil man Menschen nicht auf ein einziges Merkmal reduzieren sollte.

Aus der »Putzfrau« wurde Putzhilfe, Haushaltshilfe, Raumpflegerin, Reinigungsfachkraft, aus der »Klofrau« Hausdame, und vom Fräulein haben wir längst Abschied genommen. Schon lange also bemühen wir uns um eine Sprache, die nicht beleidigen soll. Das ist eine zivilisatorische Errungenschaft.

Nun erreicht dieses Bemühen die nächste Stufe, weitet sich aus auf jene, die bisher noch unter abwertenden Wörtern oder unter ihrer Unsichtbarkeit leiden mussten, und das verlangt dann von den Mitgliedern der Sprachgemeinschaften ein Umlernen und Umdenken und manchmal auch einen kleinen Verzicht auf Sprachökonomie oder Sprachschönheit. Sprache verändert sich, das ist überhaupt nichts Neues, und sie ändert sich auch nicht immer zu ihrem Vorteil, und nicht immer, um mehr Gerechtigkeit zu realisieren, sondern oft genug nur, um mit dem technischen Fortschritt oder aktuellen Ereignissen mitzuhalten. Zwischen 2020 und 2021 hat die Welt Dutzende neuer Wörter im Zusammenhang mit Corona gelernt. Und seit Jahrzehnten lernen wir im Zusammenhang mit der Digitalisierung unserer Welt Wörter wie Computer, Software, Hardware, Smartphones, Apps oder Mails.

Tendenziell streben Sprachgemeinschaften nach Vereinfachung und Bequemlichkeit im Heim der Sprache. Beim Konjunktiv zum Beispiel: »Es wäre schön, wenn du dieses Buch läsest« war mal ein korrekter deutscher Satz im Konjunktiv. Dann wurde daraus: »Es wäre schön, wenn du dieses Buch lesen würdest.« Ist auch o. k. Heute sagen viele: »Es wäre schön, wenn du dieses Buch liest.« Ist nicht mehr o. k., weil grammatisch falsch. Dafür ist es einfacher. Darum wird es sich durchsetzen. Niemand wird sich noch groß aufregen darüber, wenn es sich durchgesetzt hat.

Wer kennt noch den Unterschied zwischen »anscheinend« und »scheinbar«? Anscheinend nur noch wenige, denn immer weniger machen diesen Unterschied, und man muss aus dem Kontext schließen, ob »anscheinend« oder »scheinbar« gemeint ist.

Wer diese Verluderung der Sitten beklagt und resigniert schlussfolgert, die deutsche Sprache gehe scheinbar den Bach runter, ist schon selbst der Verluderung anheimgefallen. Denn gemeint war ja offensichtlich, anscheinend gehe es abwärts mit der Sprache. Gesagt wurde aber das Gegenteil. Denn wenn es nur scheinbar abwärtsgeht, geht es in Wahrheit gar nicht abwärts. Weil »scheinbar« ursprünglich meinte, dass einem ein falscher Schein vorgespiegelt werde und nicht wirklich passiert ist, was angeblich passiert sein soll. »Anscheinend« dagegen meinte einmal so etwas Ähnliches wie »vermutlich«, es hat den Anschein, aber man weiß es nicht so genau.

Ist kein geringer Unterschied, vielen aber zu kompliziert, also sagen sie munter durcheinander mal »anscheinend«, mal »scheinbar« – ist doch egal. Darüber kann man sich aufregen. Wird aber vergeblich sein. Vergebens. Umsonst. Zwischen »vergebens« und »umsonst« war früher auch mal ein Unterschied. Heute ist jeder Widerstand gegen die Verwischung des Unterschieds vergebens. Oder umsonst? Egal.

Humoristen unter den Sprachschöpfern, vor allem solche, die sich dafür halten, setzen gern mal einen Gegentrend und machen es sich und uns um einer (vermeintlichen) Witzigkeit willen bewusst schwerer. So kam das Wort »nichtsdestotrotz« in die Welt, diese, haha, so ungemein witzige Verballhornung von »nichtsdestoweniger« und »trotzdem«. Schon »nichts desto weniger« klingt blöd, mit »nichtsdestotrotz« haben wir etwas noch Blöderes. Nichtsdestotrotz steht es im Duden, wo es sogar mit einem Beispiel geehrt wird: »Amateurhaft und uninspiriert wirkt dieser Film, der nichtsdestotrotz ein großer Erfolg an den Kinokassen wurde.« Ach ja, der Duden – der steht auch unter

Beschuss der Retter*innen der deutschen Sprache. Darauf kommen wir noch.

Den Sprachökonomen, denen sechs Zeichen für die Gerechtigkeit zu viel sind, sei nahegelegt, sich doch lieber mal für die Streichung von »nichtsdestotrotz« und »nichts desto weniger« einzusetzen, weil es für beides schon das gute alte »trotzdem« gibt. Man sparte im ersten Fall, also mit »nichtsdestotrotz«, die Hälfte der Silben – zwei statt vier – und die Hälfte der Buchstaben – acht statt sechzehn. Und im zweiten Fall, mit »nichts desto weniger«, noch mehr Silben und Zeichen. Wir hätten auch einen tadellosen Duden-Beispielsatz dafür: »Der Film wirkte amateurhaft und uninspiriert, trotzdem verkaufte er sich prächtig.«

Gut, sagt die Anti-Genderfraktion, mit der Verluderung der Sprache werden wir wohl leben müssen. Aber doch nicht auch noch mit der Verluderung der Grammatik! Da ist die Schmerzgrenze erreicht. Da dulden wir keinen Pfusch. Und darum hat der Genderstern hier nichts zu suchen. Den werden wir verhindern.

Sie konnten schon nicht verhindern, dass »der Dativ dem Genitiv sein Tod« ist (Bastian Sick). Sie werden den sterbenden Konjunktiv nicht mehr zu neuem Leben erwecken. Und wo ist eigentlich die grammatical correctness bei diesem Satz des allerehrwürdigsten Thomas Mann aus dem Zauberberg: »Ein langes junges Mädchen (...) strich dicht an Hans Castorp vorbei, indem es ihn fast mit dem Arme berührte. Und dabei pfiff sie.« Müsste es nicht heißen: »pfiff es«, das Mädchen, Herr Thomas Mann?

Totally uncorrect schreibt auch Theodor Fontane einfach so hin: »Bitte, grüßen Sie das gnädige Fräulein, die so gut ist ...« *(Vor dem Sturm).*

Und in der Süddeutschen Zeitung konnte man über ein Mädchen den Satz lesen: »Manchmal konnte es ihren eigenen Körper nicht ertragen.«[206]

Wolf Schneider, vormals brillanter Leiter der Hamburger Journalistenschule und allgemein anerkannter Sprachpapst, heute Mitunterzeichner des Aufrufs gegen Gender-Gaga, machte sich einen Spaß daraus, am Beispiel zusammengesetzter Hauptwörter die anarchische Logik der deutschen Sprache zu karikieren: Ein Tomatensaft heißt Tomatensaft, weil er aus Tomaten ist. Aber ein Hustensaft ist nicht aus Husten. Ein Autodieb klaut Autos, aber ein Meisterdieb klaut keine Meister. Der Schoßhund sitzt auf dem Schoß, aber der Schäferhund nicht auf dem Schäfer. Oder, um noch ein letztes Beispiel für die logische Vortrefflichkeit des Deutschen zu nennen: Die »Untiefe« kann eine ganz besonders tiefe Stelle meinen, aber auch eine sehr seichte.

Die Deutschen machen also mit ihrer Sprache, was sie wollen. Der Duden hat längst resigniert bei dem Versuch, den Deutschen bis ins Kleinste vorschreiben zu wollen, wie korrektes Deutsch geht. Der Rat für deutsche Rechtschreibung leistet noch hinhaltenden Widerstand, hat aber im Kampf um die Rechtschreibreform und deren Reform so viel Kraft verloren, dass er nun schwächelt. Trotzdem soll er demnächst Ordnung ins Gender-Chaos bringen.

Wir sind gespannt, ob sich auch da langfristig das Prinzip »anything goes« durchsetzen wird. Oder ob dann, wenn Frauen und queere Menschen ein harmloses Sternchen fordern, das kaum stört, aber viel leistet, auf einmal nichts mehr gehen soll? Das erschiene uns dann wahrhaft gaga.

20 Gott schütze uns vor der Dudin

Gendernde Moderator*innen sind natürlich nicht die Einzigen, die im Kreuzfeuer stehen. Auch auf gendernde Behörden, Universitäten, Unternehmen und Organisationen werden schwere Geschütze abgefeuert. Am stärksten unter Beschuss geraten ist die Redaktion des Dudens und da besonders deren oberste Bösewichtin Kathrin Kunkel-Razum, Chefredakteurin des Dudens, öffentlich gebrandmarkt als Abschafferin des Heiligen Generischen Maskulinums und mutwillige Zerstörerin der deutschen Sprache.

Gegen sie und ihre Redaktion richtete sich der im Januar 2021 initiierte Aufruf *Rettet die deutsche Sprache vor dem Duden,* den schon Zehntausende unterschrieben haben. Es ist nicht das erste Mal, dass der Duden im Visier der Sprachretter*innen und des privaten Vereins für deutsche Sprache (VDS) ist. Schon 2013 verlieh der VDS dem Duden den Ehrentitel *Sprachpanscher des Jahres*, und dessen Vorsitzender Walter Krämer bezeichnete ihn gar als »große Hure«.[207]

Der Krieg, den der VDS gegen den Duden führt, währt schon lange, weil sich die Dudenredaktion beharrlich weigert, dem deutschen Volk jene sprachlichen Normen und deutschen Wörter zu oktroyieren, die Herr Walter Krämer aus Dortmund für die allein richtigen hält. Krämer und sein VDS wiederum weigern sich beharrlich zu verstehen, dass der Duden kein Normgeber ist, auch keine staatliche Institution für die Reinhaltung der deutschen Sprache und den Schutz vor undeutschen Wörtern und schon gar nicht der Befehlsempfänger irgendeines privaten Vereins.

Der Duden macht die Sprache nicht, sondern bildet sie nur ab. Daher findet man beispielsweise den »Stalker« im Duden, nicht aber den »Nachsteller«, den Herr Krämer gern drinhätte; ein Wort, das aber außer ihm und seinen Vereinsmitgliedern niemand zu benutzen scheint. Die Deutschen sagen »Stalker« und nicht »Nachsteller«. Und was die sagen, kommt in den Duden, eben weil er nicht über die Reinheit des Deutschen wacht, sondern über seinen Gebrauch. Der wird abgebildet.

Wenn also die Deutschen in ihrem alltäglichen Sprachgebrauch Anglizismen verwenden wie »E-Business«, »E-Commerce«, »Laptop« oder »Notebook«, werden sie in den Duden aufgenommen, auch wenn Herr Krämer sagt, dass neue Anglizismen nicht rein- und alte, die schon drin sind, wieder rausgehören, weil diese Wörter zur »Demontage des Deutschen als Sprache von Kultur und Wissenschaft ganz allgemein« führten.[208] Krämer erwartet vom Duden, dass er die Anglizismen durch deutsche Entsprechungen ersetzt – »Netzhandel« statt »E-Business«, »Klapprechner« statt »Laptop« oder »Notebook«.[209]

Weil der Duden das nicht tut, sondern, wie der VDS meint, vor der Flut der Anglizismen kapituliert, gilt unser Standardwörterbuch dem Verein als Totengräber der deutschen Sprache. Und seit sich die Duden-Redaktion unter Führung ihrer Chefin Kunkel-Razum um eine geschlechtergerechte Sprache bemüht, muss das Ende nun wirklich nah sein, wenn man dem VDS folgt. Stehen da doch im deutschen Wörterbuch tatsächlich Wörter wie »Menschin« oder »Gästin«. Das empört die vereinten Sprachpfleger*innen ungemein.

Es stimmt sogar, dass »Gästin« und »Menschin« im Duden stehen. Es kann aber unmöglich Kathrin Kunkel-Razum sein, die sie da hineingeschmuggelt hat. Die »Menschin« und die »Gästin« gibt es nämlich mindestens seit 1864. Seit diesem Jahr stehen sie im altehrwürdigen Wörterbuch der Brüder Grimm.

»GÄSTIN« steht da, »gastin, f. weiblicher gast, wenig gebraucht«, aber schon im Althochdeutschen bekannt »als kestîn hospita« und im Mittelhochdeutschen als »gestîn«. Und »MENSCHIN« war in Hessen schon im 16. Jahrhundert ein geläufiges Wort für die »Frauensperson« und in Tirol »die ledige Weibsperson«. Die deutsche Sprache ist daran bis heute nicht zugrunde gegangen.

Und was ist mit der »Bösewichtin«? Steht erst seit 2006 im Duden. Wie kam sie da hinein? Wie kommt überhaupt ein Wort in den Duden? Und warum gilt der Duden in gewissen Kreisen als Sargnagel der deutschen Sprache?

Um das zu erfahren, besuchen wir die Redaktion des Duden in Berlin und werden von der Chefin persönlich empfangen. Und von zwei Frauen von der Presseabteilung. Drei weitere Frauen kommen hinzu. In den Büros, an denen wir vorbeikommen, sehen wir durch die geöffnete Tür: Frauen.

»Arbeiten hier auch Männer?« »Selbstverständlich«, sagt Kunkel-Razum lachend, und während sie das sagt, ist auch schon einer da. »Durchaus kein Alibi-Mann«, wie die Chefin betont. Stimmt. Es ist Olaf Carstens, Geschäftsführer des Bibliographischen Instituts, der Chef der Chefin. Der Duden ist also noch immer der Duden und nicht die Dudin, wie man im VDS zu glauben geneigt sein könnte.

Noch bevor wir unsere Fragen an die Chefin loswerden können, sprudelt es aus ihr schon heraus, dass sie »so etwas« noch nie erlebt habe. So etwas? Nun ja, die Shitstorms, Anfeindungen, Drohbriefe, Schmähungen per Mail, per Brief, Paket, adressiert u. a. an die »Duden-Schwuchteltruppe«.

Paket? »Ja, ganze Duden-Ausgaben haben wir zurückgeschickt bekommen«, sagt Kunkel-Razum, versehen mit der Botschaft: »Nie wieder wollen wir mit dem Duden etwas zu tun haben.«

Kam uns bekannt vor. Auch die Briefe und deren Inhalte. Typisches Beispiel für so einen Brief in noch relativ gemäßigtem Ton:

> »Ich protestiere gegen die Übernahme der Gender-Sprache in die Online-Ausgabe des Dudens. Die Online-Ausgabe des Dudens hat sich entschieden, das generische Maskulinum abzuschaffen. Dafür gibt es keine sprachwissenschaftliche Basis. Es ist eine rein ideologische Maßnahme. Sie läuft darauf hinaus, die deutsche Sprache zu zerstören und mit ihr unsere Identität

und Kultur. Namhafte Linguisten haben sich dagegen ausgesprochen. Der Duden als angesehene Institution verspielt damit seine hohe Reputation. Ich fordere Sie auf, diese Entscheidung schnellstmöglich zurückzunehmen.«

Wie, der Duden gendert auch? Steht das Gendersternchen tatsächlich schon im Duden? Nein, das noch nicht. Zumindest nicht als Empfehlung. Man findet das Sternchen zwar als Stichwort, und vorn wird es auch als Mittel für geschlechtergerechtes Schreiben vorgestellt. Aber empfohlen wird es noch nicht. Trotz seines inzwischen massenhaften Gebrauchs. So schnell geht's beim Duden denn doch nicht.

Und warum dann die ganze Aufregung? Nur wegen der »Gästin«? Ja, das habe tatsächlich viele Retter*innen der Sprache von Goethe und Thomas Mann aufgeregt, sagt Kunkel-Razum, »obwohl das Wort ›Gästin‹ auch schon Katja Mann häufig benutzt hat«. Ein »großer Streitfall war auch die Päpstin, aber es gab ja einen Historikerstreit über eine Päpstin, deswegen nahmen wir sie auf. Auch die Erzbischöfin, es gibt eine in Schweden, die häufig nach Deutschland kommt und dann immer in der Zeitung steht.«

Ein noch viel größeres Aufsehen als die »Gästin«, »Menschin«, »Päpstin« und »Bösewichtin« erregte aber etwas anderes, und das spornte den VDS zum energischen Widerstand an und führte zu den Shitstorms, Beschimpfungen, Schmähungen und Bücherrücksendungen, von denen Kunkel-Razum eingangs erzählte: Bei altehrwürdigen Berufsbezeichnungen wie etwa »Arzt«, »Fleischer«, »Mieter« steht jetzt im Online-Duden neuerdings immer hinter dem Wort, dass es sich dabei um eine »männliche Person« handelt. Früher stand das nicht da, weil ja klar war, dass »Arzt« auch die Ärztin meinte. Die aber hat jetzt ihren eigenen Eintrag im Duden, mit dem Zusatz »weibliche Person«, genau wie auch die »Fleischerin« und die »Mieterin« und circa 12.000 weitere Personen- und Berufsbezeichnungen. Und ganz früher gab es keine Ärztin, keine Fleischerin und keine Mieterin.

Und da haben wir den Skandal. Der Tageszeitung Die Welt war er Anfang Januar 2021 einen Aufmacher wert mit der Schlagzeile »Der Duden wird jetzt zur Dudin«. Denn mit dieser »heimlichen« Neuerung habe der Duden das generische Maskulinum abgeschafft, weil doch früher bei Arzt-Fleischer-Mieter die weibliche Form immer mitgedacht war.[210]

Der Duden macht so etwas aber nicht heimlich, sondern dokumentiert jede Änderung für jeden einsehbar auf seiner Website. Nur gibt er nicht jedes Mal eine Pressemittelung heraus. Und wiederum war nicht Willkür am Werk, sondern, wie immer, das Volk, dem der Duden aufs Maul schaut, aber auch die Gesellschaft, die sich verändert im Lauf der Zeit, und mit ihr die Sprache.

Eine gar nicht so neue Entwicklung ist die Berufstätigkeit der Frau, ihre Gleichstellung mit dem Mann und die »Entdeckung« eines alten Textes, in dem tatsächlich steht: »Männer und Frauen sind gleichberechtigt.« »Grundgesetz« nennt sich der alte Text, und das mit den Männern und Frauen steht im Artikel 3, Absatz 2, also ziemlich weit vorne.

Seit es da steht, kämpfen Frauen darum, dass wahr wird, was da steht. Dieser Kampf war hart und zäh und sogar einigermaßen erfolgreich und hat dazu geführt, dass Politiker nie mehr die Wählerinnen vergessen, wenn sie zum Wahlvolk sprechen. Und nicht nur in der Politik ist das so. Längst hören wir überall »Kolleginnen und Kollegen«, »Ärzte und Ärztinnen«, »Mieterinnen und Mieter«. Oder: die »Erzieherin«, die »Lehrerin«, die »Professorin«, die »Ministerin«.

Vor längerer Zeit gab's die noch nicht. Jetzt gibt es sie, aber nicht hauptsächlich deshalb stehen sie im Duden jetzt auch extra, sondern weil man diese Wörter ungefähr genauso häufig hört wie »Erzieher«, »Lehrer«, »Professor«, »Minister«. Wenn das Volk da draußen plötzlich mit neuen Wörtern, Redewendungen oder auch nur häufigen Nennungen der weiblichen Form daherkommt und diese über längere Zeit in Gebrauch nimmt, dann haben sie Anspruch auf ein Plätzchen im

Duden. So ist nun mal die Regel, nach der dieses Wörterbuch gemacht wird.

Wobei: Erzieher gibt es ja kaum in unseren Kitas. Im Jahr 2020 arbeiteten 634.000 Frauen im Bereich der Kinderbetreuung und 48.554 männliche Fachkräfte, also rund 13 Prozent.[211] Entsprechend selten redet das Volk von »Erziehern«. Man spricht fast nur noch von »Erzieherinnen«. Der VDS und alle Verteidiger*innen des generischen Maskulinums lehnen sich daher sehr weit aus dem Fenster, wenn sie ernsthaft darauf beharren, dass die weibliche Form von »Erzieher« im Duden nichts verloren habe, da ja die 87 Prozent Erzieherinnen mitgemeint seien.

Im Gegensatz zum VDS kann die Dudenredaktion gesellschaftliche Entwicklungen, die Rechtsprechung und den tatsächlichen Gebrauch der Sprache nicht ignorieren. Am Urteil des Bundesverfassungsgerichts zum dritten Geschlecht – »divers« – führt kein Weg vorbei, auch nicht an der gesellschaftlichen Debatte über eine geschlechtergerechte Sprache. Längst schon hat die Redaktion darauf reagiert, reagieren müssen, weil monatlich Hunderte von Fragen kommen: Wie sollen wir denn jetzt richtig gendern? Was ist denn mit dem Gendersternchen? Oder dem Doppelpunkt, dem Unterstrich? Der Bürgerinnenmeisterin und ihren Papierkörbinnen? Der Bösewichtin? Und wie kam die eigentlich in den Duden?

Schon drei Duden-Bücher gibt es zu diesen Fragen: *Richtig gendern* (Berlin 2017); *Gendern – ganz einfach* (Berlin 2019) und das *Handbuch geschlechtergerechte Sprach*e (Berlin 2020), alle drei von Gabriele Diewald und Anja Steinhauer. Und was die Bösewichtin betrifft: Auch die sei keine Erfindung der Duden-Redaktion, sagt Kunkel-Razum, »sondern vermutlich eine Wortschöpfung von Filmrezensent*innen. So genau weiß man das nicht. Plötzlich ist da ein Wort im Umlauf, das noch nicht im Duden steht. Aber wenn es immer häufiger auftaucht, zum Beispiel in Filmrezensionen, erhält es seinen Platz im Duden, weil er nun mal der Regel folgt: Im Buch abbilden, was da draußen so gesprochen wird.«

Bleibt noch zu klären, woher die im Duden wissen, »was da draußen so gesprochen wird«, und wie das geht, dieses »Dem-Volk-aufs-Maul-Schauen«? Die Dudenleute laufen ja nicht mit dem Notizblock durch das Land, um sich umzuhören, was auf Straßen, Plätzen, in Kneipen und Wohnungen so gesagt wird.

Dafür haben die Wortforscher*innen einen sehr leistungsfähigen Computer, den sie täglich füttern mit Texten aus Zeitungen, Büchern, Reden, Katalogen, Gebrauchsanweisungen, Pressemitteilungen, amtlichen Verlautbarungen und dem Wortgebirge aus dem Netz. Dieser Fundus, der da herangewachsen ist und täglich weiterwächst, enthält derzeit sechs Milliarden Wortformen.[212]

Das ist der deutsche Sprachschatz, den der Duden hütet. Dieser Schatz wird durchkämmt und durchsucht nach neuen Wörtern. Bei neuen Wörtern wird gezählt, wie oft sie vorkommen. Ab einer gewissen Häufigkeit wird entschieden: kommt hinein. Dieses Wort bereichert jetzt den deutschen Wortschatz.

In diesem »Becken der aktiven Sprache«, sagt Kunkel-Razum, »können wir klar ablesen, dass die Doppelformen stark zunehmen«. Wo also früher Briefe an Kollegen oder Mieter gingen und sich die Frauen mitgemeint fühlen durften, richtet man sie heute eher an Kolleginnen und Kollegen, an Mieterinnen und Mieter. »Wir denken uns das ja nicht aus, das ist empirisch nachweisbar.« Und Carstens: »Das ist ja keine Redaktion, die sich einer bestimmten sprachlichen Ideologie verschrieben hat. Es wird doch nicht gegendert, weil wir das cool finden, sondern weil es einen wissenschaftlichen Auftrag gibt, die Sprache in ihren Veränderungen abzubilden.«

Das werde leider nicht immer verstanden, auch in anderen Zusammenhängen nicht. So werde der Dudenredaktion immer mal wieder vorgeworfen, antisemitisch zu sein, »weil im Duden das Wort ›israelkritisch‹ steht, ›ungarnkritisch‹ oder ›polenkritisch‹ jedoch nicht«, sagt Carstens. Nur: Für die Benutzung des Wortes »israelkritisch« gebe es »zig Belege, aber kaum einen für ›ungarnkritisch‹«.

Und wann wird der Duden nun den Genderstern empfehlen? Das, so Geschäftsführer Olaf Carstens, hat die Dudenredaktion nicht zu entscheiden. »Dafür ist – was offenbar auch viele Landesminister noch nicht wissen – der Rat für deutsche Rechtschreibung zuständig.« Der entscheidet über die Orthografie, der Duden bildet diese Entscheidungen wiederum nur ab, und über den Genderstern denkt der Rat noch nach und will die weitere Entwicklung beobachten.

Noch kann er sich nicht zu einer Empfehlung durchringen, wie er am 26. März 2021 offiziell mitteilte.[213] Zugleich bekräftigte er aber seine Auffassung, »dass allen Menschen mit geschlechtergerechter Sprache begegnet werden soll und sie sensibel angesprochen werden sollen«. Dies sei »allerdings eine gesellschaftliche und gesellschaftspolitische Aufgabe, die nicht allein mit orthografischen Regeln und Änderungen der Rechtschreibung gelöst werden kann«.

Der Rat könne in dieser Frage übrigens auch nicht »übers Gendern« entscheiden, wie Kunkel-Razum betont, sondern nur eine Empfehlung abgeben, ob der Stern oder ein anderes Zeichen benutzt werden soll oder nicht. Noch will er es nicht empfehlen. Das kann sich ändern, wird aber dauern.

Kunkel-Razum wäre fürs Sternchen. »Wegen der Tradition, der guten Sichtbarkeit, der Nicht-Belegung im linguistischen Kontext, und auch Blindenschriftprogramme sind inzwischen so gut geworden, dass auch technisch nichts mehr gegen das Sternchen spricht.« Bis es dazu kommt, werden Kunkel-Razum und ihre Redakteur*innen weiter die deutsche Sprache beobachten, wird der VDS den Duden beobachten und wird der Duden nicht zur Dudin werden.

Es wird übrigens auch beobachtet, wie bestimmte Wörter aussterben. Unterhalb einer gewissen Schwelle kommen sie raus aus dem Wörterbuch. Einige erhalten dann ein Ehrengrab in den Räumen des Duden-Verlags. Dort hängen sie gemalt als Bilder an den Wänden der Redaktion.

Nicht mehr geschafft in die jüngste, 28. Auflage des Duden haben es Wörter wie: Blindenanstalt, erschrecklich, Fernsprechanschluss,

Freiersmann, Jägersmann, Jungfernkranz, Kabelnachricht, Kammerjunker, Lehrmädchen, Pfarrherr, Schnürleibchen oder Vorführdame.

Der VDS ist nicht dabei. Allerdings war er auch nie drin, oder genauer: Es gibt zwar einen Eintrag »VDS«, doch der steht für: »Abkürzung – Verband Deutscher Studentenschaften, (jetzt:) Vereinigte Deutsche Studentenschaften«.

Der Name »Verein Deutsche Sprache« ist dem Duden-Computer also offenbar noch nicht als »häufig vorkommend« aufgefallen.

21
Lord Voldemort und der Ruin der Verständlichkeit und Lesbarkeit

Gendern, so behaupten die Gegner*innen des Genderns immer wieder, verstoße nicht nur gegen die Sprachökonomie, sondern erschwere auch das Lesen und die Verständlichkeit. Ja gut, das kann man als Verteidiger*in des Genderns ruhig mal zugeben: Stimmt schon, es wirkt sehr krampfig, wenn es in einem Text von Wähler*innen, Jurist*innen, Bäcker*innen nur so wimmelt. Es verschlimmert sich, wenn die einen Wähler*innen schreiben, die anderen Wähler_innen und die nächsten Wähler:innen.

Leider gibt es auch noch den Schrägstrich: *Wähler/innen, Wähler/-innen oder Wähler/Wählerinnen.* Und die Klammer: *Wähler(innen).* Vollends ungenießbar wird es, wenn die Substantive von Genitiven, Artikeln und Adjektiven begleitet werden – »gesucht wird ein*e erfahren*er Finanzberater*in«. Es herrscht ein großes Chaos im Namen der Geschlechtergerechtigkeit. Der Verständlichkeit und Lesbarkeit dient dieses Chaos nicht. Eine Einigung auf den Genderstern würde aber vieles einfacher machen.

Auch die universitäre Gepflogenheit, nur noch von Studierenden, Dozierenden, Lehrenden und Zufußgehenden zu sprechen, erscheint uns etwas künstlich und eher eine vorübergehende Notlösung zu sein. Mit einem gewissen Recht fragen Kritiker*innen: Was sind diese Personengruppen, wenn sie gerade nicht studieren, dozieren, lehren, zu Fuß gehen, sondern im Wirtshaus ein Bier trinken, sich zu Hause ein Steak grillen oder im Bett einschlafen? Bier trinkende Studierende? Studierende Grillende?

Nein, ideal ist diese Lösung nicht, allenfalls akzeptabel, wenn sie sich auf wenige Wörter beschränkt wie eben Studierende, Dozierende, Lehrende. Bei Zufußgehenden wird es schon krampfig, andererseits hat noch nie jemand gefragt, was *Vorstandsvorsitzende* sind, wenn sie grillen, trinken oder lesen. Auch an *Reisenden* wird sich niemand stören, wenn sie während des Reisens essen oder schlafen. Woran man sieht: An Wörtern, die schon lange eingeführt sind, reibt sich niemand mehr.

Jetzt haben wir zusätzlich das Sternchen. Es löst nicht alle Probleme, wäre aber eine Alternative. Dann müssten sich die Erfinder*innen absurder Beispiele nicht so etwas Abstruses ausdenken wie etwa »protestierende Studierende«, »schlafende Radfahrende« oder »ermordete Teilnehmende«. Waren die ermordeten Teilnehmenden zugleich Studierende, werden aus ihnen gar tote Studierende.[214]

Niemand würde so etwas ernsthaft schreiben oder sagen, aber Gender-Gegner*innen tragen einen Überbietungswettbewerb im Ersinnen unsinniger Genderkonstruktionen aus. Sie sind auch stolz auf die Frage, warum es keine *Depp*innen* gibt, obwohl die Antwort einfach ist: Der *Depp* ist nun mal, wie der *Lump* und der *Hornochse*, für den Mann reserviert, so wie die *Schlampe*, *Zicke* oder die *blöde Kuh* für die Frau. Aber niemandem wird ein Leid geschehen, wenn er *Depp*, *Lump* oder *Hornochse* auch mal auf eine Frau anwendet und vice versa.

Noch immer gern erzählt wird auch der Uralt-Kalauer, dass »herrlich« von Herr und »dämlich« von Dame komme. Das gaben schon unsere Lehrer in der Volksschule zum Besten. Leider war das schon damals dämlich, wie Luise F. Pusch 1983 vermerkte, denn »dämlich« werde abgeleitet vom süddeutschen »Damian«, das fortlebt in »du Depp, du damischer«, oder vom niederdeutschen »Dämel« und »Dämlack«. Pusch konnte sich den Zusatz nicht verkneifen: »Damian, Dämel und Dämlack sind Maskulina; weibliche Varianten gibt es nicht.«[215] Und wem das noch nicht reicht, den solle man niederkalauern: »Natürlich kommt *dämlich* von Dame, so wie ja auch *winzig* von Winzer kommt, dessen Weine zum Weinen sind.«[216]

Oft wird auch triumphierend darauf hingewiesen, dass man so gut wie gar nicht die Wörtchen Mörder*innen, Triebtäter*innen oder Kinderschänder*innen zu Gesicht oder Gehör bekomme – weil ja bekanntermaßen da draußen in der Welt weit überwiegend Frauen morden, Kinder schänden und ihren Trieben freien Lauf lassen.[217] In wissenschaftlichen Studien, die von mordenden Frauen und Männern handeln, wird man selbstverständlich Mörder*innen schreiben. Im Polizeibericht und in der Zeitung, wo hauptsächlich einzelne Verbrechen gemeldet werden, wird man Mörderin lesen, wenn es eine Frau war, und Mörder, wenn es ein Mann war. Meistens ist es halt ein Mann. Sollten zwei oder drei gemordet haben und war eine Frau dabei, wird man eher vom Mörderpaar oder Mördertrio lesen als von Mörder*innen. Und erst bei einer größeren Zahl von geschlechtlich gemischt mordenden Menschen würde man von Mörder*innen sprechen. Kam unseres Wissens in der Bundesrepublik Deutschland bisher nicht vor.

Im Übrigen müssen wir an dieser Stelle noch mal betonen, dass auch wir es ablehnen, alles konsequent durchzugendern. Wie überhaupt Konsequenz bis zum Letzten fast immer in der Absurdität endet, nicht nur beim Gendern. Also noch einmal zur Klarheit: Gendern sollte oder kann man unserer Meinung immer da, wo es sinnvoll ist, passt, sich einigermaßen gut anhört und hilft, unser stereotypes Bild von einer rein männlich geprägten Welt zu durchbrechen.

Die Konstruktion unsinniger oder an den Haaren herbeigezogener Genderismen wird von vielen vor allem deshalb als Hobby gepflegt, weil es so leicht ist, damit Lacher zu erzielen und zu beweisen, wie gaga diese Genderei doch ist. Andere geben sich mehr Mühe.

Fabian Payr zum Beispiel müht sich, die katastrophalen Folgen auszumalen, »wenn Verständlichkeit der Gerechtigkeit weichen muss«.[218] Die Frage, ob Verständlichkeit immer in jedem Fall ein höheres Gut ist als Gerechtigkeit, stellt er allerdings erst gar nicht.

Um zu demonstrieren, wie schwer lesbar und unverständlich alles wird, wenn Schräg- und Unterstrich Einzug halten in die Sprache, stellt er in seinem Buch eine Reihe von gegenderten Texten – aus einer Hochschule, Gesundheitsbehörde, Berufsordnung, Spieleanleitung, einem städtischen Internetportal und aus einem Theaterstück – nicht gegenderten Texten gegenüber. Statt des Sternchens benutzt er den Unterstrich. Und natürlich sind die Textbeispiele ohne Unterstrich allesamt verständlicher und besser lesbar als die mit Unterstrich.

Nur beweisen Payrs Beispiele nicht, dass Gendern die Texte unlesbar und unverständlich macht. Stattdessen beweisen sie etwas ganz anderes: dass nicht die Unterstriche das Problem sind, sondern die Texte selbst.

Um das zu belegen, entnehmen wir aus Payrs Gender-Gruselkabinett ein Beispiel aus dem Fachbereich Informatik der TU Darmstadt.

Die Sache liest sich so:

> »Der/die Kund_in kann sich jederzeit eine Übersicht aller zukünftigen Veranstaltungen anzeigen lassen. (...) Der/die Kund_in kann über das System auch Tickets kaufen. Dazu lässt sie/er sich zunächst alle zukünftigen Veranstaltungen anzeigen und klickt bei der gewünschten Veranstaltung auf die Kaufen-Schaltfläche (Button). Die/der Kund_in muss nun das Bestellformular ausfüllen, das die Kontaktdaten (zum Zuschicken der Tickets) und die Bezahlart abfragt. Besitzt der/die Kund_in ein Konto und ist beim Ticketkauf angemeldet, so kann sie/ er (falls noch nicht geschehen) die Kontaktdaten und die Bezahlart als Standarddaten abspeichern lassen. (...) Ticketkäufe können von der/ dem Kund_in sowie den Mitarbeiter_innen der Ticketagentur eingesehen werden. Die Mitarbeiter_innen können Käufe auch stornieren.«[219]

Tatsächlich wäre der einzig legitime Ort für so einen Text-Müll der Papierkorb bzw. die Papierkörbin.

Payr nimmt nun die Genderismen heraus, und dann liest es sich so:

»Der Kunde kann sich jederzeit eine Übersicht aller zukünftigen Veranstaltungen anzeigen lassen. (…) Der Kunde kann über das System auch Tickets kaufen. Dazu lässt er sich zunächst alle zukünftigen Veranstaltungen anzeigen und klickt bei der gewünschten Veranstaltung auf die Kaufen-Schaltfläche (Button). Der Kunde muss nun das Bestellformular ausfüllen, das die Kontaktdaten (zum Zuschicken der Tickets) und die Bezahlart abfragt. Besitzt der Kunde ein Konto und ist beim Ticketkauf angemeldet, so kann er (falls noch nicht geschehen) die Kontaktdaten und die Bezahlart als Standarddaten abspeichern lassen. (…) Ticketkäufe können vom Kunden sowie den Mitarbeitern der Ticketagentur eingesehen werden. Die Mitarbeiter können Käufe auch stornieren.«[220]

Klar, ohne »der/die« und Unterstrich liest es sich etwas besser. Aber eigentlich gehört auch dieser Text in den Papierkorb – nicht nur, weil er zulasten der Frauen und Diversen geht, sondern weil auch er nicht gerade ein Paradebeispiel für gute Lesbarkeit und Verständlichkeit ist.

Wir würden es anders machen, zum Beispiel so:

Ticketbuchung in sechs Schritten

1. Auf den Link Onlinebuchung klicken
2. Übersicht aller zukünftigen Veranstaltungen anzeigen lassen
3. Auf der »Kaufen-Schaltfläche« den Button der gewünschten Veranstaltung anklicken
4. Im Bestellformular Kontaktdaten und Bezahlart angeben
5. Wer bereits über ein Konto verfügt, kann diese Daten für künftige Fälle speichern, falls das nicht schon früher geschehen ist. In diesem Fall entfällt die Eingabe der Daten.

6. Käufe können jederzeit eingesehen werden, auch von den Mitarbeiter*innen der Ticketagentur. Diese können Käufe auch stornieren.

Wer die erste, also die gegenderte Anleitung geschrieben hat, verbrauchte dafür 805 Zeichen, davon sehr viele Unterstriche und ein grässliches die/der-Gestrüpp. Payr kommt ohne dieses Gestrüpp auf 751 Zeichen, also rund 50 Zeichen, ca. sechs Prozent weniger. Durch Rückkehr zum patriarchalen Sprachgebrauch erzielt er einen mäßigen Gewinn. Ein Beispiel für gutes Deutsch und Verständlichkeit ist dieser von Genderismen bereinigte Text trotzdem nicht.

Unsere Fassung hat nur 548 Zeichen und einen einzigen Genderstern, also rund 30 Prozent weniger. Und trotzdem ist der Text geschlechtsneutral geschrieben und, wie wir meinen: verständlicher und besser lesbar.

Das zeigt: Ruiniert werden Texte nicht von Sternchen oder Unterstrichen, sondern von den Verfasser*innen. Zahlreiche von Behörden, Verbänden und Organisationen geschriebene Texte sind auch ohne Gendersternchen ungenießbar. Weil sie meist in einem Fachjargon verfasst sind, den außer ihnen kaum jemand versteht.

Wenn es also den Lordsiegelbewahrer*innen der deutschen Sprache wirklich nur um gutes Deutsch ginge, müssten sie sich zuallererst einmal die Sprache von Behorden, Unternehmen, Verwaltungen und Verbänden vorknöpfen. Was diese täglich an Verlautbarungen ausstoßen, verdient nur selten, »gutes, verständliches Deutsch« genannt zu werden. Und wenn so ein Wortgestrüpp dann auch noch mechanisch »durchgegendert« wird, dann werden Texte geschreddert.

Es ist nicht unmöglich, kurz und verständlich zu formulieren. Das kostet halt ein bisschen Mühe. Und ein kleines bisschen mehr Mühe kostet es, kurz, verständlich und obendrein auch noch geschlechtergerecht zu formulieren. Wer diesen Aufwand scheut, sollte keine Texte schreiben, nicht mal ungegenderte.

Und wer Sturm läuft gegen das Gendersternchen, weil es angeblich Unlesbarkeit und Unverständlichkeit garantiert, müsste dann auch gegen eine Reihe anderer typografischer Zeichen wüten. Denn neben dem * haben wir auch noch $, €, %, &, #, /, (), _, =. +, -, @ und dergleichen mehr in unserem Zeichen-Arsenal. Gegen diese Zeichen wütet niemand, weil wir längst an sie gewöhnt sind.

Häufig stehen sie in Texten von Behörden und Unternehmen, in Bedienungsanleitungen und Mails, und sie stehen da zwischen Fremdwörtern und Substantivierungen in Schachtelsätzen, Passivkonstruktionen und bürokratischen Wortmonstern, die auch ohne das Sternchen schwer zu lesen und zu verstehen sind. Auf diesem Feld gäbe es viel zu tun für die Retter*innen der deutschen Sprache. Aber da sind sie erstaunlich ruhig.

Übrigens vermissen wir auch deren Protest gegen Twitter. Da hat zum Beispiel der »Landesvorsitzende der @cdu_hamburg«, Christoph Ploß, am 5. Juni 2021 einen Werbe-Tweet des Springer-Verlags »retweetet«, wie man heute im Deutschen sagt:

> »Fast zwei Drittel der Bürger lehnen #Gendersprache ab. Wie kann es also sein, dass sie von Institutionen erzwungen wird? Fragt sich Historiker Andreas Rödder morgen in #WELTAMSONNTAG. @welt #Gendern«.

Hätte Ploß in diesem Tweet gegendert, also Bürger*innen geschrieben statt Bürger – das Sternchen wäre überhaupt nicht aufgefallen in diesem Verhau aus den Sonderzeichen # und @. Aber diese und alle anderen scheinen in Ordnung zu sein – außer dem einen, dem Sternchen, dem Lord Voldemort unter den Sonderzeichen.

Der ehemals unbekannte Ploß hat sich übrigens bundesweite Aufmerksamkeit verschafft, als er auf allen Kanälen einschließlich Twitter forderte, staatlichen Einrichtungen das Gendersternchen zu verbieten. Seitdem reitet er auf dem Sternchen dank Twitter einer großen politischen Zukunft entgegen. Und hat deshalb nicht vor, Twitter die Zeichen #, @ und _ zu verbieten. Nur das Sternchen, das muss weg. Warum? Weil sich vielleicht – so sicher ist das gar nicht – Stimmen fangen lassen mit so einer Forderung. Und weil es jetzt einfach mal gut sein muss mit den Frauen, Lesben, Schwulen und den anderen die Mehrheit terrorisierenden Minderheiten. Sie haben doch schon alle Freiheiten. Was wollen sie denn noch?

Die AfD hat den Nutzen des Sternchens für den Kampf gegen die »rot-grün-versifften Eliten« längst entdeckt. Der Stern sei »eine Erfindung linksgrüner Sprachfälscher«, schrieb der AfD-Landesverband Brandenburg am 20. August 2020 auf seiner Website. Anlass war die Entscheidung des Rundfunks Berlin Brandenburg (rbb), in seinem Jugendprogramm »Fritz« das Gendersternchen mitzusprechen. Solch eine »Vergewaltigung«, solch »eine Abschaffung der deutschen Sprache« lehne die AfD ab.[221]

Jetzt erscheint das Hass-Sternchen auch einem CDU-Politiker nützlich für den Stimmenfang. Und er ist nicht der einzige. Auch Friedrich Merz lehnt das Gendern ab und sympathisiert mit der französischen Lösung: verbieten.[222] Dass Hans-Georg Maaßen den »Aufruf gegen Gender-Unfug« unterschrieben hat, erwähnten wir schon. Ploß, Merz, Maaßen und die AfD wollen also das Gendern verbieten und die Sprache kontrollieren – hurra, wir haben eine neue Sprachpolizei und eine neue Verbotspartei.

Gendergegner*innen sagen immer, wer gendere, mache Politik. Schon wahr. Aber was tut, wer nicht gendert? Und was tut, wer das Gendern verbieten will und dabei heimlich auf zusätzliche Wählerstimmen hofft? Wenn das nicht auch Politik ist, was dann?

Ein gern gemachter und mantraartig wiederholter Vorwurf lautet auch, wer gendere, wolle andere mit seiner Ideologie indoktrinieren, bevormunden und manipulieren. »Es hat etwas Selbstgerechtes, und es ist Selbstüberschätzung mit im Spiel, wenn versucht wird, sich durch Sprechpausen und Sternchen in jedem dritten Satz als Weltverbesserer und fortschrittliche Sprecherin auszuweisen, auch wenn das Thema der Kommunikation ein ganz anderes ist«, meint der FAZ-Herausgeber Jürgen Kaube.[223] Woher weiß Kaube das? Hat er mit allen, die gendern, gesprochen und Motivforschung betrieben? Und war niemand dabei, der gesagt hat: Es liegt mir fern, andere zu bevormunden? Ich gendere einfach aus Höflichkeit. Weil ich Rücksicht nehme auf jene Frauen und Minderheiten, die darauf hoffen, künftig sichtbarer zu sein und weniger diskriminiert zu werden.

Eigentlich müsste der Herausgeber der wichtigsten deutschen Tageszeitung mit seinen Redakteur*innen und den anderen Herausgebern – eine Herausgeberin gibt es ja bis heute nicht – längst darüber beraten, wie die Sprache der Zeitung geschlechtersensibler werden könnte. Sie muss ja nicht gleich den Genderstern einführen.

Doch seit jener höchstrichterlich erzwungenen Gesetzesregelung, nach der schon in Stellenangeboten die Geschlechtervielfalt durch die Schreibung m/w/d anzuerkennen ist, bemühen sich Nachrichtenagenturen, wie etwa die dpa, Magazine, wie etwa der Spiegel, verschiedene Tageszeitungen, wie etwa der Tagesspiegel und ARD und ZDF um eine geschlechtergerechtere Sprache und geben sich Leitlinien dafür.

Die FAZ hingegen zieht es vor, hauptsächlich mithilfe emeritierter Professoren Woche für Woche seitenfüllend gegen den »Genderwahn« zu Felde zu ziehen. Für Gegenargumente oder wenigstens mal ein Streitgespräch ist offenbar kein Platz.

Damit unterläuft die FAZ ihren journalistischen Auftrag, ein Thema möglichst von allen Seiten zu beleuchten. Wer nur die FAZ liest, kann kaum ein Argument pro Gendern kennenlernen, sich also nicht wirklich umfassend informiert fühlen.

Der schon erwähnte Schriftsteller Matthias Politycki monierte in der FAZ, der Verzicht aufs generische Maskulinum gehe mit einer Aufhebung der Neutralität der Worte einher.[224] Die Sprache sei »nun eine von vornherein ideologisierte«. Schon der Gebrauch einer einzigen geschlechtergerechten Formulierung signalisiere eine Haltung, der Verzicht darauf desgleichen.[225]

Ja, es stimmt: Wer gendert, das N- und Z-Wort vermeidet, lässt eine bestimmte Haltung zur Sprache erkennen, und wer es nicht tut, auch. Da hat Politycki recht. Früher allerdings, auch da hat Politycki recht, blieb diese Haltung zur Sprache verborgen, und darum meint er, sei sie neutral gewesen. Erst durch gendernde Zeitgenoss*innen gehe diese Neutralität verloren.

Dabei übersieht Politycki jedoch, dass die Sprache auch früher nicht wirklich neutral war, sondern den Leuten nur so erschien, weil der Gebrauch des generischen Maskulinums qua Gewohnheit als natürlich empfunden wurde. Tatsächlich spiegelte sich darin aber nur die patriarchale Gesellschaftsordnung. Solange diese unangefochten galt, fiel der ideologische Charakter des generischen Maskulinums nicht auf, weil die patriarchale Herrschaft als normal empfunden wurde. Seit aber Frauen gegen diese Herrschaft erfolgreich aufbegehren, fällt das generische Maskulinum als ideologisches Konstrukt auf.

Daher ist es kurios, wenn Politycki diese Auffälligkeit als Verlust der Neutralität beklagt. Nicht die Neutralität geht verloren, sondern die Unangefochtenheit der Männerherrschaft und mit ihr die Unangefochtenheit des ideologischen Konstrukts »generisches Maskulinum«. Neutral wird die Sprache erst jetzt, durch ihre geschlechtergerechte Änderung. Wer das unter Ideologieverdacht stellt, ist der eigentliche, der wahre Ideologe.

22
Warum Gendern, wenn doch die Mehrheit dagegen ist und die Wissenschaft auch?

Neulich haben wir ein hübsches Rätsel aufgeschnappt. Es passt gut zu unserem Thema, und wie für jedes gute Rätsel gilt auch für dieses: Es scheitern fast alle daran, obwohl es eigentlich kinderleicht zu lösen ist, wie hinterher jeder sagt, der die Lösung kennt. Es geht so:

»Ein junger Mann hat sich bei einer großen Börsenmaklerfirma beworben. Jetzt wird er von seinem Vater zum Vorstellungsgespräch gefahren. Unterwegs klingelt das Telefon des Sohnes. Der Sohn nimmt ab. Am anderen Ende meldet sich der CEO der Börsenmaklerfirma und sagt: ›Viel Glück, mein Sohn, du machst das schon.‹

Der Sohn bedankt sich, beendet das Gespräch, und sein Vater fragt: ›Wer war das?‹«

Das eben ist das Rätsel. Wie kann der ominöse Boss den Angerufenen als »mein Sohn« bezeichnen, während dieser neben seinem Vater sitzt?

Na klar, der Boss ist seine Mutter. Das Rätsel wäre sicher leichter zu lösen gewesen, wenn es im Text nicht »der«, sondern »die« CEO geheißen hätte. Aber das sagt kaum jemand. Man sagt fast immer »der« CEO, weil »Chief« und »Executive« und »Officer« einen derart männlichen Dreiklang bilden, dass sich alles in einem sträubt, den CEO zu verweiblichen.

Auf Youtube gibt es ein Video davon.[226] Es zeigt 22 unterschiedliche junge Menschen beiderlei Geschlechts und verschiedener ethnischer Herkunft, wie sie allesamt an dem Rätsel scheitern, sich nach der Auflösung auf die Stirn schlagen und sich fragen, warum sie nicht darauf gekommen sind. Sogar eine weibliche CEO war unter den Gescheiterten, und auch dieser weibliche Boss hatte das Rätsel nicht gelöst.

Dass man so schwer draufkommt, zeigt, wie tief eingraviert uns noch immer die alten patriarchalen Strukturen sind, Männern wie Frauen. Genetisch bedingt glauben wir: Der Boss muss ein Mann sein. Das Patriarchat steckt uns eben noch immer in den Knochen, in den Genen, in den Wörtern, der Grammatik, in den Geschichten, die wir einander mit diesen Wörtern erzählen, und in der Art und Weise, wie wir über Frauen und Männer sprechen.

Das ist einer der Gründe, warum so viele Feminist*innen das generische Maskulinum ins Museum für abgeschafftes Brauchtum stellen möchten. Zwar ist dieses generische Maskulinum etwas quasi natürlich Gewachsenes, aber halt eben etwas in patriarchaler Zeit Gewachsenes.

Das Patriarchat wird gerade verabschiedet, und daher sei es jetzt höchste Zeit, auch das generische Maskulinum zu verabschieden, sagen Feminist*innen. Sie empfinden es als sprachliches Hemmnis für volle Gleichberechtigung, weil es Frauen unsichtbar macht und weil generische Maskulina eher innere Bilder von männlichen Akteuren erzeugen als von weiblichen.

Es gibt Studien, die das beweisen, und es gibt Studien, die das Gegenteil beweisen. Unser eingangs erzähltes Rätsel ist zwar keine Studie, aber ein einfaches Beispiel dafür, dass wir uns unter Chef, Boss, Chief Executive Officer (CEO) fast automatisch einen Mann vorstellen, trotz unseres Wissens, dass es natürlich längst schon auch Chefinnen, weibliche Bosse und weibliche CEOs gibt.

Gäbe es mehr weibliche Chefs, wenn man künftig nur noch von Chef*innen spräche? Automatisch gewiss nicht. Niemand behauptet das. Aber die Chefin würde künftig vielleicht von Mitarbeiter*innen leichter akzeptiert und für selbstverständlicher gehalten, wenn »die Chefs« in der Sprache zu Chef*innen würden. Und Mädchen erschiene es vielleicht nicht mehr ganz so abwegig, eines Tages »Chefin« zu werden.

Falsch! Ganz falsch, ruft es uns da aus einem Buch entgegen, in dem sein Autor, Fabian Payr, wir haben ihn bereits erwähnt, sämtliche

Studien zerpflückt, die belegen sollen, dass bei Formulierungen im generischen Maskulinum überwiegend nur an Männer gedacht wird. Solche Behauptungen seien empirisch nicht belegbar, und überhaupt vermitteln die Studien für ihn »nicht selten den Eindruck von Voreingenommenheit seitens der Verfasser/innen«.[227] Man beachte: Immerhin gendert er mit Schrägstrich.

Payr müht sich in seinem Buch, jene Studien hervorzuheben, die der Genderfraktion widersprechen. Mitnichten lasse sich beweisen, dass generische Maskulina eher innere Bilder von männlichen Akteuren erzeugen als von weiblichen, behaupten diese Studien. Ihnen schenkt Payr mehr Glauben als den anderen Studien, die er für weniger wissenschaftlich hält, weniger gut begründet, weniger gut belegt.

Und darin steckt das ganze Problem: Er ist gegen das Gendern, glaubt daher den Studien, die ihm recht geben, und versucht nachzuweisen, dass diese Studien die besseren sind. Viele, die fürs Gendern sind, machen es umgekehrt. Es ist viel Glauben im Spiel bei den Wissenschaften.

Und darum ist die ständige Produktion von Studie und Gegenstudie zwar interessant, für den Genderstreit aber nicht wirklich relevant. Die Wissenschaft kann diesen Streit nicht entscheiden. Sie ist dazu objektiv gar nicht in der Lage. Und unzuständig obendrein. Das wollen wir im Folgenden begründen:

Bei all den Teil-Wissenschaften, die mit dem Genderthema zu tun haben, einschließlich der »Gender Studies«, handelt es sich nicht um »harte« Naturwissenschaften, denen oft ein einziges Experiment genügt, um zwischen falsch und richtig, wahr und unwahr zu unterscheiden. Vielmehr handelt es sich um »weiche« Wissenschaften, die trotz harter wissenschaftlicher Methodik, aller Empirie und größter Datenmassen nie etwas zweifelsfrei und für alle Zeiten gültig beweisen können.

Daher erleben wir ja das unendlich fortgesetzte Spiel von Studie und Gegenstudie, deren jede mit dem Satz endet: Weiterer Forschungsbedarf ist nötig.

Im Lauf der Zeit führt das permanente Spiel mit Studie und Gegenstudie und Gegen-Gegenstudie durchaus zu wissenschaftlich gehärteten Fakten und Erkenntnissen, auch in den »weichen« Wissenschaften. Das hilft uns jedoch auch nicht weiter, weder in der Gender-Frage noch in allen anderen. Weil nämlich die Fakten völlig unterschiedlich interpretiert und bewertet werden.

Daher entwickeln sich aus der Interpretation des wissenschaftlich Erhärteten verschiedene »Lehrmeinungen«, um die herum sich verschiedene »Schulen« gruppieren, die einander fundamental widersprechen. Da hat man dann die Wahl. Man selbst muss sie treffen. Die Wissenschaft kann einem die Grundlagen liefern für eine Entscheidung, aber niemals die Entscheidung selbst.

Die Entscheidung für oder gegen eine bestimmte Schule oder Lehrmeinung trifft also letztlich immer die einzelne Person. Und diese Entscheidung fällt auf der Grundlage bewusster oder unbewusster Voreingenommenheit, der eigenen Interessen, einer weltanschaulichen Grundhaltung, also letztlich aus: Glauben. Irgendwann, wenn man alles geprüft und gegeneinander abgewogen hat, muss man Farbe bekennen.

Und darum haben wir kein Problem zu bekennen, dass wir voreingenommen sind und eine Entscheidung wie die fürs Gendern Glaubensgründe hat. Wir glauben nämlich, dass Gleichheit und Gerechtigkeit herrschen sollen auf Erden, unter den Menschen, zwischen Jung und Alt. Und eben auch unter den Geschlechtern. Auch sprachlich.

Es geht also gar nicht primär um wissenschaftliche Wahrheit, sondern um ethische Werte. Nicht um die Frage: Was ist? Sondern um die Frage, was sein soll. Das ist der zweite Grund, warum die Wissenschaft das Gender-Thema nicht entscheiden kann. Sie ist dafür gar nicht zuständig.

Wissenschaft versucht zu klären, was ist, kann aber niemals sagen, was sein soll. Sie kann verschiedene Sollenskonzepte untersuchen, einander gegenüberstellen und nach dem Grad ihrer Vernünftigkeit fragen. Und wenn sie das alles erledigt hat, können einzelne Gruppen von Wissenschaftlern sagen: Nachdem wir die Sollenskonzepte A, B, C, D und E eingehend geprüft haben, können wir sagen, dass das Konzept C am vernünftigsten begründet ist. Sie werden aber damit leben müssen, dass andere Wissenschaftler-Gruppen A für besser halten. Und wieder andere B, D und E präferieren. Daher kann keine Wissenschaft das beste und vernünftigste Sollenskonzept für alle Menschen bestimmen. Wenn sie es dennoch versuchte, wäre es nicht mehr Wissenschaft, sondern Ideologie.

Und wenn sie es tatsächlich könnte, dann dürfte sie es nicht, denn wir leben nicht in einem platonischen Staat, in dem die Philosophen Könige sind und aufgrund ihrer Weisheit und Gelehrsamkeit über alles und für alle entscheiden. Wir leben in einer Demokratie – und zwar in einer multikulturellen, multiethnischen, multireligiösen, multigeschlechtlichen, vielfältig pluralistischen Demokratie, in der so ziemlich alles immer umstritten ist und keineswegs alle dieselben Interessen, Werte oder Wertehierarchien teilen.

Zwar gilt das Grundgesetz, aber was da drinsteht, bedarf der Interpretation und des Streits über die richtige oder beste Interpretation. Das wird in öffentlicher Diskussion ausgehandelt. Da können, ja sollten, was das Genderthema betrifft, durchaus auch Argumente von Linguist*innen und Expert*innen zahlreicher anderer Wissenschaften einfließen, aber gestritten und entschieden wird immer politisch. Wenn keine Einigung erzielt wird, entscheidet das Bundesverfassungsgericht als oberster Interpret des Grundgesetzes.

Man kann also der Meinung sein, der Gleichheitsgrundsatz erfordere oder rechtfertige zumindest den Gebrauch des Gendersternchens. Man kann auch gegenteiliger Meinung sein. Und muss dann diskutieren und versuchen, eine für alle tragbare Lösung auszuhandeln. Die Wissenschaft kann dabei helfen. Entscheiden kann sie nicht.

Gestritten wird also nicht über wissenschaftliche Wahrheit, auch wenn einige so tun oder glauben, das sei so. Gestritten wird über politische Wertsetzungen. Was hat Vorrang: die Sprachökonomie oder die Geschlechtergerechtigkeit? Das Zweckmäßige oder das Prinzip der Gleichheit und Gleichstellung? Das Gefühl von Minderheiten, diskriminiert zu sein, oder das Gefühl der Mehrheit, nicht auf jede Minderheitenmeinung Rücksicht nehmen zu müssen? Und wie sollte man sich in einem Streit verhalten, wie debattieren? Mit dem Willen, zu verstehen und sich einzufühlen? Oder mit dem Unwillen, sich mit jeder Kränkung auseinanderzusetzen?

So einen ähnlichen Streit hatten wir schon einmal. Daher erinnert uns der aktuelle Genderstreit an den Streit von damals. Mit der gleichen Leidenschaft, mit der heute Konservative, besonders die älteren Männer, gegen den Genderwahn vom Leder ziehen, ist während der 70er-Jahre gegen die »Emanzen« vom Leder gezogen worden. Als damals Frauen gegen den Abtreibungsparagrafen 218 auf die Straße gingen und begannen, Frauenliteratur zu schreiben und eigene Buchhandlungen mit feministischer Literatur und Zutrittsverbot für Männer zu gründen, schlugen die Wogen ähnlich hoch wie heute.

Die Frauen wollten plötzlich nicht mehr »richtige Frauen« sein, jedenfalls nicht das, was Männer unter »richtigen Frauen« verstanden. Sie wollten nicht mehr in die »Mutterfalle« tappen, nicht mehr kochen, putzen, waschen, bügeln für ihre Männer. Sich nicht mehr schminken und für den Mann schön machen. Nicht mehr in Schuhen herumstöckeln, in denen man im Notfall nicht davonlaufen kann. Nicht mehr von außen an sie herangetragene Rollenerwartungen erfüllen. Sie wollten weg vom Herd, den Männern Paroli bieten, sich selbst verwirklichen als Ingenieurinnen, Politikerinnen, Juristinnen oder Soldatinnen.

Damals sind sie von der konservativ-reaktionären Hardcore-Fraktion mit zwei Strategien bekämpft worden, die auch heute wieder Anwendung finden. Sie wurden

a) lächerlich gemacht und
b) »wissenschaftlich« niedergemacht.

Die Lächerlichkeitsstrategie bediente sich damals wie heute der Exzesse, Kuriositäten, Grotesken und sektiererischer Eskapaden, die jede historisch neue Bewegung unvermeidlich begleiten. Was heute die Bürger*innenmeister*innen sind, waren damals die Frauen, die nach Kreta flogen, um dort »unterm Schein der Mondin gemeinsam zu menstruieren«. Oder eine australische Hardcore-Feministin, die einen eigenartigen Emanzipationstest entwickelt hatte: Frauen, die sich für emanzipiert halten, legte sie nahe, ihr eigenes Menstruationsblut zu trinken – »wenn dir davon übel wird, hast du noch einen weiten Weg vor dir, Baby.«[228]

Das war für manche schon Beleg genug dafür, dass man es mit »verrückten Weibern« zu tun hatte. Daher konnte man die ganze Emanzipationsbewegung nicht ernst nehmen und eigentlich nur Witze reißen und kalauern.

Andere jedoch nahmen sie zutiefst ernst und malten die Zerstörung der Familie, die Auflösung jeder Ordnung und den Untergang des Abendlands an die Wand. Sie bewaffneten sich mit Wissenschaft.

»Wissenschaftlich« wurde den Frauen mit Fakten aus der Evolution, der Biologie, der Psychologie, der Philosophie und natürlich der Theologie erklärt, dass sie völlig danebenliegen und es mit der klassischen Rollenverteilung zwischen Mann und Frau selbstverständlich seine Richtigkeit habe. Mann jagt Mammut im Wald, Frau kocht Mammutfleisch in der Höhle; er Hoden, sie Eierstock; er männliche Hormone, sie weibliche Hormone; er ein X- und ein Y-Chromosom, sie zwei X-Chromosome; er Penis, sie nicht; sie Busen, er nicht; sie sanftmütig, er kämpferisch; sie schwach, er stark; sie passiv empfangend, er aktiv gebend; sie hegend und pflegend, er erobernd; sie gebärend, er versorgend – und so weiter.

Aus diesem gravierenden Unterschied zwischen Mann und Frau ergebe sich doch fast logisch zwingend die unterschiedliche Arbeits- und Rollenverteilung zwischen ihnen, argumentierten die Wissenschaftler. Außerdem: die Tradition. Was sich über Jahrtausende auf natürliche Weise entwickelt und bewährt hat, soll man nicht aufs Spiel setzen.

Auch Mediziner, Neurologen, Psychiater steuerten ihr Teil dazu bei: »Über den physiologischen Schwachsinn des Weibes« (Paul Julius Möbius). »Das Glück des Mannes heißt: Ich will. Das Glück des Weibes heißt: Er will« (Friedrich Nietzsche). »Zu Pflegerinnen und Erzieherinnen unserer ersten Kindheit eignen die Weiber sich gerade dadurch, dass sie selbst kindisch, läppisch und kurzsichtig, mit einem Worte, zeit Lebens große Kinder sind; eine Art Mittelstufe zwischen dem Kind und dem Manne, welcher der eigentliche Mensch ist« (Arthur Schopenhauer). Und dann natürlich noch die Bibel: »Das Weib sei dem Manne untertan« (Altes Testament). »Das Weib schweige in der Gemeinde« (Neues Testament).

Kurz und gut: Die klassische Rollenverteilung zwischen Mann und Frau ist Teil der göttlichen Ordnung. Wer daran rüttelt, zerstört die Familie. So, auf diese Weise, strickten Heerscharen von Wissenschaftler*innen, Publizist*innen und Journalist*innen am Frauenmythos und Mutterkult. Hilfreich war auch, dass es noch ein Gesetz gab, das Frauen es auferlegte, die Erlaubnis ihres Gatten einzuholen, wenn sie berufstätig werden wollten. Und für die Eröffnung eines Bankkontos brauchten sie seine Unterschrift.

Anfangs waren die Frauen so beeindruckt von der männlichen Gelehrsamkeit, dass sie sich darauf einließen und prüften, ob das alles seine Richtigkeit habe. Sie lernten schnell, die »Beweise« der Männer zu kontern mit wissenschaftlichen Argumenten aus der Evolution, der Biologie, der Psychologie, der Philosophie und der Theologie. Sie studierten ja inzwischen auch und lernten, wie das geht. Und Anfang des 20. Jahrhunderts hatten die Mutigsten und Engagiertesten unter ihnen gegen den erbitterten Widerstand ihrer Zeitgenossen das Wahlrecht für Frauen erstritten.

An die erste Frauenbewegung und ihre Errungenschaften knüpften Elisabeth Selbert, Friederike Nadig, Helene Weber und Helene

Wessel nach Hitlerzeit und Zweitem Weltkrieg an, vier Frauen, die dem 65 Mitglieder umfassenden Parlamentarischen Rat angehörten, der unsere Verfassung schuf. Wiederum gegen den Widerstand der gewaltigen Mehrheit von 61 Männern setzten sie den Satz durch, dem wir heute unsere weitgehende Emanzipation verdanken: »Männer und Frauen sind gleichberechtigt.«

Ergo: Wenn eine Frau Pilotin, Boxerin, Soldatin, Bauingenieurin, Ministerin oder Bundeskanzlerin oder was auch immer werden will, könnt ihr Männer noch weitere 1001 »wissenschaftliche Tatsachen« herbeikarren, die allesamt »beweisen«, das sei gegen die Natur der Frau, aber das muss diese nicht interessieren. Weil grundgesetzlich verbrieft ist, dass sie es darf. Weil sie das gleiche Recht hat wie der Mann. So einfach ist das.

Und was soll man sagen? Die Frauen haben sich in einem zähen, über Jahrzehnte sich hinstreckenden, bis heute währenden Kampf gegen alle Widerstände durchgesetzt.

Das beantwortet zugleich eine Frage, die in Bezug aufs Gendern häufig gestellt wird: Wenn die Mehrheit des Volkes und sogar »die Wissenschaft« das Gendern ablehnt, sollte man dann nicht sofort damit aufhören? Schließlich verletzt das Gendern doch demokratische Spielregeln.

Da kann man nur antworten: Gesellschaftliche Fortschritte wie etwa Demokratie, Freiheit, Gleichheit, Emanzipation, politische Teilhabe der Ausgeschlossenen werden anfangs immer von Minderheiten ersonnen und in die Gesellschaft getragen. Die Mehrheitsgesellschaft in ihrem Beharrungsvermögen wehrt sich stets dagegen und sagt: Warum sollen wir etwas ändern, was sich seit Jahrhunderten oder gar Jahrtausenden bewährt hat?

So ähnlich argumentieren heute die Verteidiger*innen des generischen Maskulinums, die emeritierte Linguistin Heide Wegener zum Beispiel, wenn sie darauf verweist, das generische Maskulinum sei schon im Nibelungenlied belegt, also mindestens seit rund dem

Jahr 1200.[229] Aber warum soll das ein Argument sein? »Belegt« seit sehr langer Zeit sind auch die Monarchie, die Hexenverbrennung, die Fronarbeit und die Strafen der Vierteilung und des Räderns. Verführe die Menschheit immer nach der Methode »je älter, desto ehrwürdiger, desto unantastbarer«, müssten wir heute das »jus primae noctis« verteidigen, das Recht des Feudalherrn, bei jeder Hochzeit die erste Nacht mit der Braut zu verbringen. Dieses Feudalrecht ist schon im 5.000 Jahre alten Gilgamesch-Epos belegt.

Mit ziemlicher Sicherheit war die Mehrheit der Feudalherren dagegen, und vermutlich sogar die Mehrheit der Feudalherrinnen, als erstmals eine Minderheit begehrte, dieses Recht abzuschaffen. Also gab es Machtkämpfe, und die wurden irgendwann von den ehemaligen Minderheiten gewonnen. So entsteht Fortschritt.

Und ja, da werden Gräben aufgerissen, aber es sind nicht allein die Minderheiten, die Gräben aufreißen. Es ist stets ein Gemeinschaftswerk derer, die das Althergebrachte entweder verändern oder verteidigen wollen. Würden die Verteidiger*innen freiwillig auf ihre Privilegien verzichten und qua Einsicht das Feld räumen, gäbe es keine Gräben.

Frauen in Europa, in den USA und einigen anderen Ländern haben, wie es scheint, ihre Kämpfe für Gleichberechtigung weitgehend gewonnen. Tatsächlich ist es aber nur eine Etappe, die gewonnen wurde. Auch Lesben und Schwule, Schwarze, People of Color und Indigene haben eine Etappe gewonnen. Nun geht's um die nächste, um eine Erweiterung, Vertiefung und eine Konkretisierung der Idee der Gleichheit und Emanzipation.

Das wird nun gerade unter dem unglücklichen Begriff »Identitätspolitik« verhandelt. Frauen, Schwulen und Lesben betrieben schon immer Identitätspolitik, nur wurde sie nicht so genannt. Stattdessen sprach man von Emanzipation und Feminismus. Erst jetzt, da auch Transpersonen und Non-Binäre um ihre Rechte kämpfen, und Schwarze und Indigene die Weißen mit ihrer kolonialen Vergangenheit konfrontieren, ihnen Rassismus und Eurozentrismus vorhalten, wird das alles zu einem Gesamtpaket namens »Identitätspolitik« geschnürt. Auch neurechte Ideologen, die ethnischen Säuberungen das Wort reden und das verharmlosend »Ethnopluralismus« nennen, betreiben Identitätspolitik, wenn auch mit ganz anderen Zielen.

In diese Auseinandersetzungen hineingezogen werden nun sogar die Juden und der Staat Israel. Plötzlich wird gefragt, ob der Shoah tatsächlich das Merkmal »einzigartig in der Geschichte« zukommt, oder ob Kolonialismus und Sklaverei nicht damit vergleichbar seien. Und ob die israelische Palästinenserpolitik nicht eine moderne Form von Kolonialismus sei. Vielen Juden und Jüdinnen macht das Angst. Sie fragen sich, ob solche Vergleiche nicht schon wieder eine neue Form von Antisemitismus sind.

In solchen neuen Kämpfen um Freiheit, Gerechtigkeit, Emanzipation stecken wir gerade. Das ist der Grund, warum es in letzter Zeit so oft kracht zwischen unterschiedlichsten Gruppen. Wir haben kaum eine andere Wahl, als die Kämpfe auszutragen.

Und, um auch diese Krötin aus dem Weg zu räumen: Wir behaupten keineswegs, dass die Minderheiten immer recht haben und gewonnene Minderheitenkämpfe immer in gesellschaftlichen Fortschritt münden. Keineswegs immer, aber oft.

23
Sie, der Schriftsteller

Es gibt Frauen, die sagen, lasst mal gut sein, wir brauchen dieses Gendersternchen nicht. Wir kommen ganz gut damit zurecht, dass nicht gegendert wird. Und vermutlich haben in der DDR aufgewachsene Menschen eher ein Problem mit dem Gendern als mit dem generischen Maskulinum. Denn in der DDR bezeichneten sich Frauen ganz selbstverständlich als »Lokführer«, »Ingenieur«, »Mechaniker«.

In anderen Ländern ist sowieso alles anders, weil die Sprachen anders sind. Briten finden es befremdlich, dass wir Angela Merkel »Bundeskanzlerin« nennen statt »Bundeskanzler«. In England wäre sie »Prime Minister«. Etwas anderes gibt es nicht. Sie haben allerdings auch kein »der/die/das«, sondern nur ihr »the«.

In Frankreich wurden Ministerinnen lange Zeit mit »Madame le Ministre«, also Frau Minister, angeredet. Inzwischen sind neue weibliche und genderneutrale Berufsbezeichnungen im offiziellen Französisch erlaubt. Nun geht auch »Madame la Ministre«. Schwieriger ist es in Frankreich mit dem Genderstern. Den gibt es gar nicht, stattdessen nur einen Punkt, den aber gleich zweimal: »Aus ›électeurs‹, Wähler, wird dann: ›électeur.rice.s‹. Ein aus ›électeur‹ und ›électrice‹ (Wählerin) zusammengebautes Wort, das den Regeln der ›inklusiven Schreibweise‹ folgt, wie gendernde Sprache in Frankreich genannt wird.«[230]

An Schulen darf diese Schreibweise nicht verwendet werden. Bildungsminister Jean-Michel Blanquer hat das im Mai 2021 verbieten lassen. Ob es dabei bleibt – wer weiß. Auch in Frankreich wird übers Gendern gestritten.

In Deutschland gibt es eine junge Frau, die das Gendern für sich selbst ausdrücklich ablehnt. Schriftsteller Nele Pollatschek möchte nicht als »Schriftstellerin«, sondern immer und überall als »der Schriftsteller Nele Pollatschek« bezeichnet werden.[231]

Das ist weniger verrückt, als es klingt. Sie argumentiert: Wenn sie durch das »-in« in Schriftstellerin ausdrücklich als Frau gekennzeichnet werde, fühle sie sich auf ihr Frausein reduziert, zu einem »Menschen mit Vagina« gemacht. Und fragt: Warum diese Fixierung auf die Genitalien?

Als Mensch sei man doch immer viel mehr als nur ein Mensch mit bestimmten Geschlechtsteilen. Man sei außerdem vielleicht noch deutsch, jüdisch, muslimisch, schwul, lesbisch, schwarz, weiß – aber keines dieser Merkmale werde sprachlich markiert, nur das Frausein, so als ob das eine Abweichung von der Norm wäre. Ist das nicht eine Diskriminierung? Wenn nicht, müsste es dann nicht auch »Lehrer*juden-Zimmer« geben, wenn an einer Schule auch jüdische Lehrer unterrichten? Oder einen »Schriftsteller*schwulen-Verband«, da es ja gewiss auch schwule Schriftsteller gebe?

Die Antwort darauf wäre: Aber genau dieses Problem löst doch das Sternchen. Ins Lehrer*innen-Zimmer passt alles, was es so gibt: männlich, weiblich, trans, non-binär, lesbisch, schwul, bi, asexuell …

Außerdem stimmt es nicht, dass nur das Frausein markiert wird. Identitäten wie schwul, lesbisch, schwarz werden derzeit sehr wohl markiert, wie an den Kürzeln BIPoC und LGBTQIA* abzulesen ist, und auch jüdisch und muslimisch können in bestimmten Kontexten, in denen das wichtig erscheint, markiert werden.

Pollatscheks Aussage, die ausdrückliche Kennzeichnung als Frau sei diskriminierend, finden wir schwierig, weil sie übersieht, dass es auch die politisch gewollte positive Diskriminierung gibt. Frauenquoten, Frauen- und Behindertenparkplätze, Förderung benachteiligter Minderheiten und zahlreiche andere Maßnahmen zum Abbau von Ungerechtigkeiten sind allesamt diskriminierend, aber positiv diskriminierend und politisch gewollt.

Trotzdem kann man es nicht einfach vom Tisch wischen, wenn eine Frau sagt, »ich bin Ingenieur, ich will nicht Ingenieurin genannt werden«. Solche Unterschiede, wie die eingangs erwähnten, zwischen deutschen Frauen Ost und deutschen Frauen West, gibt es offenbar auch zwischen deutschen Frauen West und britischen Frauen oder zumindest: dem britischen »Guardian«.

Die Redaktion dieser »Zeitung der feministischen Linken«[232] hat nämlich gerade entschieden: Weg mit der Actress (Schauspielerin) und auch allen anderen weiblichen Berufsbezeichnungen. Es soll künftig nur noch »Author« heißen und nicht mehr auch noch »Authoress«.

Begründung laut Pollatschek: Wörter wie *authoress*, *comedienne*, *manageress*, *lady doctor*, *male nurse* und dergleichen kämen aus einer Zeit, »in der Berufe größtenteils einem einzigen Geschlecht offenstanden (meistens dem männlichen). Und dass diese gegenderten Berufsbezeichnungen heute, wo die Berufe allen Geschlechtern offenstehen, nicht mehr verwendet werden sollten«.[233]

Das sei ganz nach ihrem Geschmack, sagte Pollatschek in der Sendung »Maischberger«,[234] in der ich, Petra Gerster, mit ihr über das Gendern diskutierte. In England empfänden Schauspielerinnen »Actress« als sexistisch, sie möchten »Actor« genannt werden. Whoopi Goldberg habe gesagt: »Ich kann alles spielen. Werde ich ›Actress‹ genannt, kann ich nur Frauen spielen.«

Auf meinen Einwand, dass die Sache mit den Geschlechtern sprachlich leichter zu handhaben ist in einem Land, in dem es für drei Geschlechter nur einen Artikel gibt, erwiderte Pollatschek, die drei Artikel müssten uns doch nicht daran hindern, uns bei Berufsbezeichnungen für einen einzigen zu entscheiden, also (der) Moderator, Professor, Student, Schriftsteller. Am besten gefiele ihr aber der 40 Jahre alte Vorschlag von Luise Pusch, sich für das Neutrum zu entscheiden, für »das«. Dann hieße es »das Bundeskanzler«.

Schon möglich, dass sich die Saarländerin Annegret Kramp-Karrenbauer mit »das Verteidigungsminister« anfreunden könnte, ist sie doch seit ihrer Kindheit an »das Annegret« gewöhnt, wie man im Saarland sagt. Die Uckermärkerin Angela Merkel, vermuten wir, würde »das Bundeskanzler« wohl kaum als Lösung favorisieren.

So originell und diskussionswürdig Pollatscheks Ansatz ist – im Moment können wir uns noch nicht vorstellen, dass sich »das Kanzlerin« durchsetzen wird. Dennoch: Ihr provokanter Hinweis, durch das »-in« in Schriftstellerin zu einem »Menschen mit Vagina« gemacht und dadurch aufs Frausein reduziert zu werden, kann helfen, die Dinge zu klären. Und wenn auch ihr Verweis auf die Briten nicht ganz überzeugt, weil die halt nur einen Artikel kennen und wir dagegen deren drei, so könnte es immerhin dem Verein für deutsche Sprache zu denken geben. Denn der bekämpft Anglizismen mit dem gleichen Furor wie das Gendern und übersieht dabei, dass über die Anglizismen das generische Maskulinum wieder an Land gewinnt.

Darauf hat die (emeritierte) Linguistin Heide Wegener hingewiesen. Auch sie sei genervt vom Gendern und freue sich daher über Anglizismen. Denn die bezeichnen »Männer und Frauen gleichermaßen als Star, Fan, User, Follower, Freak, Teenager, Gamer, Single etc.«, und niemand schreie, »hier sei die Frau unsichtbar, werde nur mitgemeint, und dies sei ein Zeichen für die Unterdrückung der Frau«.[235] Und wie Pollatschek lobt auch Wegener die alte DDR und deren Frauen, die sich noch heute »stolz als Physiotherapeut, Arzt, Ingenieur« bezeichnen.[236]

Es klingt auch irgendwie o. k., wenn eine Frau sagt: »Ich bin Ingenieur.« Aber klingt es auch noch o. k., wenn eine Frau sagt: »Meine Freundin ist Ingenieur, sie hat zwei Kinder«?

Das Problem ist übrigens nicht neu, sondern begleitet die Frauenbewegung seit ihren Anfängen. Darauf hat die Sprachwissenschaftlerin Ursula Doleschal hingewiesen. In der Weimarer Republik sei es für die Frauen – wie in der DDR – prestigeträchtiger gewesen, in einer männlichen Personenbezeichnung angesprochen oder genannt zu werden.[237]

Der Gedanke war laut Doleschal: Nur wenn ich auf der Baustelle als Ingenieur stehe, haben die Männer Respekt vor mir. Der damals übliche Mangel an Respekt vor Frauen würde sich auch auf die Ingenieurin übertragen. Bei Ingenieur dagegen übertrage sich der Respekt vor dem Mann zumindest teilweise auf den weiblichen Ingenieur.

Wegener bringt diesen Zwiespalt auf die Alternative: »Sichtbar oder gleichwertig«. Und meint: Frauen seien doch schon überall so sichtbar in Politik, Wirtschaft, Medien und Kultur, dass die Wiener Kronenzeitung kürzlich getitelt habe: »Kann Laschet Kanzlerin?« Frauen hätten also diese Sichtbarmachung durch ein Gendersternchen und die weibliche Endung »-in« überhaupt nicht mehr nötig. Daher könne es bei der Wahl zwischen Sichtbarmachung und Respekt doch nur noch um Respekt gehen, und der zeige sich dadurch, dass Männer und Frauen gleich benannt werden. »Gleich behandeln« heiße »gleich benennen«.

So kann man es sehen. Befürworter*innen des Gendersterns sehen es aber genau umgekehrt. Sie sagen: Respekt haben wir uns schon verschafft. Jetzt geht's um unsere Sichtbarmachung. Auch dadurch erweist man uns Respekt. Darum der Genderstern.

Welche Sichtweise wird sich durchsetzen? Es ist derzeit völlig ungewiss, wie es die Frauen mit dem Gendern halten. Es gibt keine Umfrage, keine Abstimmung und keine wissenschaftliche Instanz, die die Meinungsbildung dazu kontinuierlich und mit belastbaren Daten beobachtet. Daher wissen wir nicht, wie viele Frauen auf den Genderstern Wert legen, wie viele nicht, wie vielen es egal ist, wie viele noch überlegen, und auch nicht, wie viele die männliche Berufsbezeichnung bevorzugen. Und was eigentlich die Queer-Community dazu sagt.

Die Frage des Genderns ist also ein offener Prozess mit ungewissem Ausgang. Wir sind mitten in der Diskussions- und Experimentierphase. Daher ist es auch nicht schlimm, wenn gestritten wird, sondern sogar notwendig. Streit dient der Klärung.

24 Krämers Waffenladen

An dieser Stelle bitten wir unsere Leser*innen, den folgenden Text zu lesen und zu raten, woher er kommen, wer ihn verfasst haben könnte:

> »Es darf nicht sein, dass Gender-Gagaisten mit Geschlechterstern, Binnen-I, Gender-Gap und anderen absurden sprachpolitischen Vorschlägen unsere deutsche Sprache vergewaltigen. [...] Wir werden nicht zulassen, dass die Verfechter einer vorgeblichen politischen Korrektheit unsere Muttersprache zugrunde richten und die Schönheit und Vielfalt unserer Sprache zerstören. [...] Unter dem Deckmantel, die vorgebliche Diskriminierung von Frauen in der Sprache verhindern zu wollen, sollen durch solche Maßnahmen politische Ziele linksradikaler Ideologen auch sprachlich zementiert werden. Wir brauchen [...] keinen Rat für deutsche Rechtschreibung, der als Handlanger politische Vorgaben aus Berlin im Duden verankert.«[238]

Und nun bitte noch diesen Satz:

> »Das Zeitalter des voranschreitenden Gesinnungsjournalismus hat Medienleute produziert, die ebenso gut ein Umerziehungslager leiten könnten.«[239]

Und hier die Auflösung: Der erste, der längere Text, stammt vom AfD-Vorsitzenden Jörg Meuthen. Den Satz mit dem Umerziehungslager entnahmen wir einem Artikel aus den »Sprachnachrichten« des Vereins Deutsche Sprache (VDS), Ausgabe II/2021.[240]

Falls Sie vermuten, in dem VDS-Artikel gehe es um »Umerziehungslager« in China, wo Uiguren eingesperrt, total überwacht, schikaniert und gefoltert werden, liegen Sie falsch. Es geht auch nicht um Frauen, die in diesen Lagern zwangssterilisiert, vergewaltigt und im Fall von Schwangerschaften zur Abtreibung gezwungen werden.[241] Nein, es geht um deutsche »Gesinnungsjournalisten«, die, weil sie gendern, für den VDS charakterlich und mental ungefähr vergleichbar sind mit den Schergen in Umerziehungslagern.

Beide Textbeispiele sind keine Einzelfälle. Texte und Wörter wie die zitierten finden sich in so gut wie jeder Ausgabe der VDS-Sprachnachrichten, die fast nur noch »Gendern« zum Thema haben. Eigentlich wäre »Gender-Gaga-Nachrichten« der angemessenere Titel für die VDS-Zeitschrift.

Solche Texte und Wörter finden sich aber auch in so gut wie jeder AfD-Verlautbarung, in der es ums Gendern oder das »Kulturgut deutsche Sprache« geht. Ob der Parteivorsitzende Meuthen spricht oder der VDS-Vorsitzende Walter Krämer oder irgendwelche AfD-Politiker oder die Mitglieder neurechter Foren in den sozialen Medien – sie klingen gleich und erwecken den Eindruck, einen Überbietungswettbewerb auszutragen: Wer verfügt über die zerstörerischste Wortgranate? Wer feuert die meisten Schüsse ab?

Eine Auswahl aus den Waffen-Arsenalen des VDS und der AfD sieht so aus: »Lügenpresse«, »rot-grüne Medienmafia«, »wahre Pest«, »Krebsgeschwür«, »Sprachverhunzer«, »Genderterror«, »Sprachterroristen«, »Verweiblichungswahn«, »Sprachzwangsverordnungen«, »Missbrauch unserer deutschen Muttersprache durch linke Neusprachler«, »sprachästhetische Vergewaltigung«, »Bevormundung«, Umerziehung«, »linker Mainstream«, »Gender-Gagaisten«, »rot-grüne Weltverbesserungsideologie«, »Zwangsbeglücker«, »durchgeknallte Geschlechtsneurotiker« – und so weiter.

Damit wird auf die sogenannten Mainstreammedien und die »Gesinnungsjournalisten« gefeuert. Als solche gelten alle, die gendern und durch ihre Berichterstattung über Sexismus, Rassismus, Rechtsradikalismus oder auch nur den Klimawandel erkennen lassen, dass sie über eine Haltung verfügen, die man als links, liberal oder einfach nur demokratisch bezeichnen könnte. Daher werden »Gesinnungsjournalisten« gern auch als »Haltungsjournalisten« bezeichnet, und zwar von solchen, die wie die Verfasser*innen der VDS-Sprachnachrichten über jeden Zweifel erhaben sind. Sich selbst betrachten sie offenbar als unparteiisch, absolut neutral, objektiv und frei von jeglicher Wertung.

Aus dieser untadelig-gesinnungslosen Haltung heraus können sie dann Haltungsnoten vergeben, zum Beispiel an Ursula von der Leyen, die nun schon zum zweiten Mal den Preis zum »Sprachpanscher des Jahres« erhalten hat. Die Jury des VDS bemängelt »ihre sprachliche Haltung in der EU«. »Bei fast allen öffentlichen Auftritten als EU-Kommissionspräsidentin, auch da, wo es nicht nötig wäre, drückt von der Leyen sich auf Englisch aus«, womit sie »zur weiteren Marginalisierung der deutschen Sprache« in der EU beitrage.[242]

Vermutlich tut sie das, weil sie auf Englisch von mehr Menschen verstanden wird als auf Deutsch. Vielleicht auch, weil es ihr gefällt, mit ihrem perfekten Englisch zu glänzen. Wir wissen es nicht. Nur der VDS muss so gründlich in den Hirnwindungen oder dem Seelenleben der Präsidentin recherchiert haben, dass er völlig sicher, zweifelsfrei, sachlich, neutral und objektiv feststellen kann, dass sie das nur tue, »um sich anzubiedern«.[243]

Wenn es wahr wäre, was sich dieser Verein per Satzung auf seine Fahnen geschrieben hat – wenn es dem Verein also wirklich darum ginge, »dass Deutsch nicht zu einem Feierabenddialekt verkommt, sondern als Sprache von Kultur, Wirtschaft und Wissenschaft erhalten bleibt«, dann müsste der VDS zunächst und vor allem an seiner eigenen Sprache arbeiten. Seine Schriften und öffentlichen Äußerungen müssten eigentlich ein Paradebeispiel für brillantes, differenziertes, nuancenreiches, gelegentlich humorvolles und intelligent ironisches Deutsch sein. Aber das einzige Stilmittel, das der Verein kennt, ist der Vorschlaghammer. Mit dem drischt er blindwütig und eifernd auf alles ein, was gendert, feministisch, links-liberal oder öffentlich-rechtlich ist oder nach seinem sektiererisch engen Sprachverständnis zu viele Anglizismen und Fremdwörter benutzt.

Da ist dem Verein kein Wort stark und groß genug. Es muss nach immer einem noch krachenderen, noch vernichtenderen Knaller gesucht werden. Im Kampf für Sprachnationalismus ballert der – übrigens gemeinnützige – VDS mit der AfD um die Wette.

Wir wissen nicht, ob der VDS schon immer so AfD-nah war, vielleicht war es ja früher anders. Und ganz früher hatte es die AfD noch nicht gegeben. Aber schon im August 2016 hat sich der Medienkritiker Stefan Niggemeier über die »Pegidahaftigkeit des Vereins Deutsche Sprache« gewundert.

Und noch mehr darüber, dass der »Lügenpresse«-Rufer Walter Krämer, der nach eigener Aussage aufgehört hat, Zeitung zu lesen, von ebendieser »Lügenpresse« so hofiert wird.[244]

Krämer kann gegen den »aktuellen Meinungsterror unserer weitgehend linksgestrickten Lügenmedien« und die »Unterwerfung der Medien unter eine obrigkeitsstaatliche Einheits-Sichtweise der Dinge« wettern, wie er will – die »Meinungsterroristen« nehmen es ihm nicht übel und berichten ausführlich über die PR-Veranstaltung »Sprachpanscher des Jahres«. »Krämer liest die Zeitungen vielleicht nicht mehr, aber sie drucken ihn noch.«[245]

Warum sie das tun, warum sie einem Privatverein immer wieder bundesweite Aufmerksamkeit verschaffen, ohne ihn auch einmal kritisch zu durchleuchten, ist rätselhaft. Der Verein weist nach eigener Auskunft rund 36.000[246] Mitglieder aus, aber man erfährt selten, und die Medien vergessen auch regelmäßig nachzufragen, wie viele Mitglieder eigentlich abstimmen, wenn es um die Kür zum »Sprachpanscher des Jahres« geht.

Im Jahr 2013 las man im Stern, dass sich 2.000 Mitglieder an der Abstimmung beteiligt hatten. Gekürt wurde der Duden (vgl. Kapitel 20). Mit 820 Stimmen.[247] 820 Mitglieder eines Vereins stimmten also über etwas ab, und bundesweit wurde berichtet.

Es schadet dem Verein offenbar auch nicht, wenn eine Gruppe von Germanisten ausnahmsweise einmal die Haltung des Haltungsnotenvergebers VDS untersucht und zu dem Ergebnis kommt: Bedient »immer wieder nationalistische Tendenzen« und ist »ein Musterbeispiel für einen intoleranten, unaufgeklärten Sprachpurismus«.[248]

So formulierte es der Aachener Germanist Thomas Niehr in einem offenen Brief, der von 35 weiteren Linguist*innen unterschrieben wurde. Grund für den an den Deutschen Hochschulverband adressierten Brief war die vom Verband herausgegebene Zeitschrift »Forschung & Lehre«. Der Ausgabe 7/16 hatten die VDS-Sprachnachrichten Nr. 70 beigelegen. Dagegen gab es einen starken Protest der Wissenschaftler*innen, denen die VDS-Beilage in die Hände fiel. Sie fragten sich, was das soll, ihre Wissenschaftszeitschrift mit einem Propagandablättchen der Kämpfer gegen Sprachverhunzung zu verhunzen. Das animierte Niehr in seinem Brief zu der Frage: »Und warum bekommen die LeserInnen dann nicht auch gleich eine Zeitschrift wie beispielsweise ASTROLOGIE HEUTE?«[249]

Das war 2016. Es hat dem VDS bis heute so wenig geschadet wie die immer offener zutage tretenden Querverbindungen zwischen VDS und AfD. Der Direktor des Leibniz-Instituts für Deutsche Sprache, Henning Lobin, hat in seinem Buch beschrieben und belegt, wie gut vernetzt der VDS im rechten und neurechten Lager ist.[250] Der VDS-Chef Krämer schreibt im neurechten Blog »Achse des Guten«.[251] Er wird von Peter Hahne gefeiert im neurechten Online-Magazin »Tichys Einblick«.[252] Tichy lobt ein Buch von Krämer[253] und darf daraufhin etwas in den »Sprachnachrichten« schreiben.[254]

Es schadet Krämer und seinem VDS offenbar auch nicht die Blamage, die sich der Verein mit seinem »Elbschwanenorden« eingehandelt hat. Dieser Preis – eine Art positives Gegenstück zum »Sprachpanscher des Jahres« – sollte im Jahr 2020 an die renommierte, vielfach preisgekrönte Kinderbuchautorin Kirsten Boie verliehen werden. Sie lehnte ihn ab.[255]

Der VDS sei »kein Verein, von dem ich einen Preis annehmen möchte«, sagte sie, und zwar »wegen der rechtspopulistischen Äußerungen des Bundesvorsitzenden und der eher puristischen Auffassung von Sprache, die sich diametral von meiner unterscheidet«.[256] Sie erinnerte an Zitate des VDS-Vorsitzenden Walter Krämer, der vom »aktuellen Meinungsterror unserer weitgehend linksgestrickten Lügenpresse«, der »Überfremdung der deutschen Sprache« oder dem »Genderwahn« sprach oder schrieb.[257] »Mehr noch als die verkürzte und realitätsfremde Vorstellung von Sprache« erschrecke sie, »wie genau sie sich ausgerechnet in einer Zeit, in der wir mit Sorge einen Rechtsruck in Teilen der Bevölkerung beobachten müssen, in deren Argumentationsgänge einfügt.«[258]

Den Elbschwanenorden haben allerdings schon renommierte Persönlichkeiten wie der verstorbene Publizist Hellmuth Karasek und der Leiter des Hamburger Literaturhauses Rainer Moritz angenommen. Außerdem hat der VDS noch den »Kulturpreis Deutsche Sprache« im Köcher, der in drei Kategorien unter drei Namen verliehen wird: Jacob-Grimm-Preis, Initiativ-Preis und Institutionen-Preis. Den Jacob-Grimm-Preis haben zum Beispiel Rolf Hochhuth (2001) und die Ex-Ehefrau des russischen Präsidenten Putin (2002) bekommen, Loriot (2004) ebenso wie Günter de Bruyn (2006), Frank Schirrmacher (2007), Cornelia Funke (2009), Udo Lindenberg (2010), Nora Gomringer (2011), Peter Härtling (2012), Ulrich Tukur (2013) Katharina Thalbach (2016) und Norbert Lammert (2017).[259] Sie alle verleihen dem preisstiftenden VDS Ansehen, Seriosität, Glaubwürdigkeit. Und die Preisträger*innen, geschmeichelt und gelobt, schauten wohl nicht so genau hin, wie Kirsten Boie es getan hat.

Zuletzt hat der emeritierte Linguist Peter Eisenberg den Jacob-Grimm-Preis (2019) bekommen – von einer Jury, in der wer sitzt? Der emeritierte Anti-Gender-Professor Helmut Glück und der aktivistische VDS-Vorsitzende Walter Krämer.[260] Ob Eisenberg, Glück oder Krämer – alle drei kämpfen auf zahlreichen Kanälen immer wieder gegen den Genderwahn, belobigen sich gegenseitig und fördern einander.

Glück sitzt außerdem im Vorstand der »Henning-Kaufmann-Stiftung zur Pflege der Reinheit der deutschen Sprache«. Sie vergibt den »Deutschen Sprachpreis«.[261] Zwei der Preisträger heißen: Walter Krämer und Peter Eisenberg. Außerdem haben den Preis schon eine ganze Reihe von FAZ-Redakteur*innen bekommen, aber auch die »Redaktion des Streiflichts der Süddeutschen Zeitung«.[262]

Solch Glanz von außen korrespondiert mit Glanz von innen: den illustren Mitgliedern des VDS. Zwar finden sich da die Namen der üblichen Verdächtigen – wie etwa Peter Hahne, Henryk M. Broder, Vera Lengsfeld, Matthias Matussek oder Cora Stephan. Aber auch ganz Unverdächtige, wie etwa die Musikgruppe Haindling, Didi Hallervorden, Ottmar Hitzfeld, Hape Kerkeling, Jürgen von der Lippe oder Christian Quadflieg bekennen sich als Mitglieder dieses Vereins[263] und gehen anscheinend davon aus, der Verein unterstütze ein Anliegen, das auch das ihre ist: gutes Deutsch.

Diese Promis, aber auch Politiker*innen verschiedener Parteien – meistens ehemalige Landesminister und Oberbürgermeister und meistens von der CDU – verleihen dem VDS ein überparteiliches Mäntelchen. Und gern zitiert der Verein immer wieder Promis aus der Mitte der Gesellschaft, die freimütig etwas gegen den Genderwahn sagen, wie etwa Harald Schmidt: »Ich sag's ganz offen, einen Text mit Gendersternchen lese ich nicht.« Oder Elke Heidenreich: »Grauenhaft, wenn ich das schon höre … verhunzt die Sprache …« Oder Sigi Zimmerschied: »Ich habe den Strauß und die Päpste und die katholischen Kleriker, die Weltkriegsveteranen und die 80 Prozent CSU in Passau überlebt. Da werde ich diese paar Jahre Genderwahnsinn und neue Moralität überstehen.«[264]

Nur um das klarzustellen: Die da zitiert und von Krämer vor den Karren des VDS gespannt werden, haben gar nichts mit der AfD zu tun. Es zeigt nur, wie geschickt der Verein darin ist, sich mit ihrer Hilfe Reputation zu verschaffen.

Und: Wir wollen auch keineswegs alle Genderverweiger*innen in die rechte Ecke stellen, sondern nur auf die frappierende Ähnlichkeit zwischen der AfD- und der VDS-Sprache hinweisen. Nur der Schriftstellerin Kirsten Boie scheint das bisher aufgefallen zu sein.

25
Audi ist jetzt auch Genderterrorist

Universitätsprofessor*innen und die taz tun es schon lange. Audi tut es jetzt auch. Die dpa tut es fast, der Spiegel tut es fast, andere Medien ziehen nach, und die Lufthansa hat auch schon damit angefangen. Viele denken noch darüber nach, und die Jugend hat damit kein Problem.

Das heißt: Die Dinge sind im Fluss. In der Bevölkerung, in Institutionen, Unternehmen, Organisationen und Behörden wird diskutiert, ob man bei den alten Sprech- und Schreibweisen bleibt oder nicht. Teilweise sind die Entscheidungen schon gefallen, meistens wird aber noch beraten, und es wäre kaum überraschend, wenn schon getroffene Entscheidungen auch wieder revidiert oder geändert würden.

Längst schon sprechen an Universitäten Lehrende nur noch von ihren Studierenden. Bei Audi heißen die Mitarbeiter neuerdings Audianer_innen – aus »Gründen der Wertschätzung, Offenheit und Integrität«, wie es in den Unternehmensbroschüren heißt. Und: Weil gelebte Vielfalt sich rechnet. Sogar ein »LGBT*IQ-Netzwerk« namens queer@audi setzt sich seit 2017 »für mehr Sichtbarkeit der queeren Community bei Audi« ein.[265]

Man habe festgestellt, »dass diverse Teams erfolgreicher arbeiten«, sagt die an der Hochschule Hannover lehrende PR-Expertin Annika Schach. Daher hätten sich viele Unternehmen »Diversity auf die Fahne geschrieben«, um mehr Frauen in Führungspositionen zu bekommen und junge Nachwuchskräfte für das Unternehmen zu begeistern. »Viele Unternehmen wollen sich verjüngen und auch jüngere Zielgruppen ansprechen.« Und da sei gendergerechte Sprache ein ganz wichtiges Instrument.[266] Und wer weiß, vielleicht wäre ja die Geschichte mit der »Beschiss-Software« bei Audi und VW nicht passiert, wenn damals mehr Frauen die Kontrolle über die beiden Unternehmen gehabt hätten und nicht so eine Macho-Kultur geherrscht hätte.

Universitäten, Behörden und die Wirtschaft sperren sich schon lange nicht mehr gegen eine gendergerechte Sprache. Im Gegenteil, in der Wirtschaft schwenken immer mehr Unternehmen auf den Gender-Kurs ein. Laut einer Ifo-Umfrage sei bei großen Unternehmen das Gendern am weitesten verbreitet, berichtet die Tageszeitung Die Welt. »Ab einer Größe von 500 Mitarbeitern gab bereits jedes zweite Unternehmen an, genderneutrale Sprache für die Kommunikation mit der Außenwelt zu verwenden. Fast genauso viele Firmen (48 Prozent) verwenden diese Sprachform auch für ihre interne Kommunikation.«[267]

Auch verschiedene Medien machen sich immerhin schon Gedanken. Die größten deutschsprachigen Nachrichtenagenturen, wie etwa AFP, dpa, epd oder Reuters, wollen künftig »diskriminierungssensibler« berichten. Mit Sternchen gegendert wird noch nicht, aber das generische Maskulinum soll schrittweise zurückgedrängt werden. Ob irgendwann doch noch der Genderstern, Unterstrich oder Doppelpunkt eingeführt wird, bleibt vorläufig offen. Da will man die weitere Entwicklung beobachten.[268]

Der Spiegel will sich sogar vom generischen Maskulinum verabschieden. Nicht auf einmal und nicht mit dem Vorsatz, sämtliche Texte durchzugendern, sondern mit dem Ziel, die Sprache des Spiegel geschlechtergerecht zu entwickeln.

Schon seit einiger Zeit hat das Hamburger Magazin in einer Leitlinie festgelegt: »Das generische Maskulinum soll nicht mehr Standard sein. Alle streben an, in ihren Texten beide Geschlechter abzubilden.«[269]

Nicht sehr verheißungsvoll, das geben wir zu, klingt es, wenn wir hören, dass auch die Behörden- und Verwaltungssprache gendergerecht werden soll. Diese Sprache ist ja jetzt schon schwer verständlich, und wenn Beamte sich erst mal daranmachen, ihre Vorschriften, Erlässe, Verordnungen, Mitteilungen mit deutscher Gründlichkeit durchzugendern, dann wird das Ergebnis womöglich grauenhaft und für Bürger*innen komplett unverständlich sein. Aber die Behörden sind ja angehalten, mit den Bürger*innen auch in einfacher Sprache zu kommunizieren, also werden wir uns dann eben daran halten müssen.

Das alles zeigt aber nur: Die Diskussion über eine geschlechtergerechte Sprache ist längst eröffnet, endgültig entschieden aber noch wenig. Ob Genderstern, Doppelpunkt oder Unterstrich, wie man mit eine/einer, jede/jeder und dergleichen verfährt, das ist derzeit völlig offen. Da wird jetzt einfach experimentiert. Außerdem haben dabei auch gehörlose und blinde Menschen ein Wörtchen mitzureden. Und natürlich der Rat für deutsche Rechtschreibung.

Wenn also eine Moderatorin in den ZDF-Nachrichten gendert, dann pflegt sie damit nicht eigenmächtig irgendein abstruses Hobby, indoktriniert auch niemanden mit einer politischen Meinung, missbraucht nicht ihre berufliche Stellung, sondern experimentiert mit den Möglichkeiten der Sprache, um ihr mehr Geschlechtergerechtigkeit abzutrotzen. Das muss nicht in eine Gender-Orgie ausarten, wenn das behutsam geschieht: keine Sterncheninflation, sondern Abwechslung zwischen Stern und geschlechtsneutraler Bezeichnung – Feuerwehrleute statt Feuerwehrmänner. Polizei statt Polizisten oder Polizist*innen. Pflegekräfte statt Pfleger oder Pfleger*innen.

Wer gendert, zwingt niemanden zum Gendern, propagiert nicht die Geschlechtsumwandlung für Pubertierende, predigt keine Moral und verstößt nicht gegen irgendein Gesetz. Im Gegenteil. Öffentlich-rechtliche Moderator*innen und Journalist*innen sind laut ihren Programmgrundsätzen aufs Grundgesetz verpflichtet. Darum gilt im ZDF wie im ganzen Land, dass niemand wegen seines Geschlechts oder seiner sexuellen Orientierung benachteiligt werden darf. Wer diese Werte bekämpfen würde, hätte im öffentlich-rechtlichen Rundfunk nichts verloren.

Nebenbei: Diese Verpflichtung auf die Verfassung erfordert es geradezu, dass Redakteur*innen und Moderator*innen der öffentlich-rechtlichen Sender »nicht neutral« sind. Weil sie gar nicht neutral sein dürfen. Sie haben Partei für das Grundgesetz zu ergreifen, das auf einer klaren Werteordnung fußt. Parteipolitisch haben öffentlich-rechtliche Redakteur*innen selbstverständlich Neutralität zu wahren. Verfassungspolitisch gilt das Gegenteil. Aber das stört nur die, die mit unserer Verfassung auf Kriegsfuß stehen.

Ob aus der Verfassung eine Verpflichtung zum Gendern abgeleitet werden kann, wissen wir nicht. Gewiss ist aber, dass aus der Verfassung kein Verbot abgeleitet werden kann.

26
Bevor Sie weiterlesen …

… bitten wir Sie, für sich selbst die folgenden Fragen zu beantworten:

1. Die 25 Kapitel, die Sie bis hierher gelesen haben, enthalten 213 Gendersternchen – hatten Sie Mühe, den Text zu verstehen? Wir vermuten: Nein.
2. Haben Ihnen die 213 Sternchen 213-mal körperliche Qualen bereitet? Wir vermuten: Unbehagen vielleicht, ja. Aber körperliche Qualen? Eher nein.
3. Hatten Sie beim Lesen das Gefühl, dass mit diesen Sternchen die deutsche Sprache zerstört wird? Wir vermuten: nicht wirklich.

Sollten wir bei Ihnen dreifach falschliegen mit dieser Einschätzung, möchten wir Sie fragen: Wie könnte man es besser machen? Einfach beim generischen Maskulinum bleiben wie gehabt? Und allenfalls am Beginn einer Rede, eines Artikels oder eines Buchs einen Gender-Verweis – »Frauen und Queere sind immer mitgemeint« – setzen? Was antworten Sie denen, die dieses Mitgemeintsein nicht mehr länger akzeptieren möchten? Dass sie sich um der Sprache und der Lesbarkeit willen und auch um der Gewohnheiten der Älteren willen doch bitte für immer damit abfinden mögen, nur mitgemeint zu sein, so schlimm sei das doch nicht?

Natürlich können Sie kontern, umgekehrt sei es. Wer gendert, setze sich über die Gefühle, die Wünsche und den Willen jener Mehrheit hinweg, die das Gendern ausdrücklich ablehnt. Nur: Behauptungen, dass es diese Mehrheit tatsächlich gibt, stehen auf unsicherer Datenbasis. Umfragen hängen stark von der Art der Fragestellung ab, aber vor allem: Sie sind Moment-Aufnahmen. Dass es heute möglicherweise eine Mehrheit gegen das Gendern gibt, heißt nicht, dass es in ein, zwei oder fünf Jahren noch immer so ist. Das konnte man auch beim Brexit sehen: 2016 hatten sich 51,9 Prozent für den Brexit ausgesprochen, aber schon zwei Jahre später drehten sich die Mehrheitsverhältnisse um: Bei einem neuen Referendum hätten sich – den Zahlen sämtlicher Umfragen zufolge – nun zwischen 53 und 55 Prozent für einen Verbleib in der EU ausgesprochen.[270]

Gegenwärtig lässt sich beobachten, dass immer mehr Menschen und Institutionen – Autor*innen, Journalist*innen, Unternehmen, Verbände, Behörden etc. – auf den Gender-Zug aufspringen. Wie viele es am Ende sein werden, ob sie zusammen eine Mehrheit ergeben, ist offen.

Noch befinden wir uns mitten in einer Diskussion, in der sich vor allem die Gender-Gegner*innen so lautstark äußern, dass man glauben könnte, sie seien die Mehrheit. Andere, vor allem viele Jüngere, diskutieren gar nicht erst, sondern gendern schon so selbstverständlich, als ob es schon immer so gewesen wäre. »Kein Gespräch, das ich in den letzten zwei Jahren mit Menschen unter 30 führte, kam ohne den glottalen Plosiv aus«, sagt Dirk von Gehlen, Leiter »Social Media/ Innovation« bei der Süddeutschen Zeitung.[271] Die hörbare Lücke sei »selbstverständlicher Bestandteil der Sprache geworden«. Die jungen Leute, mit denen er zu tun habe, bemühen sich, »mit ihren Worten keine Verletzungen anzurichten«.

Wir stecken also mitten in einer Entwicklung mit offenem Ausgang. Es wäre unklug, diese Entwicklung durch irgendein vorzeitig gesprochenes Machtwort von oben oder etwa durch eine frühe Volksabstimmung einfach abzuwürgen. Der Streit muss ausgetragen werden.

Den ehemaligen bayerischen Kultusminister Hans Zehetmair (CSU) erinnert die ganze Aufregung um das Gender-Thema an die Aufregung um die Rechtschreibreform Mitte der 90er-Jahre. Er gehörte damals zu den harschen Gegnern der Reform. Noch 1995 habe er im Spiegel von einer »Barbarei an der deutschen Sprache« gesprochen, sagte er der Süddeutschen Zeitung.[272]

Tatsächlich war die Reform unausgegoren, weshalb rund ein Jahrzehnt später an einer Reform der Reform gearbeitet wurde. Und Zehetmair war es, der zum Vorsitzenden des dafür zuständigen Rats für deutsche Rechtschreibung berufen wurde. 2006 übergab er dann den Kultusminister*innen Empfehlungen, mit denen auch er leben konnte. So hatte er sich zu einem milden Verteidiger der reformierten Reform entwickelt.

Sein Fazit: Sprache könne nicht politisch verordnet werden, sondern müsse sich entwickeln und wachsen, und die Akzeptanz von Veränderungen brauche Zeit und Geduld. Und vielleicht müsse sie auch nicht jeder sofort mitmachen. Dem ehemaligen Bundespräsidenten Roman Herzog, dem auch die Reform der Reform nicht taugte, habe er einmal gesagt: »Für dich ist das auch nicht gedacht.«[273] Und als Theo Waigel, der ehemalige CSU-Chef, erklärt habe, niemals werde er »Schifffahrt« mit drei »f« schreiben, habe er ihm gesagt: »Du nicht. Aber dein Sohn wird damit aufwachsen.«[274]

Als wir Anfang Juli 2021 in Mainz zu einem Essen mit dem Alt-Bundespräsidenten Joachim Gauck (81) geladen waren, machte dieser aus seiner Abneigung gegen das Gendern kein Hehl. Der Mainzer Uni-Präsident Georg Krausch (60) wiederum machte kein Hehl aus seiner Sympathie fürs Gendern. Die Stimmung war trotzdem gut. Sie war so gut, dass wir es uns verkniffen, Gauck die Geschichte von Zehetmair und Herzog zu erzählen. Vielleicht ein andermal.

Wir riskieren aber schon mal die Prognose: Die Tage des generischen Maskulinums sind gezählt. Wir werden vor einer längeren Experimentalphase stehen, in der ein chaotisches Nebeneinander verschiedener und oft individueller Lösungsversuche herrscht.

Wir selbst experimentieren auch. Wir gendern derzeit vor allem in öffentlicher Rede und in publizistischen Veröffentlichungen, privat und im Alltag etwas seltener. In öffentlicher Schrift und Rede versuchen wir einen Kompromiss und gendern gemäßigt und abwechslungsreich, möglichst ohne allzu grobe Verstöße gegen das Sprachgefühl und die

Sprachökonomie, aber immer mit der Frage im Kopf, ob wir durch unsere Worte jemand ungewollt verletzen könnten.

Dass künftig sämtliche sprachliche Äußerungen konsequent »durchgegendert« werden, muss nicht sein. Allzu viele Sternchen in einem Text finden auch wir nicht schön. Deshalb haben wir uns bemüht, dieses Buch nicht mit Sternchen zuzukleistern, sondern wo immer möglich auch geschlechtsneutrale Bezeichnungen zu verwenden. Und wo es uns um der Lesbarkeit willen nötig erscheint, kehren wir auch mal zum generischen Maskulinum zurück. Das geht und bringt die Schönheit des Sternchens eigentlich erst recht zur Geltung.

Die Schauspielerin und Kabarettistin Maren Kroymann, die eine entschiedene Verfechterin des Genderns ist, sagte uns: »Ich würde in meinem Bühnenprogramm auch nicht gendern, weil das too obvious wäre. Witz muss ja immer überraschend sein; ich würde darauf achten, dass es witzig ist, und nicht darauf, dass jemand sagt, ah, hier ist eine Feministin, die gendert.«

Ist das nicht ein bisschen inkonsequent? Kroymann wäre nicht Kroymann, wenn sie darauf nicht längst eine kroymannsche Antwort gefunden hätte: »Wenn Sie schon gendern, dann bitte konsequent«, das sei die gleiche Nummer wie »Sie sind Veganerin? Aber wieso haben Sie dann Lederschuhe an?«. Beides sei eine Form von Aggression. Auch eine belehrende Drohung nach dem Motto: »Wenn – dann müssen Sie auch ...« »Wieso? Ich muss gar nichts. Ich mache es so, wie ich es für richtig empfinde. Ich gendere so, wie es mir gut über die Lippen kommt.« Auch beim Gendern sei die individuelle Aneignung der Sprache wichtig.

Dass Harald Schmidt, Sigi Zimmerschied, Jürgen von der Lippe, Joachim Gauck und viele diesen Weg mit uns nicht gehen wollen, verstehen wir, bedauern wir, akzeptieren wir. Sie müssen ja auch gar nicht. Es wird uns trotzdem immer freuen, sie zu sehen, und wir hoffen, dass es umgekehrt genau so sein wird, können uns jedoch den Hinweis nicht verkneifen, dass die Zukunft wohl eher von den Jungen gestaltet werden wird.

In unseren Tagen gehen nämlich gerade zwei Herrschaften zu Ende, eine alte und eine sehr alte. Die sehr alte ist das Patriarchat. Die jüngere ist die Herrschaft des alten weißen Mannes, die aber nun auch schon ein halbes Jahrtausend währt. Das Gendersternchen ist das gewaltfreie, meist freundlich lächelnde Zeichen dieser Revolution. Da so eine Revolution nicht über Nacht gelingt, weil es naturgemäß Widerstände gibt, kracht es eben seit einiger Zeit hin und wieder. Es wird noch öfter krachen. Und das ist auch gut so.

»Denn alles, was nicht ins Bewusstsein steigt, kommt als Schicksal zurück.« (Christian Kracht)

27 Warum das alles, und warum gerade jetzt?

Das Jahr 2020 war das Jahr des Denkmalsturzes. In jenem Jahr wurde in Richmond im US-Staat Virginia ein Standbild von Christoph Kolumbus vom Sockel gestürzt, in eine brennende amerikanische Flagge gehüllt und in einen nahe gelegenen See geworfen. »In Boston trennten Demonstranten den Kopf einer anderen Kolumbus-Statue ab, nachdem die schon Tage zuvor mit blutroter Farbe übergossen worden war. Und auch in St. Paul, Minnesota, wurde eine Kolumbus-Statue gestürzt«,[275] ebenfalls in der US-Ostküstenstadt Baltimore.

Im britischen Bristol wiederum wurde die Statue des Sklavenhändlers Edward Colston vom Sockel gerissen und ins Hafenbecken geworfen. Dutzende weitere Denkmäler im Vereinigten Königreich wurden von Aktivistinnen mit Farbbeuteln beworfen oder mit Schriftzügen versehen. Ähnliches geschah in Belgien, und in Hamburg wurde eine Bismarck-Statue mit roter Farbe besudelt. Mit anderen Worten: Im

Jahr 2020 ist die sogenannte westliche Wertegemeinschaft mit ihrer Vergangenheit konfrontiert worden.

Wurden durch #Metoo einzelne Machos, Machtmissbraucher und Sexualstraftäter wie Harvey Weinstein und Jeffrey Epstein von ihrer persönlichen Vergangenheit eingeholt, so ist es jetzt der ganze westliche Kulturkreis, dem Ähnliches mit seiner 500-jährigen Geschichte widerfährt. Diese Geschichte, bisher überwiegend aus weißer Perspektive beschrieben, wird seit einigen Jahren mit aller Wucht einem Perspektivwechsel unterzogen. Zuerst geschah das in den Universitäten, jetzt geschieht es auf der Straße.

Diejenigen, die Kolumbus noch immer – wie seit 500 Jahren schon – als Helden und »Entdecker Amerikas« feiern, müssen sich jetzt von Indigenen fragen lassen: Habt ihr euch schon einmal überlegt, wie wir uns fühlen, wenn ihr feiert? Seid ihr auch nur einmal, ein einziges Mal von dem Gedanken gestreift worden, dass unsere Vorfahren diese »Entdeckung Amerikas« vielleicht nicht als ganz so toll erlebt haben? Und ist euch schon einmal die Idee gekommen, dass ein nicht geringer Teil eures Reichtums und eures Wohlstands aus dem uns geraubten Land und den Bergen von Knochen unserer Vorfahren und den von euch ausgebeuteten Sklaven gewachsen ist?

Nur sehr wenige Europäer hatten so etwas wie ein Unrechtsbewusstsein entwickelt. Einer von ihnen, der Berühmteste, war der spanische Dominikaner Bartolomé de Las Casas. Anfangs – wenige Jahre nach der Entdeckung Amerikas durch Kolumbus – gehörte Las Casas selbst zu denen, die auf Kuba Sklaven hielten, Indigene ausbeuteten und misshandelten. 1514 jedoch, nachdem er sich zur Vorbereitung einer Pfingstpredigt mit einem biblischen Text beschäftigt hatte, erkannte er das Unrecht, das den Ureinwohnern durch die Spanier angetan wurde.

Von da an kämpfte er fast ein halbes Jahrhundert lang gegen dieses Unrecht, machte Eingaben an wechselnde Könige, schrieb Berichte, versuchte auf eigene Faust, Dörfer zu gründen, in denen Ureinwohner und spanische Bauern friedlich und ohne Ausbeutung Landwirtschaft betreiben konnten. Er war nicht ganz erfolglos, aber am gesamten europäischen Kolonialismus hatte er kaum etwas geändert. Der ging noch jahrhundertelang weiter.[276]

In Europa gab es keinen Widerstand dagegen. Lichtenbergs relativ frühe Bemerkung »Der Amerikaner, der den Kolumbus zuerst entdeckte, machte eine böse Entdeckung«[277] lebte vom Witz der hellsichtigen Perspektiv-Umkehr und hatte daher keinerlei moralische Folgen. Diese Gleichgültigkeit lassen die Denkmalstürzer den Kolumbus-Verehrern nun nicht mehr durchgehen.

Das größte Geschichtsbewusstsein hatten dabei die Aktivist*innen von Baltimore mit der Wahl des Datums für ihre Aktion bewiesen: Die Kolumbus-Statue fiel am 4. Juli, dem patriotischsten Tag in den USA, dem Independence Day. An diesem Unabhängigkeitstag feiert die US-Nation mit viel Pomp und Gloria ihre Gründung im Jahr 1776 und die damit verbundene Geburtsurkunde, in die der folgende Satz gemeißelt wurde: »Wir halten diese Wahrheiten für ausgemacht, daß alle Menschen gleich erschaffen worden, daß sie von ihrem Schöpfer mit gewissen unveräußerlichen Rechten begabt worden, worunter sind Leben, Freyheit und das Bestreben nach Glückseligkeit.«

Zum Zeitpunkt jener feierlichen Proklamation am 4. Juli 1776 hatten die hauptsächlich europäischen Einwanderer den fünf bis sieben Millionen indigenen Ureinwohnern schon fast das gesamte Land gestohlen, sie massakriert, ermordet, vertrieben, marginalisiert, ihre Büffelherden totgeschossen, ihnen die Lebensgrundlagen geraubt, sie mit ihren Krankheiten verseucht und alkoholabhängig gemacht. Was den überlebenden Indigenen an Landbesitz noch geblieben war, wurde ihnen in den Folgejahren peu à peu auch noch genommen, und zwar »juristisch einwandfrei«. Gemäß eines Rechtskonstrukts, das die weißen Siedler extra für den Zweck des legalen Raubs erfunden hatten, ging Land, das von nicht christlichen Völkern bewohnt war, in den Besitz desjenigen Monarchen über, dessen Untertanen es zuerst betraten. So wurde die gesamte Ostküste Nordamerikas »legales« Eigentum des Königs von England.[278] Den ursprünglichen Besitzern gewährten die Raubmörder großzügig ein »Bleiberecht«.

Den wenigen Indigenen, die durch die Jahre noch ein bisschen Land retten konnten, wurde es mithilfe eines weiteren Raublegalisierungsgesetzes genommen, dem »Indian Removal Act« vom 28. Mai 1830. Dessen Folge war die Vertreibung von rund 100.000 Ureinwohnern über den Mississippi nach Westen. Ein Viertel von ihnen kam dabei ums Leben.[279]

Vorgedacht war diese ethnische Säuberung schon 1803 vom damaligen Präsidenten Thomas Jefferson, des Mannes, der in die amerikanische Unabhängigkeitserklärung hineingeschrieben hatte, dass alle Menschen gleich seien. Das hat dann also doch nicht für alle gegolten. Nicht für die Indigenen. Nicht für die 460.000 Sklaven, die im Jahr 1776 im Land der Freiheit und Gleichheit wie Vieh gehalten wurden. Jefferson selbst war Sklavenhalter. Und nicht für die Frauen.

Das Inkrafttreten der Unabhängigkeitserklärung änderte nichts am Los der Sklaven, vor allem in den Südstaaten, deren ganze Wirtschaft auf ihrer Ausbeutung beruhte. Dort wuchs ihre Zahl bis 1865 auf mehr als vier Millionen an.

Erst in jenem Jahr wurde die Sklaverei durch den Zusatz-Artikel 13 abgeschafft, aber wirklich gleich und frei waren die ehemaligen Sklaven danach noch lange nicht. Und sind es nicht bis heute, wie uns die »Black Lives Matter«-Bewegung gegenwärtig demonstriert.

Verrat an den eigenen Werten haben nicht nur die USA begangen, sondern alle Staaten, die sich heute als »die westliche Wertegemeinschaft« bezeichnen. Was die ehemaligen Kolonialmächte einst in Afrika, Asien, Australien und Lateinamerika angerichtet haben, waren Menschheitsverbrechen, und das große Paradox ist, dass diese Verbrechen von denen verübt wurden, die sich als Erfinder der Aufklärung und Humanität gerierten. Die Gleichheit aller Menschen wurde in ganz Europa proklamiert, und zugleich wurden die von Europäern Kolonisierten und Ausgebeuteten davon ausgeschlossen, auch die Frauen. »Gleich« waren nur die weißen Männer.

Jetzt, in diesen Jahren, wird das von denen bemerkt, die immer noch ausgeschlossen sind von wirklicher Gleichheit. Es merken die Schwarzen und die Indigenen, es merken die People of Color und die Migrant*innen, es merken die Sinti und Roma und die Afrodeutschen, es merken die schwarzen Frauen, an denen der weiße Feminismus vorbeizog, und es merken die Non-Binären. Und es merken die mehrfach Diskriminierten: schwarz, weiblich, lesbisch, trans* …

Jede Gruppe für sich meldet sich jetzt zu Wort und kämpft für sich, weil sie gemerkt haben: Wenn wir nicht für uns kämpfen, tut es niemand. Und diejenigen, die uns Universalismus predigen, tun es schon gleich gar nicht. Wir als Gruppe, und seien wir noch so klein, müssen es selber tun.

Also tun sie es. Und sie tun es jetzt, weil es jetzt erst möglich ist. Früher wäre es nicht gegangen. Aber heute geht es – dank der Existenz der sozialen Medien.

In den sozialen Medien organisieren sich die kleinen Gruppen, bauen eine Gegenöffentlichkeit auf, entwinden den Inhabern der Diskursmacht in den klassischen Medien und in den Universitäten deren Monopole auf die Deutungshoheit. Stellen sie bloß, wenn sie ihre Macht missbrauchen. Widersprechen ihnen. Klagen an. Prangern an. Fordern. Schreiben die Geschichte um. Schildern die Welt aus ihrer Perspektive und setzen sie den weißen, männlichen, heterosexuellen, binären Perspektiven entgegen, die ein halbes Jahrtausend lang die gültigen gewesen sind und daher als Wahrheit gegolten haben, als *die* Wahrheit.

Die alten Hüter dieser Wahrheit reagieren verschreckt und alarmiert und deuten die Angriffe auf ihre Sicht als Spaltung, Partikularismus, Prangerkultur, Mobreflexe, Irrsinn, Sektierertum, gar als Zerstörung der Demokratie. Die Feinde der Demokratie sind aber überwiegend rechts angesiedelt. Links gibt es sie auch, aber nur in geringer Zahl und bei Weitem nicht so gewalttätig wie rechts.

Links wird jetzt einfach versucht, endlich jenes Gleichheitsversprechen für alle wahr zu machen, das bisher immer nur für Teilmehrheiten erfüllt wurde: für Weiße, für Männer, für Heterosexuelle. Aber das Ziel dieser neuen Linken ist nicht, wie die alte Linke nicht müde wird zu behaupten, Spaltung, nicht Prangerkultur, nicht Mobbing, sondern dasselbe, was die alte Linke schon immer wollte, aber immer nur partiell realisiert hat: die universale Geltung und Durchsetzung der Menschenrechte. Die vielen Kleingrüppchen der neuen Linken marschieren zwar getrennt, aber in die gleiche Richtung. In wirkliche Gleichheit für wirklich alle. Erst dann, wenn dieses Ziel erreicht ist, werden Identitäten keine Rolle mehr spielen.

Und darum wird das Jahr 2020 vermutlich auch als das Jahr in die Geschichte eingehen, in dem das Ende der 500 Jahre währenden weißen Herrschaft ihren Anfang nahm. Auch das Jahr 2021 wird dabei eine Rolle spielen als das Jahr, in dem durch den Abzug der NATO-Truppen aus Afghanistan sichtbar wurde, dass es der weißen westlichen Minderheit nicht mehr gelingt, der Welt ihren Willen aufzuzwingen.

28
Der lange zähe Abschied des alten weißen Mannes aus der Weltgeschichte

Wenn man heute in einer x-beliebigen deutschen Fußgängerzone x-beliebige Menschen fragte, worin sie eigentlich das größte neuere Ereignis der Weltgeschichte sehen – was bekäme man wohl zu hören? Wir vermuten: der Fall der Berliner Mauer, das Internet, die Globalisierung, der Computer, die Mondlandung, die Erfindung der Pille, die Entschlüsselung des menschlichen Genoms, die Informationsgesellschaft. Und gegenwärtig würden sicher auch viele sagen: die Corona-Pandemie samt Erfindung des Impfstoffs.

Nur wenige würden vermutlich antworten: die Emanzipation der Frau. Aber ist nicht tatsächlich *das* das größte neuere Ereignis der Weltgeschichte? Denn dieser Kampf der Frauen um ihre volle Gleichberechtigung beendet die längste und älteste Herrschaftsform, die bis heute alles überdauert hat, was je gekommen war und wieder verschwunden ist.

Weltreiche entstanden und gingen unter. Kaiser, Könige und Päpste kamen und gingen. Großartige Kunstwerke wurden erschaffen, viele wieder zerstört. Wertvolles Wissen haben die Menschen angehäuft und vieles wieder vergessen. Tempel, Dome, Paläste und glanzvolle Städte wurden gebaut und wieder dem Erdboden gleichgemacht. Die ganze Welt hat sich unaufhörlich verändert. Aber was es auch immer war, was da aufstieg und versank – eines hat sich durch all die Jahrtausende erhalten, hat alle Untergänge überstanden und auf jeder Ruine wieder Neues errichtet: das Patriarchat.

Als das Judentum entstand, war diese Herrschaftsform schon längst etabliert und blieb erhalten, ebenso im Christentum und im Islam; sie überstand auch die Aufklärung und die Neuzeit bis heute.

Die Herrschaft des Mannes über die Frau ist während der meisten Zeit gar nicht als solche benannt und erkannt und daher auch nicht infrage gestellt worden. Sie erschien den Menschen als so natürlich und gottgegeben, dass sie sich etwas anderes gar nicht vorstellen konnten. Daher gab es – außer bei einzelnen, außergewöhnlich gebildeten Frauen der Geschichte, die schon sehr früh für Frauenrechte eintraten und damit ihrer jeweiligen Zeit weit voraus waren[280] – auch nicht den Wunsch, an dieser ältesten Herrschaftsform etwas zu ändern. Noch nicht einmal die neuzeitlichen Philosophen und Aufklärer hatten das patriarchale Prinzip infrage gestellt. Und auch die Frauen selbst nicht.

Bis auf Olympe de Gouges. Die Revolutionärin der ersten Stunde hatte 1789 den Schlachtruf der Revolutionäre in Paris gehört: Freiheit, Gleichheit, Brüderlichkeit. Und deshalb gefordert, diese Parole nun aber wirklich auf alle Menschen anzuwenden, also auch auf die Frauen.

Was aber taten die Herren Revolutionäre mit Olympe de Gouges? Sie schleppten sie auf die Guillotine, wo sie ihren Mut und ihren Gerechtigkeitssinn mit dem Leben bezahlte. Doch ihre Forderung blieb in der Welt, Olympe de Gouges ist der erste sichtbare Meilenstein in der Geschichte der Frauenbewegung.

Das Patriarchat aber lebte weiter, überstand die Französische Revolution, die Arbeiterbewegung, den Kommunismus, die erste Frauenbewegung zwischen den beiden Weltkriegen und noch viele Jahre mehr.

Dann aber meldeten sich die Frauen mit Macht.

Obwohl, zuerst war es nur eine einzige, eine Theoretikerin: Simone de Beauvoir, die erste Frau, die konsequent durchdachte, was es heißt, eine Frau zu sein. Das Ergebnis des Nachdenkens war ihr 1949 erschienenes Buch *Das andere Geschlecht*, von heute aus gesehen ein weiterer Meilenstein in der Geschichte der Frauenbewegung. Zentraler Satz in dem Buch: »Man kommt nicht als Frau zur Welt, man wird es.« Ein Satz, der etwas seltsam klingt, vor allem, wenn man an die frühere, aber ungenauere Übersetzung gewöhnt ist, die logischer schien: »Man wird nicht als Frau geboren, man wird dazu gemacht.«

Klang nach Dressur und einer Erziehung hin zu einem Weiblichkeitsideal, wie es Männern in ihrer Männerwelt schon immer zupasskam, und das war ja auch nicht falsch. Doch so einseitig hatte Beauvoir den Satz offensichtlich nicht gemeint. Sie sah die Frau immer auch in der Pflicht, selbst etwas für ihre Ich-Werdung zu tun, sich aus der erlernten Rolle des passiven Objekts zu befreien und Autonomie zu erlangen. Das steckte in dem »man wird es«. Werden ist ein Prozess, an dem man schließlich auch selbst beteiligt ist.

Es hatte ein paar Jahrzehnte gedauert, bis diese Gedanken auf fruchtbaren Boden fielen. Dann aber kam die 68er-Revolution, und von da an ging alles ganz schnell. Auch Frauen demonstrierten damals auf der Straße gegen »das Establishment«, den Vietnamkrieg, die Autoritäten und Institutionen. Aber: Hatten sie anfangs noch brav für ihre revolutionären Männer Kaffee gekocht, die WGs sauber gehalten und mit der Schreibmaschine die Texte getippt, die ihnen die Männer für ihre Flugblätter diktierten, so sagten sie wenige Jahre später: Schluss damit. Wir sind doch nicht eure Hausmädchen. Und schon gar nicht eure sexuellen Dienstleisterinnen.

Und da begann die neue Frauenbewegung und mit ihr der Kampf um Emanzipation, sexuelle Selbstbestimmung und das Recht, all das zu tun, was Männer schon immer tun durften, also die volle Gleichberechtigung. Viel ist in diesem Kampf schon erreicht worden – eine deutsche Kanzlerin, eine EU-Kommissionspräsidentin und eine EZB-Vorsitzende künden von diesen Erfolgen. Die sexuelle Revolution, die Aufhebung der Strafbarkeit von Abtreibung, das Verbot der Vergewaltigung in der Ehe, die Teilhabe an Bildung und Ausbildung sind bleibende Errungenschaften dieses Kampfes.

Aber: Von Olympe de Gouges bis heute war es ein Kampf der weißen Frau für die weiße Frau.

Dass anderswo andere Frauen, die nicht weiß sind, auch schon kämpften und noch immer kämpfen, haben wir in unsere eigenen Kämpfe verstrickten weißen Frauen lange nicht wahrgenommen.

Auch dass die schwarzen Frauen einen schwereren Kampf zu kämpfen haben als wir. Weil bei ihnen zusätzlich zur Diskriminierung aufgrund ihres Geschlechts noch die Benachteiligung aufgrund der Hautfarbe dazukommt. Das beginnen weiße Frauen hier gerade erst zu lernen.

Unter anderem in Büchern, in denen schwarze Autorinnen, PoC und Frauen mit Einwanderungsgeschichte von ihrem Leben erzählen oder großartige fiktionale Literatur daraus gemacht haben. Darin können weiße Frauen – aber nicht nur sie – auf originelle, humorvolle und intelligente Weise etwas von den ganz anderen Kämpfen anderer Frauen erfahren.

Zum Beispiel von Bernardine Evaristo. In ihrem Roman *Mädchen, Frau etc.* erzählt sie vom Leben schwarzer britischer Frauen und deren Familien, deren Kämpfen, Sehnsüchten und Hoffnungen. Amma, die Hauptfigur, ist eine freizügige und freigeistige, lesbische Theatermacherin in London, die nach langen prekären Jahren in der Londoner Subkultur mit einem Theaterstück plötzlich den großen Erfolg hat, in der Hochkultur ankommt und gefeiert wird.

Und das Interessante ist: In diesen miteinander verwobenen weiblichen Biografien ist schon Gegenwart, was erst noch Zukunft ist. Die erscheint uns in Form von Yazz, der sehr selbstbewusst-hippen Tochter von Amma, die sich von ihr sagen lassen muss, dass sie längst out sei: »Feminismus ist doch voll die Herdennummer, ganz ehrlich, heute ist es sogar schon durch, noch eine Frau zu sein, ich denke, in Zukunft sind wir irgendwann alle nicht-binär, weder männlich noch weiblich, was ja alles sowieso nur Genderperformance ist, und das heißt dann auch, Mumsy, dass deine Frauenpolitik überflüssig wird.«

Das sind die Themen, von denen das Buch handelt: vom Frausein, vom Schwarzsein, vom Lesbischsein, den dazugehörigen Verletzungen und vom zunehmend selbstbewusster werdenden Kampf dagegen, vom Anderssein, von fluider Geschlechtlichkeit und selbstbestimmter Liebe. Doch es spart die Schattenseiten und Probleme dabei nicht aus, nicht die Erniedrigungen und die Demütigungen auf dem Weg zur Selbstermächtigung, auch nicht die, die in der eigenen Gruppe passieren. Es ist eine Geschichte von Gender und Race.

Das Buch ist nicht geschrieben nach dem Motto: Wir guten diskriminierten Minderheiten kämpfen heldenhaft gegen den bösen alten weißen Mann. Die Charakterschwächen, Bösartigkeiten, Stärken werden gerecht auf alle verteilt und meist liebevoll karikiert, gespiegelt, gebrochen, auf den Kopf gestellt, und so entfaltet sich eine Welt, die wir in Deutschland kaum kennen und die uns gerade dadurch zeigt, wie beschränkt doch die Welt der Mehrheit ist, zu der wir weiße Feministinnen gehören. Und wie viel Macht diese Welt auf die Minderheiten ausübt, die scheinbar nicht dazugehören.

Das ist uns auch klar geworden, als wir mit meiner ZDF-Kollegin Jana Pareigis beim Essen saßen. Wir fragten uns, warum Identität gerade jetzt so wichtig wird und ob die Debatte darüber die Gesellschaft spaltet. Da wies uns Jana darauf hin, dass die Spaltung doch längst da sei, wir aber, die weiße Mehrheit, sie nicht sähen. »Vielen weißen Menschen fällt gar nicht auf, dass sie in Zeitungsartikeln und vielen Büchern automatisch davon ausgehen können, dass alle Personen weiß sind, außer es steht dort ausdrücklich, dass es sich um eine Schwarze Person handelt. In Bilder- und Kinderbüchern gibt es für Schwarze Kinder bis heute nur selten Held*innen zum Identifizieren. In Film und Fernsehen sieht es ähnlich aus. Weiße Menschen in Deutschland müssen auch nicht ständig ihre vermeintliche Herkunft erklären. Oder Kommentare über ihre Hautfarbe hören. Als PoC bin ich jemand, der tagtäglich diese Spaltung erlebt – ihr nicht.«

Als Frau kann ich mir vorstellen, was sie meint, denn auch ich habe solch eine Spaltung erlebt, die zwischen Mann und Frau, mit dem Mann als Norm und Normgeber zugleich und der Frau als Abweichung, die sich männlichen Normen zu fügen hatte. Daher verstehe ich inzwischen auch all die anderen von der Norm abweichenden Gruppen, was sie meinen, wenn sie sagen: Als heterosexuelle weiße Frau bist du privilegiert. Und am privilegiertesten überhaupt ist der heterosexuelle weiße Mann.

Aber mit seiner Herrschaft geht es gerade zu Ende. Und das wird auch ihm zugutekommen, er weiß es nur noch nicht.

Dank

Dieses Buch profitiert sehr von den intensiven Gesprächen, die wir mit Jagoda Marinic, Maren Kroymann, Heinrich Horwitz, Kathrin Kunkel-Razum und unseren Kolleginnen Jana Pareigis und Sandra Kegel geführt haben. Wir sind dankbar für die Zeit, die sie sich für uns genommen haben, vor allem für ihre Offenheit und ihr Vertrauen. Wir haben viel gelernt dabei. Unsere langjährige kolumbianische Freundin Lucia Garavito hat uns mit Informationen über die Besonderheiten von Race in den USA sehr geholfen, auch dafür sind wir dankbar.

Unser besonderer Dank geht an Kerstin Lücker, die uns mit einiger Strenge, aber auch unerschöpflichem Wissen lektorierte und korrigierte, wo es nötig war. Vor allem verblüffte sie uns mit der Geschwindigkeit, in der wir abgelieferte Texte quasi über Nacht zurückbekamen – nur so konnte das Buch gegen alle Erwartungen doch noch rechtzeitig in den Druck gehen.

Zuletzt danken wir unserer Tochter Livia, die das ganze Buch am Ende mit dem kritisch-sensiblen Blick der jungen Journalistin geprüft hat.

Eine Auswahl der verwendeten Literatur

Mohamed Amjahid: Der weiße Fleck. Eine Anleitung zu antirassistischem Denken, München 2021

Fatma Aydemir, Hengameh Yaghoobifarah: Eure Heimat ist unser Albtraum, München 2020

Judith Butler: Das Unbehagen der Geschlechter, Gender Studies, Frankfurt 2021 (Erstausgabe Frankfurt 1991, amerikanische Originalausgabe 1990)

Reni Eddo-Lodge: *Warum ich nicht länger mit Weißen über Hautfarbe spreche*, Stuttgart 2020, englische Originalausgabe 2017

Catherine Fourest: Generation Beleidigt. Von der Sprachpolizei zur Gedankenpolizei. Berlin 2020

Alice Hasters: Was weiße Menschen nicht über Rassismus hören wollen aber wissen sollten, München 2019

Kate Kirkpatrick: Simone de Beauvoir. Ein modernes Leben, München 2020

Henning Lobin: Sprachkampf. Wie die Neue Rechte die deutsche Sprache instrumentalisiert, Berlin 2021

Audre Lorde: Sister Outsider, München 2021 (amerikanische Originalausgabe 1984)

Jagoda Marinic: Made in Germany. Was ist deutsch in Deutschland?, Hamburg 2016 und:

Jagoda Marinic: Sheroes. Neue Held*innen braucht das Land, Frankfurt 2019

Fabian Payr: Von Menschen und Mensch*innen. 20 gute Gründe, mit dem Gendern aufzuhören, Wiesbaden 2021

Luise F. Pusch: Die Frau ist nicht der Rede wert?! Das war einmal, in: Ingeborg Mues (Hg): Was Frauen bewegt und was sie bewegen, Frankfurt 1998

David Ranan (Hg.): Sprachgewalt. Missbrauchte Wörter und andere politische Kampfbegriffe, Bonn 2021

Anatol Stefanowitsch: Eine Frage der Moral. Warum wir politisch korrekte Sprache brauchen, Berlin 2018

Ronen Steinke: Der Antisemitismus in der Sprache. Warum es auf die Wortwahl ankommt, Berlin 2020

Margarete Stokowski: Die letzten Tage des Patriarchats, Hamburg 2020 und:

Margarete Stokowski: Untenrum frei, Hamburg 2020

Senta Trömel-Plötz: Frauensprache: Sprache der Veränderung, Frankfurt 1983

Sahra Wagenknecht: Die Selbstgerechten. Mein Gegenprogramm – für Gemeinsinn und Zusammenhalt, Köln 2021

Belletristik zum Thema:

Chimamanda Ngozi Adichie: Americanah, Frankfurt 2015, englische Originalausgabe London 2013 und:

Chimamanda Ngozi Adichie: Mehr Feminismus! Ein Manifest und vier Stories, Frankfurt 2020

Bernardine Evaristo: Mädchen, Frau etc., Stuttgart 2021 (englische Originalausgabe London 2019)

Toni Morrison: Die Herkunft der Anderen. Über Rasse, Rassismus und Literatur, Hamburg 2020 (amerikanische Originalausgabe 2017)

Die Romane von Toni Morrison, zum Thema Rassismus besonders: Sehr blaue Augen, Hamburg 2013 (amerikanische Originalausgabe 1970)

Kiley Reid: Such A Fun Age, Berlin 2021 (US-Amerikanische Originalfassung 2019)

Mithu Sanyal: Identitti, München 2021

Leila Slimani: Das Land der Anderen, München 2021 (französische Originalausgabe Paris 2020)

Quellen

1 Die Zahl stammt aus der groß angelegten Zeit-Vermächtnis-Studie von 2016, vgl. Zeit Magazin Nr. 25/2017, https://www.zeit.de/zeit-magazin/2017/25/geschlechtsidentitaet-mann-frau-heteronormativ-kampf/komplettansicht, aufgerufen am 14.09.2021

2 So etwa die FAZ am 24.06.2021 (Medienseite)

3 Andreas Rödder, »Das *-Thema«, in: Mainzer Allgemeine Zeitung, 06.02.2021

4 Rödder, a.a.O.

5 https://www.pt-magazin.de/de/gesellschaft/aufgespiesst/dringend-gesucht-medizin-gegen-genderpest_jzuy0g9u.html, aufgerufen am 14.09.2021

6 https://vds-ev.de/allgemein/aufrufe/rettet-die-deutsche-sprache-vor-dem-duden/#jetzt, aufgerufen am 14.09.2021

7 https://vds-ev.de/gegenwartsdeutsch/gendersprache/gendersprache-unterschriften/schluss-mit-dem-gender-unfug/, aufgerufen am 14.09.2021

8 So sieht es offenbar die FAZ am 24.06.2021 (Medienseite)

9 Der vollständige Text ist dokumentiert bei Übermedien: https://uebermedien.de/dokumentation-der-missbraeuchliche-knacklaut-und-die-gendergerechte-sprache-im-zdf-und-im-wdr/, aufgerufen am 14.09.2021

10 Übermedien, a.a.O.

11 Süddeutsche Zeitung, 27.07.2021

12 FAZ, 10.04.2021

13 RedaktionsNetzwerk Deutschland RND, https://www.rnd.de/medien/rassismus-vorwuerfe-gegen-katja-burkard-rtl-moderatorin-entschuldigt-sich-bei-sinti-und-roma-IANKB6ULLBP5ACTPCWDTT3HFCE.html, aufgerufen am 14.09.2021

14 Der Spiegel, 13.05.202

15 Die Zeit, 30. Juli 2021

16 Vgl. Kapitel 5

17 Patrick Bahners, »Ein Wort zu viel«, in: FAZ, 10.02.2021

18 »Schluss mit lustig. ›New York Times‹ stoppt Karikaturen«, in: Der Tagesspiegel, 11.06.2019

19 So Caroline Fourest in ihrem Buch *Generation Beleidigt. Von der Sprachpolizei zur Gedankenpolizei*, Berlin 2020

20 Der Spiegel, 03.08.2021

21 ARD, 10.10.2020, https://www.tagesschau.de/ausland/jkrowling-trans-debatte-101.html, aufgerufen am 16.09.2021

22 taz, 15.06.2020

23 Zeit online, 29.06.2020, https://www.zeit.de/gesellschaft/2020-06/taz-polizeikritische-kolumne-hengameh-yaghoobifarah-polizei-drohungen-gefaehrdung, aufgerufen am 16.09.2021

24 Süddeutsche Zeitung, 31.10.2019

25 Missbrauchsvorwürfe gegen Woody Allen, Süddeutsche Zeitung 17.09.2018, https://www.sueddeutsche.de/panorama/missbrauchsvorwuerfe-gegen-woody-allen-ein-statement-26-jahre-spaeter-1.4133121, aufgerufen am 16.09.2021
26 Regisseur schneidet Kevin Spacey aus neuem Film, Süddeutsche Zeitung, 09.11.2017, https://www.sueddeutsche.de/kultur/uebergriffe-in-hollywood-regisseur-schneidet-kevin-spacey-aus-neuem-film-1.3741885, aufgerufen am 16.09.2021
27 Vorwiegend in den Bereichen »Gender Studies« und »Postkoloniale Theorien«
28 Thomas Petersen, Institut für Demoskopie Allensbach, »Die Mehrheit fühlt sich gegängelt«, in: FAZ ,16.06.2021
29 Abkürzung aus dem Englischen für Lesbian, Gay, Bisexual, Transgender, Queer, Intersexual, Agender. Das Sternchen am Schluss steht für all die, die sich auch in dem LGBTQIA-Bandwurm noch nicht wiederfinden.
30 Matthias Politycki, »Mein Abschied von Deutschland«, in: FAZ, 17.07.2021
31 Martin R. Dean, »Ade, du weiße Selbstverständlichkeit«, in: FAZ, 03.08.2021
32 Neues Deutschland, 16.09.1992, https://www.nd-aktuell.de/artikel/376217.politiker-verstecken-sich-hinter-der-justiz.html, aufgerufen am 16.09.2021
33 Deutschlandfunk Kultur, 06.08.2021
34 lt. Amadeu Antonio Stiftung, https://www.amadeu-antonio-stiftung.de/rassismus/todesopfer-rechter-gewalt/, aufgerufen am 16.09.2021
35 Uebermedien.de, 01.02.2021
36 https://uebermedien.de/57204/treffen-sich-fuenf-weisse-menschen-im-wdr-fernsehen/, aufgerufen am 16.09.2021
37 https://www.youtube.com/watch?v=vazgNVl_3jA, aufgerufen am 16.09.2021
38 https://www1.wdr.de/unterhaltung/show-und-talk/die-letzte-instanz-mit-steffen-hallaschka-folge-acht-100.html, aufgerufen am 16.09.2021
39 https://www.facebook.com/hallaschka/posts/275665587258223
40 https://twitter.com/MickyBeisenherz/status/1356142658918481920, aufgerufen am 16.09.2021
41 Lt. Redaktionsnetzwerk Deutschland RND, https://www.rnd.de/medien/rassismus-vorwurf-nach-wdr-talkshow-janine-kunze-und-micky-beisenherz-entschuldigen-sich-CZRAF2K6AGM5P7PAO6GEIDOBYE.html, aufgerufen am 16.09.2021
42 https://www.youtube.com/watch?v=PMKC3DlRTeI, aufgerufen am 16.09.2021
43 https://www1.wdr.de/mediathek/video/sendungen/video-warum-hat-rassismus-mit-uns-allen-zu-tun-102.html, aufgerufen am 16.09.2021
44 Nariman Hammouti-Reinke: *Ich diene Deutschland. Ein Plädoyer für die Bundeswehr – und warum sie sich ändern muss,* Reinbek 2019
45 Siehe dazu den Eintrag »biodeutsch« bei Wikipedia: https://de.wikipedia.org/wiki/Biodeutsch, aufgerufen am 30.08.2021
46 In Frank Plasbergs Talkshow »Hart aber fair« am 31.08.2015
47 Vgl. Alice Hasters: *Was weiße Menschen nicht über Rassismus hören wollen aber wissen sollten*, München 2019
48 Reni Eddo-Lodge: *Warum ich nicht länger mit Weißen über Hautfarbe spreche*, Stuttgart 2020
49 Verena Mayer, »Beschimpft, geschlagen, ermordet«, in: Süddeutsche Zeitung, 07.06.2021
50 Mayer, a.a.O.
51 Süddeutsche Zeitung, 20.08.2021
52 FAZ, 07.05.2021, https://www.faz.net/aktuell/sport/fussball/dennis-aogo-nach-aussage-ueber-vergasen-nicht-mehr-sky-experte-17330111.html, aufgerufen am 16.09.2021
53 Frankfurter Rundschau, 14.05.2021
54 a.a.O.
55 n-tv, 08.05.2021, https://www.n-tv.de/politik/Boris-Palmer-nennt-Aogo-schlimmen-Rassisten-article22541734.html, aufgerufen am 16.09.2021
56 n-tv, 26.07.2021, https://www.n-tv.de/politik/Palmer-springt-Baerbock-zur-Seite-article22705466.html, aufgerufen am 16.09.2021

57 Laut Spiegel, 05.05.2021
58 Im Interview mit dem Spiegel am 13.05.2021, a.a.O.
59 a.a.O.
60 a.a.O.
61 Die Zeit Nr. 26/2021, 24. Juni 2021
62 a.a.O.
63 a.a.O.
64 a.a.O.
65 Die Zeit Nr. 20/2021, 12.05.2021
66 a.a.O.
67 Zeit online, 28.05.2021, https://www.zeit.de/politik/deutschland/2021-05/boris-palmer-dennis-aogo-facebook-kommentar-rassismusvorwurf-tuebingen-oberbuergermeister, aufgerufen am 16.09.2021
68 Vgl. Die Zeit, 27.11.2019
69 Jürgen Kaube, in: FAZ, 13.03.2021
70 Sahra Wagenknecht: *Die Selbstgerechten,* Frankfurt 2021
71 Der Spiegel 2/2021
72 Victor Klemperer: *LTI – Notizbuch eines Philologen*, Leipzig 1996, Erstausgabe 1947
73 »Französisch, Japanisch, Russisch: Gendern in anderen Sprachen«, FAZ, 11.05.2019
74 Sophie Passmann, in: Zeit Magazin Nr. 30/2021
75 Bertolt Brecht: *Flüchtlingsgespräche*, GW Band 14, Frankfurt am Main 1967
76 Daniel Graf: »Der weite Weg den Hügel hinauf«, in: Republik, 30.03.2021, https://www.republik.ch/2021/03/30/der-weite-weg-den-huegel-hinauf, aufgerufen am 16.09.2021
77 Janice Deul: »Ein weißer Übersetzer für Gedichte von Amanda Gorman: unbegreiflich«, in: Volkskrant, 25.02.2021, https://www.volkskrant.nl/columns-opinie/opinie-een-witte-vertaler-voor-poezie-van-amanda-gorman-onbegrijpelijk~bf128ae4/, aufgerufen am 16.09.2021
78 https://folkways.si.edu/say-loud-african-american-spoken-word/struggle-protest/article/smithsonian, aufgerufen am 16.09.2021
79 Janice Deul im Interview mit uebermedien.de, 30.03.2021, https://uebermedien.de/58643/duerfen-nur-schwarze-schwarze-uebersetzen-das-ist-totaler-nonsens/, aufgerufen am 16.09.2021
80 Deul, a.a.O.
81 René Pfister: »Wer schreit, gewinnt«, in: Der Spiegel, 05.03.2021
82 Der Übersetzer Bernhard Robben in: Süddeutsche Zeitung, 09.03.2021
83 Süddeutsche Zeitung, 09.03.2021
84 Rijnevelds Gedicht wurde abgedruckt in der FAZ vom 06.03.2021 unter dem Titel »Alles bewohnbar«.
85 Tobias Rapp, in: Der Spiegel 17/2020
86 Jeanine Cummins: *American Dirt,* Hamburg 2020
87 Tobias Rapp, a.a.O.
88 Sarah Pines in Die Zeit Nr. 7/2020
89 Felix Stephan, Süddeutsche Zeitung, 28.01.2020
90 https://www.youtube.com/watch?v=m3T929za_1s, aufgerufen am 16.09.2021
91 Rapp, a.a.O.
92 Felix Stephan, a.a.O.
93 Hernán D. Caro, FAZ, 16.02.2020
94 Felix Stephan, a.a.O.
95 Tobias Rapp, a.a.O.
96 Sarah Pines, a.a.O.
97 Am 31.12.2015
98 Tobias Rapp, a.a.O.
99 Buchreport, 10.02.2020

100 Hernán D. Caro, a.a.O.
101 Sarah Pines, a.a.O.
102 Tobias Rapp, a.a.O.
103 Sarah Pines, a.a.O.
104 Tobias Rapp, a.a.O.
105 Sarah Pines, a.a.O.
106 So Thomas Assheuer in: Die Zeit 07/2020
107 Sarah Pines, a.a.O.
108 Zitiert nach Hernán D. Caro, a.a.O.
109 Hernán D. Caro, a.a.O.
110 Fatma Aydemir / Hengameh Yaghoobifarah (Hrsg.): *Eure Heimat ist unser Albtraum*, Berlin 2019
111 Paul Watzlawick: *Anleitung zum Unglücklichsein*, München 1983
112 Aus einer Notiz über ein Gespräch mit Jana Pareigis am 27.08.2021
113 Alice Hasters: *Was weiße Menschen nicht über Rassismus hören wollen aber wissen sollten*, München 2019
114 Moshtari Hilal und Sinthujan Varatharajah im Interview, in: Der Spiegel, 20.03.2021
115 FAZ, 21.09.2017
116 Tigran Petrosyan: »Schwarz ist keine Farbe«, in: taz, 04.08.2020.
117 Sandra E. Garcia: »Where Did BIPOC Come From?«, in: NewYork Times, 17.06.2020
118 Sandra E. Garcia, a.a.O.
119 Sandra E. Garcia, a.a.O.
120 Tigran Petrosyan, a.a.O.
121 In der Süddeutschen Zeitung vom 29.03.2021
122 Alice Hasters: *Was weiße Menschen nicht über Rassismus hören wollen aber wissen sollten*, München 2019
123 Marion Kraft im Anhang von Audre Lorde: *Sister Outsider*, München 2021
124 Kraft, a.a.O.
125 Hasters, a.a.O.
126 William Safire: »ON LANGUAGE; People of Color«, in: New York Times, 20.11.1988
127 Tigran Petrosyan: »Schwarz ist keine Farbe«, in: taz 04.08.2021
128 Sandra E. Garcia, a.a.O.
129 Zitiert von Constance Grady: »Warum der Begriff ›BIPOC‹ so kompliziert ist, erklärt von Linguisten«, in: vox.com, 30.06.2020
130 Reni Eddo-Lodge: *Warum ich nicht länger mit Weißen über Hautfarbe spreche*, Stuttgart 2020
131 Mithu Sanyal: »Wehe dem, der mü sagt«, Süddeutsche Zeitung, 29.03.2021
132 Ronen Steinke: *Antisemitismus in der Sprache. Warum es auf die Wortwahl ankommt*, Berlin 2020
133 Ronen Steinke, a.a.O.
134 So Jagoda Marinić in der Süddeutschen Zeitung, 03.09.2021
135 Fatma Aydemir / Hengameh Yaghoobifarah (Hrsg.): *Eure Heimat ist unser Albtraum*, Berlin 2019
136 »National Hispanic Media Coalition«, »Asian Pacific American Coalition« und »American Indians in Film and Television«
137 Jordan Mejias: »Die Farbe Nichtweiß«, in: FAZ, 11.01.2000
138 William Safire: »ON LANGUAGE; People of Color«, in: New York Times, 20.11.1988
139 https://www.mirror.co.uk/sport/other-sports/athletics/london-2012-olympics-oliver-holt-1222591, 05.08.2012, aufgerufen am 16.09.2021
140 Süddeutsche Zeitung, 25.05.2013
141 Süddeutsche Zeitung, 29.12.2013
142 Süddeutsche Zeitung, 03.09.2021
143 https://en.wikipedia.org/wiki/Melting_pot, aufgerufen am 16.09.2021

144 https://de.wikipedia.org/wiki/Schmelztiegel, aufgerufen am 16.09.2021
145 William Booth: »One Nation, Indivisible: Is It History?«, in: Washington Post, 22.02.1998
146 William Booth, a.a.O.
147 William Booth, a.a.O.
148 William Booth, a.a.O.
149 William Booth, a.a.O.
150 William Booth, a.a.O.
151 William Booth, a.a.O.
152 William Booth, a.a.O.
153 William Booth, a.a.O.
154 Hansi Lo Wang, Ruth Talbot: »This Is How The White Population Is Actually Changing Based On New Census Data«, in: NPR, 22.08.202, https://www.npr.org/2021/08/22/1029609786/2020-census-data-results-white-population-shrinking-decline-non-hispanic-race?t=1629957710163
155 So Jennifer Richeson, Psychologin an der Yale University, lt. Wang/Talbot, NPR a.a.O.
156 Lawrence Wright: »One Drop of Blood«, The New Yorker, 25.07.1994
157 Lawrence Wright, a.a.O.
158 Wang/Talbot, NPR a.a.O
159 Wang/Talbot, NPR a.a.O.
160 Wang/Talbot, NPR a.a.O.
161 William Booth, a.a.O.
162 William Booth, a.a.O.
163 Lawrence Wright, a.a.O.
164 Reni Eddo-Lodge: *Warum ich nicht länger mit Weißen über Hautfarbe spreche*, Stuttgart 2020
165 Reni Eddo-Lodge, a.a.O.
166 Siehe Kapitel 4
167 https://www.vlsp.de/lsbtiq, aufgerufen am 16.09.2021
168 https://queer-lexikon.net/2017/06/08/lsbatiqqp/, aufgerufen am 16.09.2021
169 https://www.lsbttiq-bw.de/lsbttiq-geschichte-in-baden-und-wuerttemberg-erforschen/lsbttiq-ein-quellenbegriff/, aufgerufen am 16.09.2021
170 Süddeutsche Zeitung, 18.01.2021
171 Ulrike Folkerts, in: Süddeutsche Zeitung Magazin, Heft 05/2021
172 Der Tagesspiegel, 16.07.2018
173 Folkerts, a.a.O.
174 Wir sprachen am 16.08.2021 in Berlin mit ihr.
175 Johannes Kram, https://www.nollendorfblog.de/?p=12535, aufgerufen am 16.09.2021
176 Bading, a.a.O.
177 Aljukic, a.a.O.
178 Reaktionen auf #ActOut: »Wir unterstützen das«, in: Süddeutsche Zeitung, 07.02.2021
179 Katja Nicodemus, Peter Kümmel: »Outing im Schauspiel: Endlich!«, in: Zeit online, 11.02.2021, https://www.zeit.de/2021/07/outing-schauspiel-actout-sueddeutsche-homosexualitaet-lgbtq/komplettansicht, aufgerufen am 16.09.2021
180 Zeit online, a.a.O.
181 Süddeutsche Zeitung, 29.07.2021, https://www.sueddeutsche.de/medien/deutscher-schauspielpreis-actout-sueddeutsche-zeitung-magazin-1.5367984, aufgerufen am 16.09.2021
182 Else Buschheuer, »Wir gendern uns dazu«, in taz 28.02.2021
183 Bundesverfassungsgericht am 10. Oktober 2017 (-1 BvR 2019/16) https://www.bundesverfassungsgericht.de/SharedDocs/Pressemitteilungen/DE/2017/bvg17-095.html, aufgerufen am 16.09.2021
184 Die Zahl wird in der Urteilsbegründung des Verfassungsgerichts vom 10.10.2017 genannt.

185 https://www.gesetze-im-internet.de/pstg/__22.html, aufgerufen am 16.09.2021
186 http://www.bverfg.de/e/rs20171010_1bvr201916.html, aufgerufen am 16.09.2021
187 Henning Lobin: »Sprachkampf. Wie die neue Rechte die deutsche Sprache instrumentalisiert«, Berlin 2021
188 Gesprächsnotiz vom 16.08.2021
189 »Von androgyn bis Zwitter«, in: FAZ, 04.09.2014
190 https://www.lsvd.de/de/ct/4771-Selbst-Bezeichnungen-fuer-intergeschlechtliche-Menschen-Dem-Unbekannten-einen-Namen-geben, aufgerufen am 16.09.2021
191 Buschheuer, a.a.O.
192 Martin Zips: »Hallo Menschen«, in: Süddeutsche Zeitung, 14.07.2021
193 Buschheuer, a.a.O.
194 Ursula Doleschal: »Das generische Maskulinum im Deutschen. Ein historischer Spaziergang durch die deutsche Grammatikschreibung von der Renaissance bis zur Postmoderne«, nachzulesen unter https://bop.unibe.ch/linguistik-online/article/view/915/1594, aufgerufen am 16.09.2021
195 Frau ohne Herz Nr. 23/87
196 Pusch, a.a.O.
197 »Die Ersatzreligion der sprachlichen Anbiederung«, in: FAZ, 27.02.2019
198 Glück, a.a.O.
199 Luise F. Pusch: »Für eine gerechte Sprache«, in: Cicero, 23.09.2020
200 So die Argumentation des emeritierten Linguisten Peter Eisenberg: »Wenn das Genus mit dem Sexus«, in: FAZ, 28.02.2018
201 So der Berliner Sprachwissenschaftler Anatol Stefanowitsch, in seinem Buch *Eine Frage der Moral. Warum wir politisch korrekte Sprache brauchen*, Berlin 2018
202 So Andrea Maihofer im Interview mit der SZ: »Die Schweiz verstand sich als Männerstaat«, in: Süddeutsche Zeitung, 06.02.2021
203 Wikipedia, Frauenstimmrecht in der Schweiz: https://de.wikipedia.org/wiki/Frauenstimmrecht_in_der_Schweiz, aufgerufen am 16.09.2021
204 a.a.O.
205 lt. Heide Wegener, FAZ, 02.09.2021
206 Die drei Beispiele – Thomas Mann, Theodor Fontane, Süddeutsche Zeitung – verdanken wir Hermann Unterstögers »Sprachlabor«, Süddeutsche Zeitung, 13.04.2018
207 brand eins, 05/2016
208 a.a.O.
209 Der Spiegel, 02.09.2013, https://www.spiegel.de/kultur/gesellschaft/duden-kriegt-negativpreis-sprachpanscher-des-jahres-a-919889.html, aufgerufen am 16.09.2021
210 Online stand der Artikel am 07.01.2021 unter der Überschrift: »Wie der Duden heimlich gegendert wird«: https://www.welt.de/kultur/plus223755314/Gendersprache-im-Duden-Wie-das-Woerterbuch-12-000mal-gegendert-wird.html, aufgerufen am 16.09.2021
211 https://de.statista.com/statistik/daten/studie/1011435/umfrage/maennliche-fachkraefte-in-der-kinderbetreuung-in-deutschland/, aufgerufen am 16.09.2021
212 Wer genauer wissen will, wie es ein Wort in den Duden schafft, wird fündig unter: https://www.duden.de/ueber_duden/wie-kommt-ein-wort-in-den-duden, aufgerufen am 16.09.2021
213 https://www.rechtschreibrat.com/geschlechtergerechte-schreibung-empfehlungen-vom-26-03-2021/, aufgerufen am 16.09.2021
214 vgl. Fabian Payr: *Von Menschen und Mensch*innen, 20 gute Gründe mit dem Gendern aufzuhören*, Wiesbaden 2021
215 Luise F. Pusch, »Sind Herren herrlich und Damen dämlich?«, in: Frau ohne Herz 23/87
216 Pusch, a.a.O.
217 Lt. einer neuen Studie soll es Kindesmissbrauch durch Frauen in größerer Zahl geben als angenommen (Peer Briken, Safiye Tozdan, FAZ, 15.09.2021). Den Anteil der Frauen am